EDGAR WALLACE

Turfschwindel

THE GREEN RIBBON

Kriminalroman

W0365231

Wilhelm Goldmann Verlag

Aus dem Englischen übertragen von
Ravi Ravendro

Herausgegeben von Friedrich A. Hofschuster

Gesamtauflage: 284.000

Made in Germany · 1/82 · 13. Auflage
© der deutschsprachigen Ausgabe by Wilhelm Goldmann Verlag, München
Umschlagentwurf: Atelier Adolf & Angelika Bachmann, München
Umschlagfoto: Richard Canntown, Stuttgart
Satz: Presse-Druck Augsburg
Druck: Mohndruck Graphische Betriebe GmbH, Gütersloh
Krimi 155
Lektorat: Friedrich A. Hofschuster · Herstellung: Peter Sturm
ISBN 3-442-00155-2

Edgar Wallace im Goldmann Verlag

1922 wird der Goldmann Verlag in Leipzig gegründet.

1926 veröffentlicht Goldmann die beiden ersten ins Deutsche übersetzten Kriminalromane des schon weltbekannten Edgar Wallace. Und nur ein Jahr später, nach der sensationellen Uraufführung von »Der Hexer« am Deutschen Theater in Berlin (Regie: Max Reinhardt), bricht das Wallace-Fieber aus. Goldmann hat damit eine neue Literaturgattung in Deutschland etabliert: den Kriminalroman.

1932 stirbt Edgar Wallace in Hollywood. Als der Sarg nach England überführt wird, ist im Hafen von Southampton halbmast geflaggt und in Londons legendärer Zeitungsstraße, der Fleetstreet, läuten die Glocken: Großbritannien erweist seinem berühmten Sohn die letzte Ehre.

1952 kommen die ersten Goldmann Taschenbücher auf den Markt. In der Reihe Goldmann Rote Krimi erscheinen im Laufe der nächsten drei Jahrzehnte sämtliche Kriminalromane von Edgar Wallace mit überwältigendem Erfolg. Über 40 Millionen Exemplare haben von 1926 bis heute ihre Leser gefunden. Und allein in Deutschland wurden 30 Kriminalromane von Edgar Wallace verfilmt.

1982 erscheinen zum 50. Todestag alle 82 Kriminalromane in einer einmaligen Sonderausgabe und ein Edgar Wallace-Almanach.

I

Mr. Luke ging gemächlich die Lower Regent Street entlang und betrachtete den neuen, großen Gebäudeblock, der während seines Aufenthalts in Südamerika hier errichtet worden war.

Auf allen Fensterscheiben des ersten und zweiten Stocks waren zwei große lateinische T ineinander verschlungen, und um diese wand sich ein grünes Band, das unten durch einen Knoten zusammengehalten wurde.

Langsam ging ein Grinsen über seine Züge. Das sah alles so schön und solide aus; es wirkte nicht als aufdringliche Reklame. Die Leute hatten inzwischen etwas gelernt. Statt schreiender Plakate lenkten nur die beiden goldenen Buchstaben und das grüne Band die Aufmerksamkeit auf den allwissenden Joe Trigger und seine Transaktionen. Die Farbtöne waren vornehm auf die prachtvolle Marmorfassade abgestimmt. Dem Äußeren nach hätte das Geschäft ebensogut eine Bank oder eine Reederei sein können.

Luke nahm eine Tagessportzeitung aus der Tasche und schlug sie auf. Eine große Anzeige nahm die ganze vierte Seite ein:

TRIGGERS TRANSAKTIONEN

Nr. 7 wird zwischen dem 1. und dem 15. September laufen.

Die eingeschriebenen Mitglieder werden gebeten, ihre Dispositionen vor dem 1. September zu treffen. Die Bücher werden am Nachmittag des 31. August geschlossen und nicht wieder geöffnet vor dem 16. September, mittags 12 Uhr.
Gentlemen von tadellosem Ruf, die die Mitgliedschaft zu erwerben wünschen, wollen sich bitte wenden an:

Das Sekretariat von Triggers Transaktionen,
unter dem Zeichen des grünen Bandes,
704 Lower Regent Street, London W. 1

Luke las die fettgedruckten Worte, die einen so großen Raum einnahmen, faltete die Zeitung wieder zusammen, steckte sie ein und setzte seinen Weg fort. ›Gentlemen von tadellosem Ruf‹ –

das war der Grundton und das Fundament von Mr. Triggers Firma. Es war bedeutend leichter, in einen exklusiven Klub im Westend einzutreten, als Mitglied der Triggerschen Organisation zu werden und eine Karteikarte in dessen Kartothek zu erhalten.

Luke gelangte zum Piccadilly Circus und überquerte den großen, belebten Platz. Als er auf der anderen Seite ankam, sah er auf die große Uhr eines Juwelierladens. Er war stolz darauf, daß er unbedingt pünktlich war – wohlverstanden mit einem Spielraum von fünf Minuten, der in der Riesenstadt London auch ganz erklärlich war.

Er ging zu einem Restaurant in der Wardour Street, das zur Abendzeit viele Gäste hatte, mittags aber verhältnismäßig wenig besucht war. Es gab nicht weniger als drei Eingänge zu diesem Lokal, und Mr. Luke kannte sie alle. Er wußte allerdings nicht genau, in welchen Raum er gehen sollte, aber ein Kellner, der ihn für den vierten erwarteten Teilnehmer einer kleineren Gesellschaft hielt, führte ihn zu der Tür des reservierten Zimmers.

Ohne anzuklopfen trat er ein. Die drei Leute, die um den runden Tisch saßen, sahen zu gleicher Zeit zu ihm auf. Der eine war ein Hüne mit rotem Gesicht, breiten Schultern und dichtem, grauem Haar. Der zweite war ebenso groß und machte einen düsteren Eindruck. Der dritte dagegen war klein und korpulent und hatte listige, schwarze Augen.

»Guten Tag, und Gott grüße diese edle Versammlung«, sagte Luke und schloß die Tür leise hinter sich. Dann setzte er sich auf den vierten, leeren Stuhl. »Rustem kann leider nicht kommen; sein Dampfer hat wegen des Nebels im Kanal einige Verspätung. Warum er sich nicht ausbooten ließ und auf dem Landweg nach London kam, kann ich allerdings nicht sagen. Wenn ich so viel Geld hätte wie er –«

»Zum Teufel, Luke, wer hat denn Sie eingeladen, hierherzukommen?« explodierte der große Mann mit dem roten Gesicht.

»Niemand, Doktor.«

Luke war hager und sonnengebräunt; er hatte eine schlanke, geschmeidige Gestalt und einen etwas melancholischen Gesichtsausdruck, aber lebhafte, freundliche Augen.

»Niemand hat mich eingeladen. – Hallo, Mr. Trigger«, wandte er sich an den kleinen, korpulenten Herrn, »wie geht es mit Ihren Transaktionen? Sie haben Ihr Büro ja in einen wunderbaren Palast verlegt. Beinahe wäre ich versucht gewesen, einzutreten und mich als Gentleman von tadellosem Ruf in Ihrem Sekretariat zu melden. Ich dachte, es könnte Ihnen angenehm sein, zu erfahren, daß ich aus dem goldenen Süden zurückgekehrt bin. Und was machen Sie, Goodie? Fahren Sie auch zum Rennen nach Doncaster? Sie machen ja ein Gesicht, als ob Sie von einer Beerdigung kämen.«

Der düstere Mr. Goodie sagte nichts, er sah nur von einem zum anderen, als ob er erwartete, daß seine Gefährten ihm zu Hilfe kämen.

»Dies ist ein Privatzimmer«, erklärte Dr. Blanter heftig und laut, während sein Gesicht dunkelrot wurde. »Ich will hier keine verdammten Polizeibeamten in meiner Nähe haben. Machen Sie, daß Sie hinauskommen!«

»Hier sitzen ein paar hübsche alte Sünder beisammen. Ich möchte nur wissen, wieviel Jahre Gefängnis oder Zuchthaus dabei herauskämen, wenn die Polizei alles wüßte«, erwiderte er freundlich. »Nun, was für eine wichtige Konferenz halten Sie hier ab? Sie setzen wohl das Rennprogramm von Doncaster auf? Welchen neuen Schwindel haben Sie vor, Trigger? Ich bin eben an Ihrem Büro in der Regent Street vorbeigekommen. Ein großartiges Geschäftszeichen haben Sie sich zugelegt – ein grünes Band und zwei goldene T. Tatsächlich eine gute Idee.«

Dr. Blanter, der seiner Haltung und seinem Auftreten nach der Leiter der kleinen Versammlung war, unterdrückte seinen Ärger.

»Nun hören Sie mal zu, Sergeant –«

»Inspektor, bitte«, unterbrach ihn Luke. »Ich bin inzwischen wegen außerordentlicher Leistungen befördert worden.«

»Entschuldigen Sie, Inspektor.« Dr. Blanter schluckte. »Ich will hier kein Aufsehen erregen, und es soll auch keinen Spektakel geben. Sie haben aber kein Recht, bei uns hier einzudringen. Ich möchte nichts mit Ihnen zu tun haben – Polizeibeamte sind ja gut und schön, wenn sie sich in ihren Grenzen halten –«

»Sie haben kein Heim, niemand mag sie leiden, und alle Leute wenden sich von ihnen ab«, entgegnete Mr. Luke traurig.

»Waren Sie auf Urlaub?« fragte Mr. Trigger, um die Unterhaltung ein wenig liebenswürdiger zu gestalten.

»Ja, in Südamerika. Wirklich ein schönes Land, dort sollten Sie einmal hinfahren, Doktor.«

»Kann alles noch kommen«, erwiderte Dr. Blanter und zwang sich zu einem Lächeln. »Aber ich habe zuviel zu tun und kann mir solche Ferienreisen nicht leisten. Ich versuche meinen Lebensunterhalt schlecht und recht auf der Rennbahn zu verdienen, ebenso meine Freunde –«

»Wenn ich wollte, könnte ich auch von den Rennen leben«, warf Luke ein. »Ich könnte ja von Ihnen im Jahr eine Zahlung von tausend Pfund erhalten, wenn ich mich verpflichtete, ein Auge zuzudrücken.«

»Haben Sie beweisen können, daß ich oder einer von uns je in eine dunkle Affäre verwickelt war?« fragte der Doktor jetzt zornig. »Habe ich jemals ein Verbrechen begangen? Also, Luke, allmählich wird es mir aber zuviel, daß Sie hierherkommen und uns nicht nur stören, sondern obendrein noch in der gröbsten Weise beleidigen. Morgen werde ich mich an Ihre Vorgesetzten wenden!«

»Was haben Sie denn ausgefressen, daß Sie der Polizei beichten wollen? Wenn Sie in Schwierigkeiten geraten sollten, brauchen Sie nur meinen Namen nennen, dann ist alles in Ordnung.«

Dr. Blanter lehnte sich auf seinem Stuhl zurück.

»Was wollen Sie denn eigentlich?« fragte er resigniert.

Luke schüttelte den Kopf.

»Nichts Besonderes. Ich spiele nur zu gern den schwarzen Mann, vor dem sich die unartigen Kinder fürchten. Auf diese Weise führe ich manches schwarze Schaf wieder auf den Pfad der Tugend zurück. Ich dachte, Sie würden sich dafür interessieren, daß ich in London bin und meine Tätigkeit hier wieder aufgenommen habe. – Welches Pferd wird denn das Saint-Leger-Rennen gewinnen, Mr. Trigger?«

Der dicke Mann zwang sich zu einem Lächeln. Schweißtropfen standen auf seiner Stirn, aber er wischte sie nicht ab, weil er seine Verwirrung nicht zugeben wollte. Luke hatte ihn jedoch längst durchschaut.

»›Almond‹ hat meiner Meinung nach große Chancen«, entgegnete er leichthin. »In Beckhampton hält man sie für sehr aussichtsreich, und die Leute müssen es am besten wissen. Ich werde nicht mitwetten.«

»Das ist auch sehr klug von Ihnen. Das viele Wetten bei den Rennen ist tatsächlich ein Laster und ein Fluch. Dadurch sind schon viele Existenzen zugrunde gerichtet worden.«

Luke erhob sich von seinem Stuhl. »Was ist denn Transaktion Nummer 7? Ist das vielleicht ein Pferd von Goodie?«

Der düstere Mann schüttelte energisch den Kopf. »Nein, Mr. Luke, wenigstens glaube ich es nicht. Mr. Trigger ist ein zu guter Freund von mir, als daß er Informationen geschäftlich ausnützte, die ich ihm unter der Hand geben kann.«

»Ach so, er ist ja auch ein Gentleman von tadellosem Ruf.«

Luke lächelte und schlenderte zur Tür. Dort blieb er noch einen Augenblick stehen.

»Ich bin also wieder da. Weiter wollte ich nichts sagen.«

Damit ging er hinaus und schloß die Tür geräuschlos.

Die drei schwiegen eine Weile.

»Trigger, sehen Sie doch einmal draußen nach«, bat der Doktor schließlich.

Der dicke Mann schaute sich auf dem Korridor um, ob Luke vielleicht stehengeblieben war und lauschte.

»Dort geht er eben über die Straße«, rief Mr. Goodie, der aus dem Fenster sah und die Straße unten beobachtete.

»Also, schließen Sie die Tür wieder und setzen Sie sich. Ich möchte nur wissen, warum er hergekommen ist!« Blanter war immer noch in großer Aufregung. »Der kann einen tatsächlich krank machen!«

»Rustem ist also noch nicht zurückgekommen?« fragte Trigger. »Sein Bürovorsteher sagte, daß er ihn heute morgen erwartete. Nur schade, daß wir ihn nicht vorher angerufen haben.«

Dr. Blanter machte eine abwehrende Handbewegung. »Wir wollen jetzt endlich zur Sache kommen. Also, wie steht es mit dem Pferd, Goodie?«

Die drei hatten dann noch eine ernste, lange Unterhaltung, bei der sie nicht mehr gestört wurden.

Früher hatte Mr. Rustem ein großes Messingschild mit einer pompösen Inschrift gehabt:

ARTHUR M. RUSTEM
RECHTSANWALT UND NOTAR

Eines schönen Tages wurde es aber abgeschraubt und durch ein kleineres, weniger anspruchsvolles ersetzt. Mr. Rustem war zu der Zeit auf Ferien und wohnte im ›Hotel Danielli‹ in Venedig, wo er ein Appartement mit Blick auf den Canale Grande und die schönen Bauten der Stadt gemietet hatte.

Telegrafisch wurde er von der neuen Sachlage verständigt:

Verhandlung gegen Sie hat heute stattgefunden. Starker verteidigte Sie glänzend. Richter verfügte aber Streichung auf der Anwaltsliste. Gruß Pilcher

Er saß gerade in einem berühmten Café am Markusplatz und aß Eiscreme, als ihm ein Hotelangestellter die Depesche überreichte. Er las sie vollkommen ruhig durch, ließ sich ein Telegrammformular geben und schrieb kurz darauf:

Ändern Sie Firmenschild in A. M. Rustem.
Besten Dank.

Er gab dem Boten ein Trinkgeld und aß dann seine Eiscreme weiter. Andere Anwälte, die mehr Charakter und Ehrgefühl besaßen als er, hatten sich bei solchen Gelegenheiten das Leben genommen, aber ihn stimmte dieser Vorfall nicht traurig.

Er hatte von vornherein erwartet, daß die Anwaltskammer ihn aus der Liste streichen würde, und er war froh, daß es nicht auch noch zu einem Prozeß gekommen war. Seiner Meinung nach war es ja kleinlich, soviel Spektakel wegen ein paar tausend Pfund zu machen. Er hatte sie von dem Vermögen einer kindischen alten Dame genommen, deren Gelder er verwaltete. Sie war inzwischen gestorben, und ihre Erben waren dickköpfig genug, die Anzeige gegen ihn doch noch zu erstatten, obwohl er das Geld längst ersetzt hatte und die Leute sehr reich waren.

Und nun hatte die Anwaltskammer die Konsequenzen daraus gezogen und ihn ausgeschlossen.

Er verwaltete nur noch das Vermögen eines anderen Klienten, aber das war so unbedeutend, daß es kaum der Mühe wert war, sich damit abzugeben. Er selbst besaß ein Vermögen von mehr als hunderttausend Pfund und hatte außerdem ein Einkommen von mindestens zehntausend Pfund jährlich. Es erschien ihm selbst lächerlich, daß er sich unter diesen Umständen dazu hatte verleiten lassen, fremde Gelder anzugreifen.

Einen Monat später kehrte er nach London zurück, und die neue Messingplatte an seiner Tür gefiel ihm, als er in sein luxuriös ausgestattetes Büro trat.

Sein Bürovorsteher begrüßte ihn grinsend. Der Mann war zwar noch ziemlich jung, aber tüchtig in seinem Beruf und gerissen. Seine Haltung und Kleidung zeugten davon, daß es ihm gut ging. Er sah entschieden eleganter aus als die Bürovorsteher anderer Rechtsanwälte. Abgesehen von seinem guten Gehalt, verdiente er auch noch viel Geld durch Rennwetten. Er ließ seine Anzüge bei demselben Schneider machen wie sein Chef, kaufte seine Hüte bei demselben Hutmacher und ließ sich bei dem gleichen Friseur rasieren. Mr. Pilcher nahm sich seinen Chef in jeder Weise zum Vorbild und hoffte, daß er eines schönen Tages auch in der Lage sein würde, sich einen so teuren und eleganten Wagen leisten zu können wie Mr. Rustem, und daß auch er nicht mit der Wimper zucken würde, wenn er als Rechtsanwalt aus der Liste gestrichen würde.

»Das war Pech, Pilcher. An Ihrer Stelle würde ich jetzt zu den Rechtsanwälten Doberry und Pank gehen«, sagte Rustem, als er hereinkam.

Er ließ sich in seinem Sessel nieder und sah die Korrespondenz durch, die auf ihn wartete.

Ein verächtliches Lächeln zeigte sich auf Pilchers Gesicht.

»Wenn es Ihnen recht ist, dann ist es auch mir recht. Ich mache mir sowieso nichts aus dem ganzen Kram.«

»So? Nun, das ist recht klug von Ihnen. An dem ganzen Rechtsanwaltsberuf ist auch nicht viel dran. Man ist nur ständig allen möglichen Angriffen ausgesetzt. – Rufen Sie den Friseur an und sagen Sie ihm, er soll eine Maniküre herschicken – die große Blondine. Wie heißt sie doch gleich . . . ach so, Elsie.«

»Die ist auf Urlaub, aber sie haben eine neue eingestellt – ich sage Ihnen, zum Anbeißen schön!«

Pilcher ging in den äußeren Raum, um zu telefonieren, während Mr. Rustem seine Briefe durchschaute und abwechselnd die Stirn runzelte und lächelte. Wenn er lächelte, sah er sehr gut aus – trotz seiner vierzig Jahre. Seine braune Haut war wunderbar zart und ohne Falten. Im allgemeinen nahm man an, daß er irgendwie orientalisches Blut in den Adern habe – ›Rustem‹ war sicher ein Name, der aus dem Orient stammte –, und auch manche Eigenschaften deuteten darauf hin, zum Beispiel sein großes Sprachentalent.

Man sagte von Rustem, daß er Zeugen in zehn verschiedenen Sprachen verhören könnte und daß er es verstände, in zwanzig verschiedenen Sprachen andere Leute zu erpressen.

In seinen jungen Jahren hatte er als Strafverteidiger einen großen Ruf. Vielen Schwindlern und Betrügern hatte er bei schweren Prozessen durchgeholfen, selbst wenn eine erdrückende Beweislast vorlag. Es gab kaum einen großen Betrüger in Europa, der sich nicht in der einen oder anderen Sache an ihn um Rat gewandt hatte.

Mr. Pilcher trat wieder ins Büro.

»Die junge Dame kommt sofort. Sie ist ein wenig zurückhaltender und feiner als die anderen, aber Ihnen wird sie wohl kaum zehn Minuten widerstehen können.«

Mr. Rustem lächelte über das Kompliment und wandte sich dann wieder seinen Briefen zu.

»Edna Gray«, sagte er und zeigte mit dem Finger auf einen der Briefe. »Das ist doch die junge Dame, die das Vermögen des Alten erbte?«

Pilcher nickte.

»Sie war während Ihrer Abwesenheit einmal hier im Büro. Das wäre etwas für Sie, Mr. Rustem! Eine glänzende Erscheinung – und eine Dame! Außerdem jung. Sie kann meiner Ansicht nach höchstens zweiundzwanzig sein.«

Mr. Rustem hörte nur halb zu, denn Pilcher war immer begeistert; er hielt aber nicht viel von dem Geschmack des jungen Mannes.

»Ich möchte eigentlich die Verwaltung des Grayschen Vermögens loswerden. Die ganze Sache ist doch nur ein paar tausend Pfund wert. Ist sie die einzige Erbin?«

Pilcher bejahte. »Ich werde die Akte holen«, fügte er hinzu.

Gleich darauf kam er mit einer Mappe zurück, und Rustem sah den Inhalt durch.

»Ach so, dazu gehört ja auch die Gillywood-Farm. Das hatte ich ganz vergessen. Aber Goodie hat doch die Sache noch auf fünfzehn Jahre gepachtet. Longhall House – wo ist denn das?«

»Auch auf dem Landgut. Erinnern Sie sich nicht? Es ist ein Grundstück von etwa zehn Morgen. Sie versuchten doch immer, den alten Gray dazu zu bringen, daß er es auch verpachten sollte, aber der wollte nicht. Er sagte, das wäre sein Geburtshaus oder so etwas Ähnliches.«

Mr. Rustem nickte und strich nachdenklich seinen schwarzen Schnurrbart.

»Es wäre ja möglich, daß sie das Haus verpachtet. Mr. Goodie hat das letztemal auch darüber gesprochen, als ich ihn sah. Ich kann gut verstehen, daß er das Training seiner Pferde nicht beobachtet haben will.«

»Das große Gelände, wo er die Morgengaloppe abhält, gehört ihr auch. Es sind ungefähr tausend Morgen Heideland. Der alte Gray hat nur auf fünf Jahre verpachtet, und die Zeit ist nahezu abgelaufen.«

Mr. Rustem schloß das Aktenstück.

»Merkwürdig, daß ich das alles vergessen hatte, aber ich habe die Sache ja so lange allein verwaltet. Es kam mir gar nicht mehr in den Sinn, daß es sich um fremdes Eigentum handelt.«

Das war stets seine gewöhnliche Haltung und seine Einstellung all seinen Klienten gegenüber gewesen.

»Nein, die Verwaltung können wir nicht aus der Hand geben, das ist ausgeschlossen. – Die junge Dame soll also sehr schön sein?«

»Ich sagte Ihnen: bildhübsch! Sie ist nicht sehr groß, eher zierlich. Sie ist Engländerin, und obgleich sie lange Jahre in Südamerika gelebt hat, sieht sie nicht ein bißchen fremdländisch aus. Sie muß außerdem sehr reich sein. Das ist ja auch kein Wunder, wenn sie die Nichte und Erbin des alten Gray ist.«

Mr. Rustem interessierte sich nun doch mehr für Edna Gray. Über den verstorbenen Donald Gray wußte er sehr wenig. Der Mann hatte in Argentinien gelebt und große Viehfarmen besessen. Mr. Rustem hatte ihn niemals persönlich gesehen. Die englische Besitzung des alten Gray war früher immer von Rustems Partner verwaltet worden, als die Firma noch anders lautete und durchaus ehrlich war.

In diesem Augenblick meldete sich die Maniküre, und Pilcher verschwand aus dem Büro. Mr. Rustem dachte aber so intensiv an das Landgut von Miss Gray, daß er nicht den mindesten Versuch machte, mit der hübschen jungen Dame anzubändeln.

»Wieso kommen Sie darauf, daß Miss Gray reich ist?« fragte er seinen Bürovorsteher, als sie wieder gegangen war.

Pilcher lächelte.

»Sie hat einen Rolls-Royce und wohnt am Berkeley Square. Außerdem ist sie sehr hochmütig. Sie verstehen schon, wie ich es meine. Ich versuchte, liebenswürdig zu ihr zu sein, fragte sie, wie es ihr in England gefiele und ob sie hierhergekommen sei, um sich zu verheiraten –«

Mr. Rustem warf ihm einen eisigen Blick zu.

»Ach, das haben Sie alles gefragt? Ich verstehe nicht, daß Sie sich so wenig benehmen können. Meinen Sie, das sei die richtige Art, vornehme Damen zu behandeln? Hoffentlich haben Sie sich nicht auch erkundigt, was sie am Abend vorhätte und ob Sie ihr eventuell Gesellschaft leisten dürften?«

Pilcher lächelte; er fühlte sich nicht beleidigt. Schon viele Leute hatten versucht, einmal ein ernstes Wort mit ihm zu reden, aber niemand hatte bisher rechten Erfolg gehabt.

»Mir sind alle Frauen gleichgültig«, erwiderte er halb verächtlich. »Aber, um bei der Wahrheit zu bleiben, ich habe ihr nichts weiter gesagt. Sie gehört zu den kalten Naturen. Nein, ich sagte nur ›Auf Wiedersehen!‹ zu ihr, als sie ging.«

»Rufen Sie sie an und sagen Sie ihr, daß Mr. Rustem eigens vom Kontinent zurückgekehrt sei, um sie zu sprechen. Und fragen Sie sie, wann es ihr paßt, zu einer Besprechung zu kommen.«

Pilcher entfernte sich und ließ Mr. Arthur Rustem nachdenklich zurück.

Aber dieser hatte nicht lange Zeit, über gewisse Dinge nachzugrübeln, denn Pilcher kam gleich darauf strahlend wieder.

»Ein glänzender Zufall!« flüsterte er. »Sie ist ...«

Er wies mit dem Kopf nach dem äußeren Raum.

»Was – Miss Gray ist gekommen?«

Pilcher nickte.

»Sie hat einen alten Kerl bei sich – einen Ausländer.«

»Führen Sie die Dame herein.«

Pilcher ersuchte Miss Gray mit ausgesuchter Höflichkeit, näher zu treten.

Rustem erhob sich sofort.

Diesmal hatte Pilcher die Wahrheit gesagt. Edna Gray war mehr als hübsch, sie war eine Schönheit. Selbst Rustem, der viele Frauen kennengelernt hatte, mußte das zugeben. Sie hatte eine wundervolle Figur, und die Sonne Südamerikas hatte ihrem Teint nicht im mindesten geschadet. Rustem interessierte sich nun in jeder Weise für diese Dame mit den ernsten Augen, die so selbstbewußt auftreten konnte.

Die elegante Erscheinung des Anwalts schien jedoch nicht den geringsten Eindruck auf sie zu machen.

»Sind Sie Mr. Rustem?«

Noch bevor er antworten konnte, fuhr sie fort: »Ich bin Edna Gray, die Nichte von Donald Gray. Mein Bankier hat Ihnen von Buenos Aires aus geschrieben, und der Rechtsanwalt meines Onkels –«

Mr. Rustem schob ihr einen Sessel hin und warf Pilcher einen scharfen Blick zu, so daß der junge Mann aus dem Zimmer verschwand. Jetzt ließ auch er sich in seinem großen Schreibtischsessel nieder und sah seine Klientin erwartungsvoll an.

»Ja, ich entsinne mich«, sagte er zuvorkommend und höflich – wie der beste Rechtsanwalt einer alten Familie. »Ihr Landbesitz in England ist nicht gerade sehr ausgedehnt, aber meiner Meinung nach doch ziemlich wertvoll. Wenn ich Ihnen einen Rat geben darf: Behalten Sie den Besitz – obgleich ich einige vorteilhafte Angebote erhalten habe, besonders für die Gillywood-Farm. Longhall House –«

»Ich bin gerade gekommen, um mit Ihnen über Longhall House zu sprechen. Ich habe mich nämlich entschlossen, dort zu wohnen. Soviel ich erfahren habe, ist ein Teil des Landbesitzes an Mr. Goodie verpachtet.«

Rustem runzelte die Stirn.

»Ja, das stimmt. Ich habe das veranlaßt. Mr. Goodie hat mich um die Erlaubnis gebeten, auch die Scheunen und Ställe benützen zu dürfen –«

»Das ist in Ordnung«, sagte sie und lächelte ihn an.

Er wunderte sich über ihren scharfen, etwas geschäftlichen Ton.

»Aber jetzt soll er die Ställe und Scheunen räumen, denn ich will das Grundstück wieder in Ordnung bringen. Wer hat die Schlüssel?«

»Mr. Goodie hat sie. Ich kann sie in ein paar Tagen von ihm bekommen.« Er schüttelte den Kopf. »Ich weiß aber nicht, ob Ihnen Longhall House gefallen wird. Haben Sie es sich schon einmal angesehen?«

»Nein.«

»Das Haus ist ziemlich verfallen. Einen dauernden Aufenthalt dort halte ich nicht für sehr gesund. Wenn ich Ihnen einen Rat geben darf – und ich spreche mehr als Rechtsanwalt denn als ihr Verwalter –«

»Aber Sie sind doch nicht mehr Rechtsanwalt, Mr. Rustem?« Es lag nichts Beleidigendes in der Frage. »Soviel ich hörte, haben Sie den Beruf aufgegeben?«

Er faßte sich sofort wieder und lächelte.

»Ja, ich hatte eine kleine Auseinandersetzung mit der Anwaltskammer, aber das war nicht von Bedeutung«, erwiderte er leichthin. »Wir haben noch recht altmodische Bestimmungen in England, und ohne es zu wissen oder zu wollen, verstößt man sehr leicht einmal dagegen.«

Er ärgerte sich selbst, daß er sich gewissermaßen bei ihr entschuldigte, und noch mehr ärgerte er sich darüber, daß er, der doch sonst immer Herr der Situation blieb, diese Schwäche gezeigt hatte. Obendrein ließ ihm ihr energisches Auftreten wenig Zeit, die Gedanken zu sammeln.

»Wo ist Mr. Goodie jetzt?«

»Soviel ich weiß, in Doncaster. Ich hätte ihn eigentlich gestern treffen sollen, aber meine Ankunft wurde durch Nebel verzögert. Doncaster ist eine Stadt in Nordengland –«

»Oh, ich weiß, wo Doncaster liegt.« Wieder spielte ein schnelles Lächeln um ihren Mund. »Nächstens ist doch ein Rennen in Doncaster – das berühmte Saint-Leger-Rennen. Es wäre vielleicht ganz gut, wenn ich auch dort hinführe, um Mr. Goodie zu treffen. Wissen Sie, wo er dort wohnt?«

Mr. Rustem konnte oder wollte ihr keine Antwort darauf geben. Er sagte, daß er nicht so eng mit dem Herrn befreundet sei, um dauernd dessen Aufenthalt zu kennen.

Edna Gray erhob sich unerwartet.

»Ich würde Sie gern nächste Woche sprechen, Mr. Rustem, und zwar wegen des Landsitzes. Vielleicht setzen Sie sich inzwischen schon mit meinem Rechtsanwalt in Verbindung.«

Sie öffnete ihre Handtasche, nahm eine Karte heraus und legte sie vor ihn auf den Tisch. Noch ehe Arthur Rustem sich von seiner Überraschung erholen konnte, hatte sie ihm kurz zugenickt und das Zimmer verlassen. Draußen erhob sich der ältere Herr, und sie ging mit ihm auf die Straße hinunter. Pilcher, der gerade eine Aufstellung kontrollierte, bemerkte überhaupt nicht, daß sie gegangen waren.

Edna Gray blieb vor dem Haus stehen und sah ihren Begleiter an. Er war in der Tat ziemlich alt und trug vollkommen schwarze Kleidung und einen großen, breitkrempigen schwarzen Hut. In Buenos Aires hätte man ihn sofort erkannt, aber in den Straßen Londons nahm er sich etwas sonderbar und fremdländisch aus.

»Er hat doch recht gehabt, Mr. Garcia.«

Er sah sie verständnislos an und begriff erst nach einer Weile, worauf sich diese Bemerkung bezog.

»Sind Sie Ihrer Sache auch sicher?« fragte er freundlich. »Meine liebe Edna, es ist nicht recht, wenn man sofort alle möglichen Schlußfolgerungen zieht. Dieser Herr, den wir auf dem Dampfer kennengelernt haben, war ein sehr angenehmer Gesellschafter, aber vielleicht hat er sich auch geirrt. Das ist doch möglich.«

»Ich habe einen sehr ungünstigen Eindruck von Mr. Rustem bekommen. Er ist kein angenehmer Charakter – aalglatt und gefährlich. Ich bin froh, daß er nicht mein Anwalt ist.«

Sie hatte ihrem Chauffeur einen Wink gegeben, und der elegante Rolls-Royce hielt geräuschlos an der Bordschwelle. Edna Gray stieg ein, und Mr. Garcia folgte ihr.

»Ich werde nach Berkshire fahren, um mir meinen Landsitz anzusehen«, sagte sie entschlossen. »Ich bin sicher, daß irgendein Schwindel dahintersteckt. Und dann fahre ich nach Doncaster. Kommen Sie mit?«

Er schüttelte den Kopf und zupfte nervös an seinem kleinen weißen Bart.

»Nein, mein Kind, ich muß nach Deutschland fahren, ich habe solche Sehnsucht, ›Vendina‹ wiederzusehen! – Vielleicht kann ich das Pferd zurückkaufen«, sagte er dann gut gelaunt. »Es war überhaupt nicht recht von mir, daß ich es verkaufte; aber damals haben mir alle zugeredet. Mein Trainer, mein Neffe und alle anderen sagten, daß ich unpraktisch sei und daß ich noch Bankrott machen würde. Die Summe, die man mir anbot, war auch so hoch, daß ich sie nicht gut zurückweisen konnte.«

Er seufzte schwer, denn er hatte ›Vendina‹ persönlich großgezogen, und nach Ansicht Alberto Garcias war dies das beste und wertvollste Pferd auf der ganzen Welt. Als er das Tier an ein deutsches Gestüt verkaufte, schwand damit die Hälfte seines Interesses am Leben.

»Man soll nicht sentimental werden, aber ich hätte das Pferd behalten und am Rennen teilnehmen lassen sollen.« Er sah traurig aus dem Fenster des Wagens. »Aber vielleicht kann ich die Stute zurückkaufen. Denken Sie, Edna, nicht ein einziges Mal haben sie mir etwas über das Pferd geschrieben. Ich weiß nicht, wie es ›Vendina‹ geht, ob sie die Reise gut überstanden hat, ob sie krank ist und ob sie erstaunt waren, als sie das schöne Tier sahen.«

Die Geschichte von ›Vendinas‹ Verkauf kannte Edna zur Genüge. Hätte ihr ein anderer dauernd davon erzählt, so würde sie sich gelangweilt haben, aber sie liebte diesen alten Mann, den besten Freund ihres verstorbenen Onkels.

»Haben Sie Mr. Luke wiedergesehen?« fragte er.

Sie schrak leicht zusammen, denn auch sie hatte im selben Augenblick an ihn gedacht.

»Nein, ich habe ihn nicht gesehen, seit wir das Schiff verließen. Wollen Sie mitfahren zu meiner Besitzung? Es ist nur eine Stunde. Vielleicht sind die Schlüssel dort.«

Er sah sie fast ängstlich an.

»Aber Edna, morgen ist doch auch noch ein Tag. Sie müssen mich nicht so zur Eile antreiben. Ich bin ein alter Mann und nicht an das furchtbare gehetzte Tempo der modernen Zeit gewöhnt. Vor allem muß ich nach Deutschland reisen ...«

Schließlich kam es zu einem Kompromiß. Sie speisten erst im ›Carlton‹ zu Mittag und fuhren dann zusammen nach Berkshire.

Gillywood Cottage konnte man von der Straße aus nicht sehen, denn das Gelände war von einer hohen roten Ziegelmauer umgeben. Die Straße bog im rechten Winkel ab, und von da aus führte ein breiter Weg direkt zu dem schmucken Haus. Die Zufahrt zu dem Grundstück war durch ein hohes Eisentor versperrt.

Edna Gray stieg aus und drückte gegen das Tor; es öffnete sich, und sie fuhren den Weg entlang. Nach fünfzig Metern machte der Weg wieder eine Biegung, und wieder stand der Wagen vor einem eisernen Gittertor. Dahinter sah man in einiger Entfernung das Haus, das mit seinen weißen Mauern und grünen Fensterläden einen freundlichen Eindruck machte. Das Tor war fest verschlossen, und sie klingelte deshalb.

Während sie wartete, sah sie sich erstaunt um. Die hohe Mauer war oben mit Stacheldraht und spitzen Eisen armiert, und am Ende der Mauer begann ein Drahtzaun, so daß das Haus wie in einem großen Käfig stand. Schwere eiserne Stangen sicherten die Fenster von außen. Man hätte denken können, es wäre ein Gefängnis und nicht ein Landhaus.

Aber die Sauberkeit und Ordnung im Garten mußte Edna bewundern. Die Wege waren vollkommen frei von Unkraut; der Rasen war gut und kurz gehalten. Links sah sie die Ecke des neuen Stallgebäudes, weiter hinten lag das ausgedehnte Heideland. Hier mußten auch die Perrywig-Höhlen sein, von denen ihr Onkel Donald soviel erzählt hatte. Wahrscheinlich lagen sie hinter den Hügeln versteckt. Weiter hinten mußte ein Dorf liegen, denn sie sah eine Kirchturmspitze.

Ein schönes Stückchen Erde! Longhall House konnte sie im Augenblick nicht sehen; eine große Gruppe von Nußbäumen, die die südliche Grenze der Gillywood-Farm bildeten, verbargen es.

Während Edna nach dem Haus hinübersah, öffnete sich die vordere Tür. Ein großer Mann kam auf das Tor zu, aber er machte es nicht auf. Er hatte einen runden, dicken Schädel und ein abstoßend häßliches Gesicht.

»Was wollen Sie?«

Man merkte, daß Englisch nicht seine Muttersprache war.

»Ich bin Miss Gray und möchte Mr. Goodie sprechen. Er hat die Schlüssel von Longhall House.«

Er betrachtete sie mit feindseligen Blicken. Allem Anschein nach fiel es ihm schwer, ihren Worten zu folgen. Schließlich schüttelte er den Kopf.

»Mr. Goodie ist nicht zu Hause.« Er machte eine Pause, denn es kostete ihn einige Anstrengung, sich auf Ortsnamen zu besinnen. »Er ist in Don – cast – ro.«

»Ach, Sie meinen Doncaster?«

Er nickte. »Sí – ja, Doncastro.«

Sein Gesicht kam ihr bekannt vor; sie mußte diese abstoßenden Züge schon einmal gesehen haben.

»Ich bin die Eigentümerin dieses Landsitzes«, sagte sie dann auf spanisch. »Das ist mein Haus.« Sie zeigte zu den Nußbäumen hinüber. »Señor Goodie hat die Schlüssel.«

Er sah sie ungewiß an, aber sie konnte nichts aus seinem Gesichtsausdruck entnehmen.

»Der Patrón ist fort, Señorita. Er ist nach Doncastro, um Pferde zu kaufen. Ich bin nur sein Diener und kann Ihnen keine weitere Auskunft geben.«

Er wandte sich dem Haus zu und schloß hinter sich die Tür.

Sie sah ihm ärgerlich nach, dann ging sie zum Auto zurück.

»Wer war denn der Mann?« fragte Garcia ungewöhnlich erregt. »Den kenne ich doch! Das war Manuel Concepcione! Der gemeine Kerl war früher auf meiner Estanzia. – Sah er nicht wie ein Spanier aus?«

»Ja, er sprach sogar spanisch. Meiner Meinung nach ist er ein Halbblut.«

»Es kann sehr gut Manuel gewesen sein. Der ist nämlich verschwunden, das heißt, ich habe ihn fortgejagt. Er ist ein ganz gefährlicher Mensch – ein Dieb, ein Verbrecher! Ich möchte nur wissen, wie der hierherkommt!«

Auch sie hielt es für einen sonderbaren Zufall. Sie hatte mit dem großen, schweren Wagen gewendet und fuhr nun nach Longhall. Die eisernen Tore waren ebenfalls verschlossen, aber hinter den Bäumen konnte sie das Haus erkennen. Es sah etwas vernachlässigt und verfallen aus; die mit Schotter bestreute Zufahrt war fast ganz mit Unkraut zugewachsen, und das Gras stand fast einen halben Meter hoch.

»Ich muß also doch nach Doncaster fahren, um mir die Schlüssel zu holen«, sagte sie schließlich.

Sie war sehr energisch und handelte dementsprechend. Bis zur äußersten Grenze von Europa wäre sie gefahren, nur um sich die Schlüssel zu beschaffen. Denn in diesem Haus hatten ihre Vorfahren gelebt.

Als sie nach der Hauptstraße zurückfuhr, rief Garcia plötzlich erstaunt aus: »Sehen Sie doch die schönen Tiere!«

Sie entdeckte eine ganze Anzahl Pferde, die einen Abhang hinuntergeführt wurden. Im ganzen konnte sie zwölf zählen. Sie wurden nach den Ställen geführt, die hinter Gillywood Cottage lagen.

»Ach, halten Sie doch bitte an!«

Sie brachte den Wagen zum Stehen, und Garcia stieg aus.

»Einfach prachtvoll! Vielleicht sind sie noch nicht gut trainiert, aber jedenfalls sind es echte Vollblüter!«

Sie war neben ihn getreten und beobachtete ebenfalls.

»Sie müssen Mr. Goodie gehören.«

Als das letzte Pferd hinter einem kleinen Gehölz verschwunden war, rührte sich Mr. Garcia immer noch nicht. Er starrte auf die Baumgruppen, die die weitere Aussicht hemmten.

»Es war ein Fehler, daß ich Ihnen überhaupt wieder Pferde gezeigt habe«, sagte sie lachend. »Sie müssen zu dem großen Rennen nach Doncaster mitkommen.«

Ohne etwas zu erwidern, ging er zum Wagen zurück. Auch während der Rückfahrt nach London sprach er kaum ein Wort.

Als sie ihn am nächsten Morgen in seinem Hotel aufsuchen wollte, um ihn nach Doncaster mitzunehmen, erfuhr sie, daß er noch am Abend abgereist war.

3

Doncaster wimmelte von Menschen, und am Montag abend herrschte ein so reges Leben in den Straßen der verhältnismäßig kleinen Stadt wie sonst nie im Jahr. Natürlich hatten sich bei dieser Gelegenheit auch viele Budenbesitzer eingefunden, und überall hatten die Buchmacher ihre Stände aufgeschlagen.

Die große Rennwoche fand Mitte September statt; das Saint-Leger war das letzte der großen, klassischen Rennen der Saison. Alle großen Sportsleute, alle Rennstallbesitzer aus dem Norden und Süden Englands kamen hier zusammen, und große Menschenmengen sammelten sich in den Hauptstraßen, um Mitglieder des königlichen Hauses zu sehen, wenn diese ihre Wagen verließen.

Edna Gray hatte einen solchen Betrieb noch nie gesehen. Sie hatte Glück, daß sie nicht nur ein Zimmer zum Schlafen, sondern ein Appartement in einem großen Hause mieten konnte. Die Zimmer waren von einem Lord bestellt worden, der im letzten Augenblick hatte absagen müssen. Die Besitzerin nahm sie daher mit Freuden auf.

Edna sah sich in der Stadt um und ging zur Rennbahn hinaus. Dort war sie in ihrem Element, denn sie liebte Pferde; sie war selbst erstaunt, als sie bei einer Auktion von Einjährigen eifrig mitbot.

Vergebens sah sie sich unter all den vielen Leuten um, ob sie vielleicht Mr. Goodie herausfinden könnte. Sie hätte ihn nicht erkannt, wenn sie ihn gesehen hätte, aber vielleicht hätte ihr der Instinkt geholfen, auf den sie sich schon manchmal hatte verlassen können. Sie fiel überall auf, besonders da sie in Turfkreisen noch nicht bekannt war. Trotz ihrer vierundzwanzig Jahre sah sie aus, als ob sie achtzehn wäre.

Während sie auf der Rennbahn umherging, dachte sie an Alberto Garcia, der ein so großer Pferdefreund und Kenner war. Wie sehr hätte ihn das alles interessiert! Sie seufzte und fühlte sich unendlich verlassen in dieser großen Menge. In Argentinien war sie sich nie so einsam vorgekommen.

Schließlich schlenderte sie zum Marktplatz hinunter und blieb bei einer Menge stehen, die sich um einen kleinen Mann im Jockeianzug versammelt hatte.

»Ich verkaufe Ihnen den Gewinner des dritten Rennens auf dem Programm! Dieses Pferd geht ganz bestimmt als erstes durchs Ziel! Wenn Sie den Tip von mir kaufen, können Sie ein Vermögen machen. Zufällig ist mir bekannt, daß dies Mr. Triggers diesmalige Transaktion ist, und wenn ich Ihnen das sage, dann wissen Sie, was es bedeutet. Sie wissen genau, daß Sie für einen Shilling dieselbe Information kaufen können, für die die vornehmen Leute Hunderte von Pfund opfern . . .«

»So ein Lügenfritze!« sagte jemand dicht neben Edna Gray.

Sie drehte sich schnell um.

Luke stand neben ihr. Er war gut einen Kopf größer als sie und hatte ein schmales, ovales Gesicht. Sie starrte ihn an und konnte kaum glauben, daß er es wirklich war.

»Ja, ich bin es, und ich weiß auch genau, was Sie denken. Sie kommen sich etwas einsam und verlassen vor. Das kann ich Ihnen nachfühlen. Und außerdem gibt es Leute, denen man einfach nicht entgehen kann – dazu gehöre auch ich.«

»Aber Mr. Luke, wie kommen denn Sie hierher?« fragte sie schnell und lächelte ihn verwundert an.

»Schon an Bord der ›Asturia‹ konnten Sie kaum einen Schritt tun, ohne über meine Füße zu fallen. Ich bin eben der große Weltenbummler . . .«

»Aber was machen Sie hier in Doncaster?«

Als sie sich das letztemal an Deck des großen Ozeandampfers gesehen hatten, lehnten sie nebeneinander an der Reling und starrten auf die große Menschenmenge am Kai. Auf der Reise war er einer der interessantesten und nettesten Gesellschafter gewesen, hatte sich immer nützlich gemacht und ihr viel geholfen. Es war allerdings etwas anderes, sich an Bord eines Passagierdampfers mitten auf dem Ozean zu begegnen als hier in dieser unendlich großen Menschenmenge. Es war fast, als ob es das Schicksal so gewollt hätte.

Sie fühlte sich ihm gegenüber etwas scheu. Auf dem Schiff war er ihr bedeutend älter erschienen; jetzt sah er noch sehr jung aus.

»Leute, die lügen können wie gedruckt, machen mir immer Spaß, das heißt, wenn sie überzeugend lügen. Aber dieser Kerl hier versteht das Lügen nicht, über den amüsiere ich mich nicht.«

Er nahm sie am Arm und führte sie aus dem Menschenschwarm hinaus, als ob er das Recht dazu hätte oder ihr Vormund wäre. Von jedem anderen Mann hätte sie das als eine Beleidigung empfunden, aber von ihm ließ sie es sich gefallen.

»Verdient der Mann auf diese Weise seinen Lebensunterhalt?«

Luke nickte.

»Ja, er lebt eben und macht Geschäfte durch die Kraft seiner Erfindungsgabe. Er übt denselben Beruf aus wie Trigger, aber was für ein Unterschied besteht zwischen den beiden!«

»Wer ist denn eigentlich Trigger?« fragte sie neugierig.

»Der König aller Leute, die Tips verkaufen. Haben Sie nicht gehört, mit welcher Ehrfurcht der Bursche dort den Namen dieses Mannes nannte? Trigger ist eins der größten Phänomene. Er hätte auch in keinem anderen Jahrhundert auftreten können. Das neunte Weltwunder kann man diesen Trigger mit dem ›grünen Band‹ nennen. Seine Reklame hat er großartig aufgezogen.«

Er lächelte, als ob ihm ein guter Gedanke gekommen wäre, aber dann wurde er wieder ernst.

»Was machen Sie denn eigentlich hier in dieser schönen Gegend? Wollen Sie auch Einjährige kaufen? Ich weiß wohl, daß Sie eine Vorliebe für Pferde haben, aber ich hatte doch nicht erwartet, Sie hier in Doncaster zu finden.«

Sie schüttelte den Kopf.

»Ich bin hergekommen, um einen Herrn zu treffen. Kennen Sie vielleicht Mr. Elijah Goodie?«

Sein Gesicht versteinerte sich plötzlich.

»Goodie?« wiederholte er. »Meinen Sie Li Goodie – den Trainer? – Ist er ein Freund von Ihnen?« fragte er ziemlich brüsk.

Aber sie fühlte sich nicht beleidigt dadurch. Sechzehn Tage waren sie auf dem Dampfer zusammengewesen, und sie hatte sich allmählich an sein Wesen gewöhnt, das ihr zuerst allerdings anmaßend – um nicht zu sagen: unverschämt – erschienen war.

»Er ist mein Pächter«, entgegnete sie lächelnd.

»Ach ja, ich entsinne mich. Ich hätte Ihnen auf dem Dampfer auch schon etwas über ihn sagen können, aber ich habe zuerst über Rustem gesprochen. Goodie gehört auch zu der Bande. – Dort drüben ist er!«

Er zeigte unauffällig auf einen Mann, der auf der anderen Seite der Straße ging. Goodie hatte eine gelbliche Gesichtsfarbe und mochte vierzig oder fünfzig Jahre alt sein.

Weder sein Anzug noch sein Benehmen verriet, daß er ein Trainer von Rennpferden war. Er trug schwarze Kleidung, und der niedrige weiße Kragen gab ihm fast das Aussehen eines Geistlichen. Seine Bewegungen waren langsam und umständlich.

»Das ist Elijah«, sagte Luke. »Ist er nicht hübsch?«

Wenn irgendein Wort auf Goodie nicht paßte, dann war es ›hübsch‹. Edna blieb stehen und beobachtete ihn, bis er um die nächste Ecke bog und eine Seitenstraße entlangging. Anscheinend wohnte er in dieser Gegend.

»Er scheint Eindruck auf Sie gemacht zu haben. – Wo werden Sie übrigens zu Mittag essen? Wenn Sie mit in die Stadt gehen, arrangiere ich alles für Sie.«

Es lag eigentlich gar kein Grund vor, ›alles für sie zu arrangieren‹ oder sie zu begleiten.

Sie gingen zusammen zum Rathaus der kleinen Stadt. Er ließ sie in der Eingangshalle zurück und verschwand in einem Büro. Nach kurzer Zeit erschien er wieder und brachte ihr eine Anzahl von Karten und eine blaue Rosette zum Anstecken, so daß sie nun Zutritt zur Tribüne hatte.

»Wo haben Sie eigentlich Ihren alten Freund gelassen?«

»Sie meinen Mr. Garcia? Ich weiß nicht, wo er geblieben ist. Er ist gestern abend abgereist. Ich hoffte schon, daß er mich hierher begleiten würde.«

Er führte sie in ein Restaurant, dessen Räume erstaunlich leer waren.

»Ich kenne Doncaster nicht allzugut«, erklärte er. »Nur dieses Lokal ist mir bekannt, denn hier fand ich Mr. Sepfield, von dem Sie wahrscheinlich niemals etwas gehört haben. Er aß gerade hier ein gutes Frühstück – als ob er niemals seine Frau vergiftet und in Beton begraben hätte.«

Er sagte das so ruhig und gleichgültig, daß sie ihn fragend ansah.

»Was sind Sie denn eigentlich?«

»Kriminalbeamter von Scotland Yard. Und nun bekommen Sie nur ja keinen Ohnmachtsanfall.«

»Was, Sie sind Kriminalbeamter?« fragte sie atemlos.

»Kriminalinspektor; das ist natürlich dasselbe, nur ein etwas höherer Grad. Haben Sie nicht eben, als wir beide die Straße entlanggingen, gesehen, daß alle möglichen Leute vor mir auskniffen und in Seitenstraßen einbogen? Sie müssen nicht glauben, daß die Leute vor Ihnen ausgerissen sind, und das nicht als negatives Kompliment für Ihre schöne Erscheinung auffassen. Ich war derjenige, dem sie nicht ins Auge zu sehen wagten.«

Sie sah ihn verdutzt an.

»Sie haben mir aber an Bord des Dampfers niemals gesagt, daß Sie Kriminalbeamter sind. Sie scheinen doch –«

Sie wußte nicht recht, wie sie fortfahren sollte.

»– ein Gentleman zu sein«, vollendete er den Satz prompt. »Dazu habe ich mich allmählich selbst erzogen. An Bord des Schiffes habe ich nicht darüber gesprochen, weil ich es für ganz nebensächlich hielt.«

»Sind Sie hier im Dienst?«

Er nickte und schaute sie ernst an.

»Ich werde Ihnen auch etwas erzählen, was Ihnen sicher Spaß macht. Bisher habe ich noch nie eine Dame ins Vertrauen gezogen, aber mit Ihnen mache ich eine Ausnahme. Warum, weiß ich selbst nicht. Ja, ich bin also hier im Dienst, sehe den Rennen interessiert zu und achte dabei auch noch auf andere Dinge. Haben Sie Trigger gesehen? Sie würden ihn nicht erkennen, aber sicher haben Sie einen großen, gelben Deville-Wagen bemerkt, der so pompös aussieht, als ob er eine Million Dollar kostete?«

Der übertrieben luxuriöse Wagen war ihr aufgefallen, weil er das Straßenbild völlig beherrscht hatte.

»Der Mann, der darin saß, war Trigger.«

»Ist das derselbe, der dem Publikum die guten Tips verkauft?« fragte sie erstaunt.

»Ja, er ist ein Prophet, und er gilt etwas in seinem Vaterlande. Ein Mann, durch den zweitausend Familien im Land in Wohlstand, vielleicht sogar in Reichtum leben können. Wenn Sie zu den Leuten gehören, die mit ihm in Geschäftsverbindung stehen, dann ist das ein Empfehlungsbrief, mit dem Sie überall durchkommen. Dazu müssen Sie aber gute Referenzen aufweisen können. Die Kunden von Trigger sind sehr sorgfältig ausgesucht; es sind alles Leute von bestem Ruf.«

Zuerst hatte sie geglaubt, daß dieser korpulente Mann, der in dem prachtvollen Wagen vorbeigefahren war, irgendeine lichtscheue Organisation gegründet hätte. Irgendwie hatte sie ein Vorurteil und hielt Leute, die Rennwetten abschlossen, für große Gauner. Als sie eine entsprechende Bemerkung machte, mußte Luke herzlich lachen.

»Im Gegenteil, es sind Abkömmlinge altadeliger Familien, Obersten der britischen Armee, die noch im Dienst stehen oder schon ihren Abschied genommen haben, Leute, die schöne Landsitze ihr eigen nennen, bedeutende Bankiers, Leute, die eine hervorragende Stellung in der Gesellschaft einnehmen, und so weiter. Und es gibt nicht einen unter Triggers Kunden, der sich irgend etwas hätte zuschulden kommen lassen.«

»Aber das ist doch alles nur Scherz!«

»Sie glauben, daß ich Sie aufziehe? Nein, ich habe Ihnen die reine Wahrheit gesagt. Wissen Sie, all die vielen Buchmacher, die heute zum Rennen hergekommen sind, haben nur die eine Furcht, daß unter den hundertundzwanzig Pferden, die heute an den Rennen teilnehmen, eine von Triggers Transaktionen ist. Das werden Sie ebensowenig verstehen wie Griechisch, aber ich will es Ihnen erklären.«

Sie lauschte interessiert, während er ihr die Geschäftskniffe der Gesellschaft mit dem ›grünen Band‹ klarmachte.

»Der Name, den sich Trigger für seine Firma zugelegt hat, klingt sehr poetisch, aber er ist nicht seine eigene Erfindung. Er wurde einmal von einem Sportjournalisten erfunden, der mit dem ›grünen Band‹ die Rennbahn bezeichnete. Trigger hat nun eine große Anzahl von Kunden. Diese wetten bei einer großen Anzahl von Buchmachern in verschiedenen Teilen des Landes. Die Kunden senden an Trigger ein Telegrammformular, in dem sie eine Wette auf ein Pferd abschließen und darauf fünf bis zehn Pfund setzen. Der Name des Pferdes wird ausgelassen. Trigger setzt ihn in letzter Minute selbst ein. Am Tag des Rennens schickt er selbst eine ganze Anzahl von Beauftragten in die verschiedensten Städte, und die Telegramme werden zu gleicher Zeit aufgegeben. Sie laufen gewöhnlich in den Büros der verschiedenen Buchmacher im letzten Augenblick ein.«

»Aber das ist doch glatter Betrug«, unterbrach sie ihn.

»Nein, das ist es nicht, das geschieht alle Tage. Beim Rennen selbst wird überhaupt nicht auf den Platz gesetzt, und die Quote, unter der die Buchmacher Rennen abschließen, richtet sich doch nach dem Geld, das auf das Pferd gesetzt wird. Triggers Transaktionen gewinnen daher immer unter sehr günstigen Bedingungen. Er hat jahrelang dazu gebraucht, bis er diese große Organisation aufgezogen und so viele Kunden gefunden hat, die ihn nicht betrügen. Der Haupthaken ist nämlich der, daß sie ihm fünfzig Prozent des Gewinnes einsenden müssen. Die Versuchung, das Geld zu behalten, ist sehr groß, aber er hat mit eiserner Strenge alle schlechten Leute ausgemerzt. Neue Kunden werden nur auf Empfehlung von alten, bewährten Mitgliedern seiner Organisation angenommen. Sie sind nach den strengsten Grundsätzen ausgesucht. Und auch seine Beauftragten sind durchweg zuverlässige Leute. Er zahlt ihnen sechs Pfund wöchentlich und einen ziemlich hohen prozentualen Anteil.«

»Aber wenn nicht auf dem Rennplatz auf ein Pferd gesetzt wird, was macht es dann den Buchmachern aus?«

Luke erklärte ihr, daß die meisten Buchmacher außer ihrer Tätigkeit auf der Rennbahn selbst auch noch große Wettbüros in London, Manchester, Leeds und anderen großen Städten unterhielten.

»Bei der geringsten Andeutung, daß ein Pferd eine Transaktion von Trigger ist, wird sofort die Quote heruntergedrückt. Aber verlassen Sie sich darauf: Heraus kommt niemals etwas. Trigger ist an mindestens einem Dutzend Rennställen beteiligt. Er hat schon früher Tausende von Pfund für ein Pferd bezahlt, hat das Tier ein ganzes Jahr lang irgendwo in einem Rennstall trainieren und dann plötzlich für ein Rennen melden lassen. Es erschien auf dem Rennplatz stark bandagiert und gewann das Rennen als Außenseiter. Natürlich blieb die Quote sehr gering, da kein Mensch auf dem Rennplatz selbst darauf setzte. Die Leute glaubten, daß sich das Tier verschlechtert habe. Trigger meldet niemals unter eigenem Namen; dafür hat er seine Leute. Für ihn ist es immer leicht, solche Menschen zu finden.«

»Lohnt es sich denn, eine derartig umständliche Organisation aufzuziehen?«

Luke sah sie mit einem sonderbaren Lächeln an.

»Ich hoffe, Sie verstehen so viel von Mathematik, daß Sie einem kurzen Rechenexempel folgen können. Nehmen wir einmal an, daß zweitausend Kunden im Durchschnitt je zehn Pfund auf das betreffende Pferd setzen – in Wirklichkeit wird bedeutend mehr gewettet. Und nehmen wir an, daß nachher die Quote von zehn zu eins für den Sieger gezahlt wird. Das macht eine Gewinnsumme von zusammen zweihunderttausend Pfund aus. Davon bekommt Mr. Trigger die Hälfte, also hunderttausend Pfund. Und seine Pferd gewinnen immer. Es wurde einmal ein Rennen in Folkestone abgehalten, bei dem sieben Pferde liefen. Später stellte sich heraus, daß alle sieben Trigger gehörten. Beweisen konnten wir das leider nicht, aber wir sind fest davon überzeugt, daß es sich so verhielt. Er hatte sie in dem Augenblick gekauft, als die Meldungen abgeschlossen wurden. Dann schickte er einen Vertrauten nach Folkestone, der auf drei der Pferde setzte, um die Wetten zu beeinflussen. Es ist ja erstaunlich, wie leicht sich Buchmacher beeinflussen lassen. Die drei Pferde wurden zu ziemlich niedrigen Quoten genannt, aber auf das Pferd, das das Rennen wirklich gewann, hatte niemand gesetzt. Es ging mit drei Längen Vorsprung durchs Ziel. Übrigens war es auch das einzige Pferd, das gut auf das Rennen vorbereitet war; die anderen hatte er einfach in der letzten Woche überhaupt nicht trainieren lassen. Er hat ein halbes Dutzend Trainer, die ihm aufs Wort folgen. Er selbst besitzt keine Pferde unter eigenem Namen. Der ›Jockei Klub‹ gestattet das nicht. Jeder Trainer, der ein Pferd von Trigger annimmt, wird sofort ausgeschlossen, und es wird ihm die Lizenz entzogen. – Wenn Sie fertig sind, wollen wir auf den Rennplatz gehen und einmal sehen, ob eine Transaktion von Trigger heute in Erscheinung tritt.«

»Wird es heute sein?« fragte sie interessiert.

»Das kann niemand genau sagen, ich vermute es nur.«

Er hatte jedoch Nachrichtenquellen, von denen sie nichts ahnen konnte.

Bevor sie noch recht wußte, was geschah, hatte er sie in ein großes Auto verstaut, und sie fuhren zusammen zum Rennplatz. Sie hatte sich ganz seiner Führung anvertraut und fühlte sich in seiner Obhut etwas sicherer.

»Der Wagen gehört nicht mir«, erklärte er, »sondern der Polizei. Wahrscheinlich ist er einem Gentlemanverbrecher abgenommen worden.«

Sie interessierte sich für alles, was sie sah. Eine endlose Prozession von Autos bewegte sich langsam nach dem Rennplatz.

»Sehen Sie, dort ist Ihr Freund«, sagte Luke und wies mit dem Kopf hinüber.

Sie sah einen offenen Wagen, in dem zwei Herren saßen. In dem einen erkannte sie Goodie.

»Der größere ist Doktor Blanter«, sagte er. »Früher hat er Menschen verarztet, jetzt macht er es mit Buchmachern ebenso, indem er ihre Einlagen auf der Bank amputiert und ihnen die Taschen leert.«

»Was ist er denn?«

»Er ist als gewerbsmäßiger Rennwetter bekannt. Auf jeden Fall macht er daraus kein Geheimnis und erzählt es selbst. Das heißt, er wettet bei Pferderennen und bestreitet damit seinen

Lebensunterhalt. Er wäre längst bankrott, wenn Trigger nicht existierte. Der Mann hat einen Defekt – er kann sich nicht so weit beherrschen, daß er das Wetten auf der Rennbahn läßt. Und dabei versteht er nicht einmal etwas von der Sache. Trotzdem ist er jetzt ein reicher Mann.«

Triggers merkwürdiges Unternehmen beschäftigte Edna Gray so sehr, daß sie kaum an etwas anderes dachte.

»Aber die Buchmacher werden doch so große Summen nicht so ohne weiteres verlieren, ohne sich dagegen zu wehren?«

»Wenn das jede Woche passierte, würden sie kaum existieren können. Aber Triggers Klugheit besteht ja gerade darin, daß er niemals mehr als acht bis neun solcher Transaktionen im Jahr vornimmt. Dieses Jahr kommt er bestimmt auf neun, denn die siebente Transaktion ist bereits angekündigt. Gewöhnlich läßt er ein bis anderthalb Monate verstreichen. So ist die Summe, die er aus den Rennen zieht, im Verhältnis zu dem Geld, das auf sämtlichen englischen Rennplätzen im Jahr umgesetzt wird, verhältnismäßig gering. Übrigens sind seine Kunden unverbesserlich, und wahrscheinlich setzen sie auch noch nebenher, so daß sich das für die Buchmacher in gewisser Weise ausgleicht. Für die Buchmacher ist es außerordentlich schwer, herauszufinden, wann der Schlag fallen wird, und noch viel schwerer ist es für sie, von ihren Kunden die betreffenden Wetten nicht anzunehmen. Im allgemeinen kann man es so auffassen, daß der Buchmacher nur ein Vermittler ist, der den Gewinnern das Geld ausbezahlt, das er von den Verlierern eingenommen hat. Je weniger Gewinne er auszuzahlen hat, desto größer ist sein Verdienst.«

Luke sah zu Dr. Blanter hinüber, der mit tiefer, weitschallender Stimme zu seinem Begleiter sprach. Mr. Goodie saß mit geschlossenen Augen neben ihm; er mochte schlafen, aber ebensogut auch aufmerksam zuhören.

»Dieser Goodie ist doch ein ganz merkwürdiger Mensch. – Übrigens kommt unser Freund Rustem sehr selten auf die Rennbahn.«

»Gehört denn Mr. Rustem . . .?«

»Ja, der ist auch einer von der Bande, und zwar ihr juristischer Berater. In der Beziehung ist er sehr tüchtig. Deshalb hat

Trigger ja auch noch keine falschen Schritte unternommen. Die Tatsache, daß alle noch auf freiem Fuß sind, beweist das.«

Der Wagen kam bei dem ungeheuren Verkehr nur sehr langsam vorwärts, aber schließlich hielt er vor dem Eingang zu den Tribünen. Luke half Edna beim Aussteigen, bahnte sich einen Weg durch die Menge, und nach ein paar Minuten gingen sie über den weiten Sattelplatz, der bereits von Besuchern des Rennens bevölkert war.

Edna war erstaunt über die große Rolle, die Trigger im Turfbetrieb spielte. Sie hatte sich die Rennen immer ganz anders vorgestellt und geglaubt, man würde schöne Pferde sehen und es würde alles fair und freundlich zugehen. Natürlich wußte sie, daß Leute auch über ihre Mittel hinaus Wetten abschlossen, aber jetzt erst konnte sie sich ein Bild von dem wirklichen Rennbetrieb machen. Die Rennwetten waren eine Sache für sich und hatten nichts mit Gestüten und Pferdezucht zu tun. Auch im Haus ihres Onkels war viel über Pferdezucht gesprochen, aber hiervon nichts erwähnt worden. Für die meisten Besucher war das Rennen nur eine Art aufregendes Börsenspiel.

Das erste Rennen begann. Edna hörte die vielen Rufe, als die Pferde starteten, und sah dann die bunten Seidenkappen der Jockeis an den Köpfen der großen Menge vorbeisausen. Bald darauf war das Rennen vorüber. Luke entschuldigte sich und verließ sie, kam aber nach einiger Zeit wieder zu ihr.

»Ich wollte mich nur nach dem letzten Sieger erkundigen, hören, welche Quote er erzielt hat. Es ist fast gar nicht auf ihn gesetzt worden. Niemand kennt dieses Pferd; es kommt aus einem Stall im Norden. Die Quote ist hundert zu sechs. Wenn das nicht eine Transaktion von Trigger ist, will ich nicht mehr Luke heißen.«

Und er hatte recht. Irgendwo in London war der Name des Pferdes bekannt geworden, den der geschäftstüchtige Mr. Trigger an seine zweitausend Kunden geschickt hatte, und es wurde ein verzweifelter Versuch gemacht, diese Nachricht per Telefon zum Rennplatz durchzugeben.

Die Verbindungsleute der Buchmacher hatten die Warnung dreißig Sekunden nach dem Start durchgeben können – und das war dreißig Sekunden zu spät.

4

»Das hätten wir also herausbekommen«, sagte Luke grimmig. »Das Datum in der Zeitungsanzeige war nicht ganz richtig angegeben, um die Leute irrezuführen. Wir wollen jetzt einmal zur Versteigerung des Siegers gehen.«

Es war ein nicht allzu bestechend aussehender Brauner, der einem Rennstallbesitzer im Norden Englands gehörte. Luke sah in seinem Rennbuch nach und stellte fest, daß das Pferd nur ein Rennen mitgemacht hatte, und zwar als Zweijähriger.

Die Angebote stiegen bis auf zwölfhundert Pfund, bevor das Pferd von dem früheren Eigentümer wiedererworben wurde.

»Das war ja nun auch wieder ein richtiges Theater«, sagte Luke geheimnisvoll. »Der Mann, dem das Tier gehören soll, hat in seinem Leben überhaupt nie zwölfhundert Pfund besessen. Sehen Sie, dort steht der richtige Eigentümer!«

Er zeigte auf den korpulenten Mr. Trigger, der selbstzufrieden quer über den Sattelplatz ging, eine dicke Zigarre rauchte und allem Anschein nach mit sich und der Welt zufrieden war. Blanter und Goodie standen in der Nähe der Barriere und sprachen eifrig miteinander. Gleich darauf trat Trigger zu ihnen.

»Sie haben diese Transaktion für einen Zeitraum nach dem nächsten Donnerstag angekündigt«, erklärte Luke. »Die Anzeige war vollkommen überflüssig. Trigger will ja auch keine neuen Kunden durch die Zeitung werben; er nimmt sie doch nur auf Empfehlungen hin an. Aber es ist tatsächlich schwer, diesen Kerlen auf die Finger zu sehen. Trigger und seine Partner haben das eine große Geheimnis des Erfolges auf dem Rennplatz erfaßt, und das ist Geduld, Geduld und nochmals Geduld!«

Als Edna zu der Gruppe hinübersah, trennten sich die drei voneinander. Trigger und der Doktor gingen langsam nach dem Rennbüro, und Goodie blieb allein. Er sah düster drein, während er sich mit dem Rücken an die Barriere lehnte. Die Daumen hatte er in die Westentaschen gesteckt und den Blick auf den Boden gesenkt.

»Ich möchte ihn gern einmal sprechen«, sagte Edna. »Wollen Sie so freundlich sein und mich mit ihm bekannt machen?«

Luke zögerte zunächst.

»Ja, selbstverständlich«, sagte er dann. »Es fragt sich nur, ob es empfehlenswert ist, daß ich mich in der Rolle Ihres Beschützers und Freundes zeige. Aber die haben uns wahrscheinlich schon gesehen, und wissen können sie auch ruhig, daß Sie mit der Polizei in Verbindung stehen.«

Er ging mit ihr auf Goodie zu, der auch dann nicht aufsah, als sie bereits vor ihm standen. Aber Edna wußte instinktiv, daß er sie unter seinen gesenkten Augenlidern hervor den ganzen Weg quer über den Sattelplatz beobachtet hatte.

»Guten Tag, Mr. Goodie. Miss Gray möchte Sie kennenlernen.«

Goodie schaute langsam auf, zog einen seiner Daumen aus der Westentasche und reichte ihr gleichgültig die Hand. Sein Anblick aus nächster Nähe war noch weniger anziehend, als sie gedacht hatte. Viele Linien und Furchen durchzogen sein gelbes Gesicht, das an einen vertrockneten Apfel erinnerte. Sein Alter konnte man nur schwer schätzen.

Zuerst glaubte Edna, der böse Blick des Mannes gelte Mr. Luke, aber später sah sie, daß sich der abstoßende Ausdruck in Goodies Augen kaum änderte.

»Wie geht es Ihnen, Miss Gray?«

Er sprach langsam und sah sie mit seinen blaßblauen Augen durchdringend an, als ob er ihre Gedanken lesen wollte.

»Ich hörte, daß Sie die Absicht haben, in Ihre Heimat zurückzukehren und in Longhall House zu wohnen. Zu dem Zweck wollten Sie doch wohl auch den Schlüssel haben? Ich habe an Mr. Rustem telegrafiert, daß er sie Ihnen schicken soll. Er wohnt diese Woche vorübergehend in meinem Hause. Es tut mir leid, daß Sie sich auf Longhall niederlassen wollen, denn das ganze Haus ist mit Ratten verseucht. Es ist schwer, die Tiere niederzuhalten, wenn die Ställe in der Nähe sind, Miss Gray. Sie werden finden, daß sie eine große Plage für Sie sind.«

Er machte eine Pause und feuchtete die blutleeren Lippen mit der Zunge an, behielt Edna aber im Auge.

»Hinzu kommt, daß die Sorte, die wir draußen bei uns haben, besonders wild ist. Einer meiner Angestellten wurde neulich sogar von einem ganzen Rudel Ratten angegriffen.«

Sie nickte nur.

»Ich habe Ratten ganz gern«, entgegnete sie ruhig.

Luke, der sich im allgemeinen nicht leicht verblüffen ließ, hielt vor Überraschung den Atem an. Einen Augenblick war auch Goodie erstaunt.

»Nun, dann haben Sie ja reichlich Gelegenheit, sie zu beobachten und sich mit ihnen zu beschäftigen.«

Die Zigarre, die er im Mund hatte, brannte nicht; er machte sich auch nicht die Mühe, sie herauszunehmen, als er mit ihr sprach.

»Mein Angestellter hat mir gesagt, daß Sie mit Ihrem Auto da waren. Es hat mir leid getan, daß ich nicht zu Hause war. Haben Sie auch meine Pferde gesehen?«

Es war außergewöhnlich, daß Goodie auf derartige Dinge einging. Luke war nicht wenig verwundert. Aber er kannte den Mann sehr gut und wußte, daß Goodie mit jedem Wort, das er sagte, einen bestimmten Zweck verfolgte.

»Wir konnten sie einen Augenblick sehen, als sie vom Trainingsgelände zurückkehrten«, sagte Edna und fügte dann harmlos hinzu: »Ich nahm Mr. Garcia mit nach dort. Er ist auch ein großer Pferdezüchter und freute sich, daß er eine ganze Anzahl englischer Rennpferde zu sehen bekam.«

Mr. Goodie nickte langsam.

»Mr. Garcia ist Besitzer eines Gestütes? Nun, ich freue mich, das zu hören. Ich lasse es bei meinen Pferden an nichts fehlen und sehe vor allem darauf, daß sie reichlich Futter und gesunde Ställe haben. – Ich hoffe, daß Sie Ihre Schlüssel bald bekommen. Wenn ich sonst noch etwas für Sie tun kann, Miss Gray, dann brauchen Sie es mir nur mitzuteilen. Aber – wie gesagt, die Ratten ...«

»Ich freue mich geradezu auf sie«, erwiderte Edna guten Mutes und verabschiedete sich.

»Sie haben doch nicht etwa wirklich Ratten gern?« fragte Luke, als sie durch die Menge weitergingen.

»Ich verabscheue sie«, erklärte sie mit einem schnellen Lächeln, »aber ich wollte mich von ihm nicht einschüchtern lassen. Er möchte doch anscheinend unter allen Umständen verhindern, daß ich nach Longhall ziehe. Ich habe mich aber fest entschlossen, dort zu wohnen.«

Er blieb stehen und sah sie groß an.

»Was – Sie wollen dort wohnen? In der Nähe von Goodie?«

Sie nickte.

»Aber doch nicht ganz allein?«

»Natürlich stelle ich einige Dienstboten ein.«

Zum erstenmal war es ihr unangenehm, daß er sich in ihre Angelegenheiten einmischte; aber ihr Unmut ging sofort vorüber.

»Warum sollte ich es denn nicht tun, Mr. Luke?«

»Weil es nicht gut ist«, entgegnete er mit Nachdruck. »Ich glaubte, Sie wollten das Haus nur aus Neugierde besuchen und dann verpachten. Es ist mir nicht im Traum eingefallen, daß Sie sich tatsächlich dauernd dort aufhalten wollen. Wissen Sie auch, was Goodie war, bevor er Rennpferde trainierte?«

Ehe sie antworten konnte, hörten sie einen Schrei hinter sich und drehten sich sofort um.

Auf irgendeine Weise hatte sich ein hagerer, hochbeiniger Wolfshund auf den Rennplatz eingeschlichen.

Eins der Pferde wurde von einem Stallknecht hin und her geführt, damit es sich abkühlen sollte, und dieses Tier sprang der Hund plötzlich an. Erschreckt schlug das Pferd aus, und es mußte den Hund an der Schulter gestreift haben, denn der packte es nun wild an der Kehle. Das Tier stieß einen Schreckensschrei aus, richtete sich auf den Hinterbeinen auf und schlug mit den Vorderhufen um sich, ohne den Hund abschütteln zu können.

Im selben Augenblick sprang Goodie über die Barriere. Mit ein paar langen Sätzen hatte er die beiden Tiere erreicht, packte den großen, schweren Hund mit einer Hand und den Zügel des Pferdes mit der anderen. Mit einer starken Bewegung seines Armes schleuderte er den Hund in die Mitte des Platzes, wo er bewegungslos liegenblieb. Das Pferd blutete am Hals und wollte erschreckt davonstürmen. Es wieherte wild und schlug aus, aber Goodie hielt es fest am Zügel. Gleich darauf sprang auch der Trainer des Pferdes hinzu. Der Hund rührte sich immer noch nicht.

»Der scheint tot zu sein«, sagte Luke. »Goodie hat ihm mit dem einen Griff das Genick gebrochen. Der Mann hat die Stärke eines Büffels.«

Edna sah auf Goodie, der jetzt unter der Barriere durchschlüpfte und in der Menge verschwand.

»Das war aber erstaunlich mutig«, sagte sie.

»Ja, bevor er Pferde trainierte, hat er wilde Tiere dressiert – er hat sogar im Löwenkäfig gestanden. Schließlich besaß er selbst eine reisende Menagerie. Das wäre ein weiterer Grund für Sie, nicht in Longhall zu wohnen.«

In diesem Augenblick ärgerte sie sich wirklich über ihn.

»Sie tun so, als ob Sie einfach über mich zu verfügen hätten«, erwiderte sie kurz und kühl.

»Ja, das ist meine spezielle Schwäche. Aber kommen Sie jetzt mit auf die Tribüne.«

Sie hatte sich entschlossen, Doncaster am folgenden Morgen zu verlassen. Es hatte deshalb keinen Zweck, sich mit dem Mann zu streiten, der sonst immer so liebenswürdig zu ihr gewesen war und den sie wahrscheinlich doch nicht wiedersehen würde.

Schweigend stiegen sie die vielen Treppen hinauf und mischten sich unter die Leute, die in der obersten Reihe standen.

Das zweite Rennen wurde angekündigt, und die Pferde kamen mit ihren Reitern zum Start. Edna konnte über die Rückwand hinab auf die Straße sehen, die tief unter ihr lag. Als sie gleichgültig nach links blickte, entdeckte sie einen großen Wagen, der aus der Richtung von London kam und vor dem Eingang zu den Tribünen anhielt. Er war grauweiß von Staub. Die beiden Insassen trugen Ledermäntel und waren nicht zu erkennen. Sie stiegen, etwas steif nach der langen Fahrt, aus dem Wagen. Als der eine den Mantel öffnete und Lederkappe und Schutzbrille abstreifte, bemerkte sie zu ihrem Erstaunen, daß es der tadellos gekleidete Mr. Arthur Rustem war. Er sah aber nicht so gut aus wie sonst.

Sein Begleiter war der etwas aufdringliche junge Mann aus seinem Büro. Der frühere Anwalt wandte sich zum Eingang und verschwand. Sie trat zu Luke zurück und erzählte ihm, was sie gesehen hatte.

»Was – Rustem ist hier? Der geht doch für gewöhnlich nicht zum Rennen.«

Er hob den Feldstecher an die Augen, suchte unten den Sattelplatz ab und entdeckte in der Menge Mr. Rustem, der noch den Ledermantel trug. Dr. Blanter, Goodie und der kleine Mr. Trigger, die Rustem suchte, hielten sich in der äußeren Ecke des Sattelplatzes auf. Gleich darauf standen sie im Kreis und steckten die Köpfe zusammen. Es mußte eine besonders wichtige Veranlassung vorliegen, daß Rustem zum Rennen kam, um sich mit den anderen in Verbindung zu setzen. Luke konnte durch den Feldstecher auch erkennen, daß Dr. Blanter ein ärgerliches Gesicht machte.

Trigger, der allem Anschein nach aufpaßte, daß sie von niemandem belauscht wurden, sah sich häufig um. Als eine Gruppe von Leuten in ihre Nähe kam, gingen sie ein wenig zur Seite. Einmal gewahrte Luke auch, daß Goodie auf die Tribüne zeigte und irgend etwas sagte.

»Ich habe das Gefühl, daß sie über uns sprechen«, meinte er. »Können Sie sie sehen?«

Edna nickte.

»Ich möchte nur wissen, ob er meine Schlüssel mitgebracht hat«, sagte sie dann.

»Ihre Schlüssel! Meinen Sie, Rustem wäre aus London nach Yorkshire gekommen, um –«

Er brach unvermittelt ab. Drei der Leute gingen plötzlich schnell über den Sattelplatz und kamen außer Sicht. Luke eilte zum höchsten Punkt der Tribüne und schaute über die Mauer nach unten. Der große, staubbedeckte Wagen stand noch vor dem Eingang; Pilcher ging unten auf und ab und rauchte eine Zigarette. Die drei kamen zum Ausgang heraus und hielten noch eine kleine Besprechung auf der Straße ab. Dann langte Pilcher in den Wagen und holte einen kleinen Handkoffer heraus. Im selben Augenblick stiegen zwei der anderen ein, das Auto wendete und fuhr den Weg zurück, den es gekommen war.

»Warum die wohl nach London fahren?« meinte Luke nachdenklich. »Und warum haben sie Pilcher hier in Doncaster zurückgelassen?«

»Kennen Sie den auch?« fragte sie überrascht.

»Ich kenne alle Leute.«

Als er wieder über die Mauer spähte, war Pilcher verschwunden.

»Wahrscheinlich hat er eine Straßenbahn erwischt und ist in die Stadt gefahren.«

Edna zerbrach sich den Kopf, was Luke in Doncaster wohl zu tun hätte. Es war doch sehr unwahrscheinlich, daß Scotland Yard, das immer zuwenig Leute hatte, einen so wichtigen Beamten aussandte, um die Durchführung von einer der Triggerschen Transaktionen zu beobachten.

»Es ist möglich, daß sie morgen zurückkommen. Allem Anschein nach ist etwas mit Triggers Transaktionen passiert. Was es auch sein mag – wichtig ist es auf jeden Fall.«

Luke fuhr Edna vor dem letzten Rennen nach Hause, und als er ihr anbot, sie abends zum Essen auszuführen und ihr die Stadt zu zeigen, konnte sie im Augenblick keinen triftigen Entschuldigungsgrund finden.

Sie trank Tee in ihrem Wohnzimmer, und ihre Wirtin erzählte mit offensichtlichem Stolz, daß sie einen zweiten Mieter bekommen habe, der das untere Schlafzimmer und auch das Wohnzimmer gemietet habe.

Edna interessierte sich wenig dafür. Sie hatte Möbelkataloge aus London mitgenommen, ebenso Preislisten von Teppichen, Gardinen und Vorhängen, und sie brachte nun eine Stunde damit zu, Pläne für die Einrichtung und Ausstattung ihres Hauses zu machen.

Edna Gray war früher Stenotypistin gewesen. Als sie siebzehn Jahre alt war, starb ihre Mutter, und sie hatte sich mit einem kleinen Gehalt ziemlich mühselig durchschlagen müssen. Sie wußte wohl, daß sie irgendwo in Südamerika einen Onkel hatte, aber er existierte kaum wirklich für sie, bis eines Tages zu ihrem größten Erstaunen ein langer Brief von ihm eintraf. Er bat sie darin, zu ihm zu kommen. Dann hatte sie sechs glückliche Jahre mit ihm verlebt. Jeden Tag hatte sie im Sattel sitzen dürfen und war Herrin eines großen, luxuriös ausgestatteten Hauses gewesen. Als ihr Onkel starb, wurde sie seine Universalerbin und konnte ihr Leben einrichten, wie es ihr paßte.

Longhall hatte sie als Kind einmal aufgesucht. Die Erinnerung daran war nicht allzu angenehm. Das Haus war düster, wenn auch sehr repräsentativ und groß – ein schöner, alter Landsitz aus der Zeit der Tudors, zu dem tausend Morgen Land gehörten. Es war der Wunsch ihres alten Onkels Donald gewesen, daß sie nach seinem Tod nach England zurückkehren sollte. In gewisser Weise war dieser Wunsch leicht zu erfüllen, denn sie hatte nur wenige Freunde in Südamerika. Ihr Onkel hatte ziemlich zurückgezogen gelebt, und sie war nur selten nach Buenos Aires gekommen, höchstens, wenn sie sich Kleider anfertigen ließ oder einmal ins Theater ging.

Mr. Garcia war nahezu ihr einziger Freund gewesen, und es fiel ihr daher nicht schwer, sich von dem einsamen Leben zu trennen, das sie auf der Estanzia ihres Onkels geführt hatte. In England hatte sie noch verschiedene alte Bekannte, die sie wieder aufsuchen konnte.

Als sie am Abend mit Luke zusammen speiste, erzählte sie ihm von ihren Plänen.

»Ach, haben Sie wirklich die Absicht, sich auch einen eigenen Rennstall einzurichten?« sagte dieser. »Nun, Sie können schließlich noch schlimmere Dinge tun. Ich habe es mir ja bisher versagt, Sie danach zu fragen, wieviel Geld Sie haben. Außerdem weiß ich zufällig, daß Sie eine Viertelmillion besitzen und dreizehntausend Pfund im Jahr – nach einiger Zeit wahrscheinlich noch bedeutend mehr – verbrauchen können. Aber Sie werden doch nicht im Ernst in Longhall wohnen wollen?«

»Warum denn nicht?« fragte sie trotzig.

»Weil mir das nicht lieb ist. Das mag ja kein stichhaltiger Grund sein, aber es ist der einzige, den ich dafür anführen kann. Was ich dagegen habe, beruht auf einer Theorie, die bis jetzt noch nicht zu beweisen ist, wenn ich auch von ihrer Richtigkeit überzeugt bin. Sie sind doch schon einmal dort gewesen. Haben Sie nicht die Eisenstangen vor den Fenstern gesehen und die großen Parktore, die mit Maschendraht bespannt sind? Und wissen Sie auch, warum die neuen Ställe, die Goodie errichten ließ, nicht benützt werden? Er hat nämlich andere Ställe ein paar hundert Meter vom Haus entfernt gebaut. Sie liegen direkt auf den Abhängen der Hügelkette. Und waren Sie vor allem schon in den Perrywig-Höhlen? Die liegen auch auf dem Gelände, das er von Ihnen gepachtet hat. Die Haupthöhle hat zwei eiserne Tore, und man nimmt in der Gegend allgemein an, daß da eine Frau umgeht, die vor zwanzig Jahren dort ermordet wurde.«

Er sah sie fest und herausfordernd an, zuckte mit keiner Wimper und lächelte auch nicht.

»Ich habe das alles im Ernst gesagt. An bestimmten Abenden soll man die unglückliche Frau schreien hören, daß einem die Haare zu Berge stehen.«

Er machte eine Pause.

»Haben Sie die Schreie dieser unglücklichen Frau etwa auch gehört?« fragte Edna.

»Ja. Es war ein sehr unangenehmes Erlebnis.«

Sie lachte leise.

»Sie werden mir doch keine Gespenstergeschichten erzählen wollen«, sagte sie ärgerlich. »Ich weiß nicht, was Sie eigentlich vorhaben. Goodie erzählt mir von Ratten, und Sie – aber ich möchte nicht unhöflich sein. Ich glaube nicht an die Ratten in Longhall House, und ich glaube auch nicht an Ihren Geist, der so fürchterlich schreit. Wollen Sie mich nur aus diesem Grund nicht nach Longhall lassen?«

Luke strich Butter auf ein Stück Toast.

»Ja, zum Teil.«

»Nun, ich gehe aber trotzdem. Ich glaube nicht an Ratten, Gespenster oder ähnlichen Spuk, und ich werde in Longhall House wohnen, weil mein Großvater und dessen Vater und viele Generationen von Gillywoods dort gelebt und gewohnt haben.«

Er sah sie lange an, ohne ein Wort zu sagen.

»Wenn Sie sich tatsächlich nicht davon abbringen lassen, dann wäre es besser, wenn ich erst einmal hinführe und das Haus untersuchte, bevor Sie einziehen. Ich bin ein großer Rattenjäger. Und Sie gestatten sicher auch, daß ich Ihnen einen Rat wegen der Dienstboten gebe. Sie brauchen einen Butler und einen Diener, besser sogar zwei Diener, ganz gleich, welches Personal Sie sonst noch engagieren wollen. Es ist ein schrecklich einsamer Ort, und vor allem muß die männliche Dienerschaft sorgfältig ausgewählt werden. Gerade in letzter Zeit ist es vorgekommen, daß sich Verbrecher mit gefälschten Ausweisen in Vertrauensstellungen einschlichen.«

Er brachte sie dann nach Hause, und sie kamen zu gleicher Zeit mit einem Telegrafenboten an.

»Sind Sie Miss Gray?«

Sie merkte, daß Luke zusammenfuhr.

»Wer kennt Sie denn hier?« fragte er.

»Der Geschäftsführer des Carlton-Hotels. Ich habe ihm ein Telegramm geschickt und ihm mitgeteilt, daß ich morgen zurückkehren werde. Ich habe auch angefragt, ob Mr. Garcia nach London zurückgekommen ist. Aber warum fragen Sie?«

»Ich interessiere mich dafür.«

Viele seiner Angewohnheiten gefielen ihr nicht, und doch wußte sie nicht, was sie eigentlich daran auszusetzen hatte. Er reichte ihr die Hand und klopfte ihr freundlich auf die Schulter, als er sich von ihr trennte.

»Gute Nacht. Ich werde Ihnen morgen den Sieger nennen.«

»Es ist möglich, daß ich morgen früh abreise. Wo kann ich Sie finden?»

Er logierte im ersten Hotel der Stadt.

5

Ednas Wirtin öffnete die Tür und führte sie ins Wohnzimmer. Dort war ein kleines Feuer im Kamin angezündet worden, das den Raum sehr behaglich machte, denn an dem Abend war es empfindlich kalt.

Edna las das Telegramm. Mr. Garcia war nicht ins Hotel zurückgekehrt. Vielleicht war er nach Deutschland gereist und hatte bereits seine ›Vendina‹ wiedergefunden.

Lange Zeit saß sie vor dem Feuer und ließ im Geist noch

einmal alles an sich vorüberziehen, was sich im Laufe des Tages zugetragen hatte.

Sie war todmüde, als sie sich um elf Uhr niederlegte, und fiel sofort in einen unruhigen Schlaf. Sie träumte, daß sie über weite Pampas ritt. Ein großer Hund mit einem häßlichen, gelben Gesicht lief ihr nach und schnappte nach ihren Füßen.

Plötzlich wachte sie auf. Sie knipste das Licht an. Es war halb drei. Als sie ein schwaches Geräusch im Nebenzimmer hörte, richtete sie sich im Bett auf und lauschte. Ein Stuhl mußte auf dem Fußboden bewegt worden sein. Sie überlegte. Es konnte noch nicht halb drei sein, die Uhr mußte falsch gehen. Sie sah sich nach ihrer Handtasche um, in die sie ihre kleine brillantenbesetzte Uhr gesteckt hatte, konnte sie aber nicht finden. Schließlich erinnerte sie sich, daß sie sie auf dem Tisch im Wohnzimmer zurückgelassen hatte, schlüpfte in Pantoffeln und Morgenrock und ging zur Tür. Im selben Augenblick hörte sie nebenan eilige Schritte, und als sie die Tür öffnete, wurde die gegenüberliegende Tür zugeschlagen. Vorsichtig und ängstlich ging Edna ins Wohnzimmer und knipste auch hier das Licht an. Ihre Handtasche lag dort, wo sie sie zurückgelassen hatte, aber jemand hatte sie geöffnet und den Inhalt auf den Tisch gestreut. Edna sah die brillantengeschmückte Uhr, die der Dieb anscheinend übersehen hatte.

Sie glaubte schon, daß der Einbrecher nichts mitgenommen hätte, aber dann besann sie sich, daß sie das Telegramm aus London in die Handtasche gesteckt hatte. Es war verschwunden. Sie sah zwar den Umschlag, aber er war leer.

Sie ging zur Tür, die auf den Flur führte, und schloß sie ab. Das Feuer im Kamin war fast ausgegangen, und sie brachte es wieder zum Brennen, indem sie von dem Holz auflegte, das für den nächsten Morgen vorgesehen war. Dann setzte sie sich. Sie war nun vollkommen wach geworden und dachte über dieses merkwürdige Vorkommnis nach.

Träumte sie noch? Hatte sie sich alles nur eingebildet? Aber plötzlich sah sie etwas unter dem Tisch liegen; sie bückte sich und hob es auf. Es war der abgetragene Wildlederhandschuh eines Mannes.

Dann war es also doch kein Traum! Sie zuckte die Schultern. Doncaster war ja wahrscheinlich das Ziel vieler Diebe in diesen Tagen. Aber warum sollte ein Dieb so unvernünftig sein und eine brillantenbesetzte Uhr zurücklassen, die fast zweihundert Pfund wert war? Auch ein mit Saphiren verziertes Zigarettenetui hatte sie in ihrer Handtasche, das mindestens hundert Pfund gekostet hatte. Warum stahl der Mann nur ein Telegramm aus ihrer Handtasche?

Bei seinem Einbruch war er nicht gestört worden. Er hatte reichlich Zeit gehabt, den Inhalt der Handtasche auszuräumen und durchzusehen. Geld und Schmuckstücke mitzunehmen hätte ihn nicht viel Zeit gekostet.

Die Wärme des Kaminfeuers machte sie aufs neue müde, und sie ging wieder zu Bett.

Als sie am nächsten Morgen gebadet und eine Tasse heißen Tee getrunken hatte, war sie in anderer Stimmung. Sie hätte über dieses merkwürdige Erlebnis in der Nacht lachen können.

Luke sprach bei ihr vor, während sie noch beim Frühstück war, und nahm ihre Einladung an, ihr dabei Gesellschaft zu leisten.

Sie erzählte ihm, was sich zugetragen hatte, und er war wenig erfreut über ihren Bericht.

»Können Sie sich darauf besinnen, was genau in dem Telegramm stand?«

Sie wiederholte den kurzen Text Wort für Wort.

»Es ist aber doch erstaunlich, daß der Einbrecher weder das Geld noch die Uhr genommen hat. Wohnt sonst noch jemand hier im Haus? Ein anderer Mieter?«

Sie erinnerte sich an den jungen Mann, der so plötzlich erschienen war.

Luke ging hinunter zu der Wirtin und fragte sie.

Fünf Minuten später kehrte er zurück und berichtete, daß der Mann früh am Morgen das Haus verlassen habe, obwohl er der Inhaberin des Hauses für vier Tage Miete bezahlt hatte.

»Um sechs Uhr fünfundvierzig geht bereits ein Zug nach London, und den hat Mr. Pilcher sicher benützt.«

»Pilcher?«

Er nickte. »Die Wirtin hat ihn genau beschrieben, und danach habe ich ihn erkannt. Es unterliegt keinem Zweifel, daß er es war.«

»Meinen Sie, der Mann, der hier in mein Wohnzimmer eingedrungen ist –«

»Es war kein anderer als Pilcher. Er hatte die vorderen Zimmer und war noch wach, als Sie gestern abend nach Hause kamen. Durch das Fenster muß er gesehen haben, daß Sie ein Telegramm erhielten. Wenn der Bote früher gekommen wäre, hätte er es natürlich schon vor Ihnen gelesen, und Ihnen wäre die unangenehme Überraschung in der Nacht erspart geblieben. Ich habe sogar den Eindruck, daß er auf den Telegrafenboten wartete.«

»Warum hat er das aber getan? Es stand doch gar nichts drin. Hätte er mich darum gebeten, so hätte ich es ihm sogar gegeben.«

»Ich möchte nur wissen, warum Rustem diese eilige Reise von London im Auto hierher machte«, sagte Luke, ohne vom Teller aufzusehen. »Er konnte doch nicht die Absicht haben, seinen Angestellten hier im Hause logieren zu lassen, denn er wußte gar nicht, wo Sie wohnten. Und außerdem hätte Pilcher ja auch mit der Bahn nach Doncaster fahren können. Und dann ist es mir schleierhaft, warum sie nach London zurückgefahren sind. Auf keinen Fall, um ihre Gewinne zu zählen, denn Trigger ist ja noch hier. Er hat im Hotel das Zimmer neben mir, und weder in seinem Koffer noch in seiner Aktentasche oder in seinen Taschen hat er etwas, das mir als Anhaltspunkt dienen könnte.«

»Woher wissen Sie das?« fragte sie.

»Nun, er ist ein angenehmer Mitmensch, der viel und gern ißt und nachher tief schläft. – Wohin ist denn Mr. Garcia gefahren?« fragte er plötzlich.

Sie erzählte ihm alles, was sie wußte.

»Wahrscheinlich ist er nach Deutschland gereist. Er hatte solche Sehnsucht nach ›Vendina‹, seitdem er hier in England ankam«, fügte sie hinzu.

»War denn ›Vendina‹ wirklich ein so ausgezeichnetes Pferd?«

Sie sprach von ›Vendina‹ ebenso begeistert wie Garcia.

»Meiner Meinung nach hat sie nie an einem Rennen teilgenommen, aber sowohl Mr. Garcia als auch der Trainer haben mir gesagt, daß es das beste Vollblut war, das jemals in Südamerika auf die Welt kam. Die Deutschen haben eine ungeheure Summe dafür gezahlt. Zehntausend Pfund. Mein Onkel sagte immer, es sei das schönste Fohlen gewesen, das er jemals gesehen habe, und der arme Mr. Garcia war schrecklich vernarrt in das Tier. Er duldete nicht, daß es mit der Peitsche angetrieben wurde, deshalb ist es auch nie zum Rennen trainiert worden. Alberto Garcia vertrug es nicht, wenn Pferde scharf angefaßt wurden. Aus diesem Grund ist er auch niemals zu einem Rennen gegangen.«

Es war Ednas Absicht, an diesem Morgen nach London zurückzukehren.

»Versprechen Sie mir eins«, bat er. »Gehen Sie nicht allein nach Longhall.«

Ihre Lippen zuckten.

»Ich will nicht gerade theatralisch werden, ich bitte Sie nur als Ihr Freund. Außerdem sollen Sie mir noch einen großen Gefallen tun. Wollen Sie mich in Scotland Yard anläuten? Ich bin morgen in der Stadt, und wenn Sie Ihren Landsitz besichtigen wollen, möchte ich Sie begleiten.«

»Stehe ich denn unter Polizeiaufsicht?« fragte sie lächelnd.

»In gewisser Weise, ja. Sie sind im Augenblick nicht von einer besonderen Gefahr bedroht, deshalb brauchen Sie eigentlich keinen dringenden Schutz, aber ich möchte doch einen Mann mitbringen, der das Haus erst einmal säubern soll. Er ist Spezialist in diesen Dingen, und vielleicht können wir beide zusammen Ihnen helfen. Wegen Ihrer Rückreise nach London möchte ich Ihnen doch den Rat geben, sich noch das Hauptrennen anzusehen. Das Saint-Leger ist eins der größten Rennen des ganzen Jahres, und Sie wissen jetzt genug über die Gepflogenheiten auf dem Rennplatz, daß Sie sich auch ohne mich dort zurechtfinden. Ich werde dafür sorgen, daß Sie ein reserviertes Abteil nach London haben, und vielleicht fahre ich selbst mit Ihnen dorthin zurück.«

»Sie könnten wenigstens erst fragen, ob es mir angenehm ist, daß Sie mit mir fahren. Aber ich habe schon gesehen, daß Sie sich nicht an das Konventionelle halten. Nun gut, ich werde mir das Saint-Leger ansehen. Dann kann ich Mr. Garcia davon erzählen.«

Die Menschenmenge, die am Nachmittag auf dem Rennplatz zusammenströmte, war die größte, die Edna jemals gesehen hatte. Es war ein schöner Tag, und ganz England schien hierhergekommen zu sein. Die Erregung war noch weit größer als am vorigen Tag. Edna hatte einen sehr schönen, freien Blick von der Tribüne aus. Luke konnte nicht zu ihr heraufkommen; er sah sich das Rennen von unten an. Das seltene Ereignis trat ein, daß ein Außenseiter mit einer Quote von fünfzig zu eins gewann. Luke ging gerade auf die Tribüne zu, um Edna zu treffen, als ihn jemand am Arm berührte. Er drehte sich um; ein kleiner Mann grinste ihn freundlich an, allem Anschein nach ein früherer Jockei, der aber ziemlich abgerissen aussah.

»Können Sie sich noch an mich erinnern, Mr. Luke? Ich bin Punch Markham.«

Luke kannte den Mann sehr gut, der wegen Betruges einmal zu drei Monaten verurteilt worden war.

»Ich bin jetzt ganz ehrlich geworden, Mr. Luke, aber ich muß sagen, dabei kommt man auf den Hund. – Ein Herr, bei dem ich früher in Stellung war, hat mir in Erinnerung an alte Zeiten eine Freikarte für die Rennen geschenkt. Er hat nicht vergessen, daß ich früher eins der besten Pferde zum Sieg geritten habe. Ist eigentlich der alte Goodie hier? Ich habe mich schon auf dem ganzen Rennplatz nach ihm umgetan. Den wollte ich nämlich um ein Pfund anpumpen – ich darf wohl sagen, daß ich dazu berechtigt bin.«

»Kann ich vielleicht erfahren, weshalb Sie das glauben? Ist Ihnen der berühmte Trainer irgendwie zu so großem Dank verpflichtet?«

Luke hoffte, etwas Neues, Interessantes über den Mann zu erfahren, mit dem er sich so intensiv beschäftigte.

»Berühmter Trainer! Hat sich was!« entgegnete der kleine

Mann zornig. »Ich könnte ihm noch viel beibringen! Mit Löwen und Tigern kann er umgehen, aber Pferde trainieren – nein, davon hat er keinen blassen Dunst! Allerdings muß ich zugeben, daß er direkt Wunder gewirkt hat an dem Fohlen, das ich ihm verkaufte. Es ist das Blandford-Fohlen gewesen, Mr. Luke. Sie kennen es doch? Neulich hat es ein Rennen in Stockholm gewonnen.«

Luke wollte sich nicht lange aufhalten lassen; er griff in die Tasche und holte einen Zehnshillingschein heraus.

»Ich weiß, daß ich das zum Fenster hinauswerfe, Punch, denn Sie jagen ja doch alles durch die Gurgel.«

»Nein – ich schwöre Ihnen, jetzt trinke ich überhaupt nicht mehr! Das kann ich mir nicht leisten. Ich bin froh, wenn ich zu essen habe. Mr. Luke, Sie sind immer gut zu mir gewesen. Ich sage immer, daß die von der Polizei nicht alle schwarze Schafe sind. Es gibt auch viele gute Burschen darunter, wenn man näher mit ihnen bekannt wird.«

Luke blieb nicht stehen, um diese Lobreden anzuhören. Er hatte Edna Gray gesehen, die von der Tribüne herunterstieg, und er ging zu ihr.

»Es war ein wunderbares Rennen! Trigger hätte sich gefreut, wenn das eine Transaktion von ihm gewesen wäre – es kommt selten genug vor, daß ein Pferd mit einer Quote von fünfzig zu eins gewinnt. – Ich bin jetzt bereit, Sie nach London zu begleiten. Wir haben einen schönen Schnellzug von Leeds nach London. Er hält in Doncaster, und ich habe ein Abteil für uns reserviert.«

»Wer war denn der kleine Mann, mit dem Sie gesprochen haben?«

Sie war schon so gut Freund mit ihm, daß sie derartige neugierige Fragen ohne weiteres stellen konnte.

Auf dem Weg zum Bahnhof erzählte er ihr kurz die Geschichte von Punch Markham, der früher ein guter Jockei und erfolgreicher Trainer gewesen war, aber zu viele Freunde gehabt hatte. Eines Tages hatte die Rennbehörde herausgefunden, daß er sich an einer Schiebung beteiligt hatte. Er wurde vorgeladen, und die Lizenz wurde ihm für immer entzogen. Von da an verdiente er sich seinen Lebensunterhalt durch Pferdehandel. Außerdem verstand er, gut mit Rennpferden umzugehen, und wußte, wie man sie vor dem Rennen behandeln mußte. Er war auch in einige der größten Schwindelaffären bei den Rennen verwickelt gewesen, aber er spielte nur eine untergeordnete Rolle dabei. Im allgemeinen trauten ihm selbst die Leute nicht, die seine Dienste in Anspruch nahmen.

6

Auf der Rückreise nach London fand Edna genug Gelegenheit, Luke zu studieren, der plötzlich eine Rolle in ihrem Leben zu spielen begann. Er sah ganz und gar nicht so aus, wie sie sich einen Polizeibeamten vorgestellt hatte. Er sprach ein tadelloses Englisch, und seine Stimme klang vornehm und kultiviert. Als sie noch Stenotypistin war, hatte sie die verschiedensten Leute kennengelernt und sich eine gewisse Menschenkenntnis angeeignet, aber über diesen Mann war sie sich tatsächlich im unklaren. Hübsch war er gerade nicht, aber er hatte ein anziehendes, interessantes Gesicht, das trotz der angegrauten Schläfen frisch und jugendlich wirkte.

Während der Reise erwähnte er nebenbei, daß auch er spanisch spreche, und da sie glaubte, er wollte sie zum besten halten, stellte sie sofort eine Frage in dieser Sprache. Er beantwortete sie in bestem Spanisch und fügte hinzu, daß er ein ziemlich großes Sprachtalent besitze.

Eine Weile später kam die Unterhaltung wieder auf Rustem.

»Diesem Menschen dürfen Sie auf keinen Fall trauen . . .«

Er zögerte.

»Nun, was wollten Sie sagen?«

»Ich möchte Sie besonders vor ihm warnen, weil er den Frauen nachstellt. Ich will nicht gerade sagen, daß er . . .«

»Sie meinen, daß er sich in mich verliebt oder hinter mir her sei? Aber warum sollte er das nicht tun, Mr. Luke? Ich glaube, Sie sind ein wenig zu ängstlich.«

Er lächelte verlegen und wurde rot, worüber sie lachen mußte.

Auf dem King's-Cross-Bahnhof trennte er sich von ihr. Aber vorher hatte er ihr das Versprechen abgenommen, daß sie ihn benachrichtigen würde, wenn sie einen Besuch in Longhall machen sollte.

Als sie das Hotel erreicht hatte, fand sie ein langes Telegramm vor, das inzwischen für sie angekommen war. Es war in Berlin aufgegeben worden.

Bitte zahlen Sie meine Hotelrechnung und senden Sie meine Koffer an die Speditionsfirma Friedmann & Co., Friedrich-Wilhelm-Straße 19, Berlin. Ich fahre auf kurze Zeit zur Erholung nach Bayern. Mein wunderbares Pferd ›Vendina‹ ist in bester Form. Saludos. Alberto

Mr. Garcia hatte die Angewohnheit, Telegramme nur mit seinem Vornamen zu unterzeichnen.

Dann war ihr Freund also nach Berlin gefahren! Sie fühlte sich erleichtert, daß sie nun wenigstens wußte, wo er sich befand.

Am Abend ging sie ohne große Freude ins Theater. Sie fühlte sich wieder sehr einsam und vermißte ihren Begleiter von Doncaster sehr.

Aber als am nächsten Morgen die Sonne schien, kam sie wieder in bessere Stimmung. Sie frühstückte in ihrem Wohnzimmer und überlegte sich, in welchem großen Möbelgeschäft sie mit ihren Einkäufen beginnen sollte. Als sie gerade ausgehen wollte, brachte ein Page ihr eine Karte.

»Mr. Arthur Rustem? Ich lasse bitten.«

Mit einem strahlenden Lächeln erschien der elegante Anwalt und verbeugte sich, als er ins Zimmer trat.

»Sie waren in Doncaster – leugnen Sie es nicht, Miss Gray, denn ich habe Sie gesehen«, begann er in einschmeichelndem Ton.

»Dann müssen Sie aber ungewöhnlich gute Augen haben, Mr. Rustem«, entgegnete sie kühl. »Ich habe Sie auch gesehen, allerdings nur durch mein Glas, und ich möchte bezweifeln, daß Sie mich unter den vielen Tausenden von Zuschauern herausfinden konnten, die sich von der Tribüne aus das Rennen ansahen.«

Er ging nicht weiter darauf ein.

»Jedenfalls weiß ich, daß Sie in Doncaster waren. Ich habe

Ihren guten Freund, Mr. Goodie, getroffen. Ich muß sagen, das ist ein Mann, der hart arbeitet und im Begriff ist, in die Höhe zu kommen. In letzter Zeit hatte er ohnehin Glück und konnte etwas auf die Seite legen. Es freut mich immer, wenn ein tüchtiger Mann im Leben vorwärtskommt.«

»Haben Sie die Schlüssel mitgebracht, Mr. Rustem?« Sie hatte keine Lust, mit ihm über die Vorzüge Mr. Goodies zu sprechen.

»Selbstverständlich.«

Er rückte einen Stuhl näher, ohne aufgefordert zu sein, und nahm Platz. Dann zog er einen flachen Kasten aus der Tasche.

»Hier sind die Schlüssel Ihres väterlichen Besitztums«, sagte er vergnügt. »Es ist nur die Frage, ob Sie tatsächlich vorhaben, in diesem feuchten, einsamen Gebäude zu wohnen. Ich wüßte kein Haus, das abgelegener wäre, und ich würde Ihnen doch raten, das schöne Angebot anzunehmen, das ich durch eine Fügung des Schicksals heute morgen von einem meiner Klienten erhalten habe. Er ist bereit, Ihren ganzen Landbesitz für die Summe von« – er machte eine Pause, um seinen Worten mehr Nachdruck zu geben – »von zwanzigtausend Pfund zu kaufen! Ich halte ihn übrigens für nicht ganz normal, weil er ein so außergewöhnlich hohes Angebot macht –«

»Wer ist denn Ihr Klient?« unterbrach sie ihn. »Mr. Goodie oder Mr. Trigger? Oder sollte es etwa Doktor Blanter sein?«

Mr. Rustem blinzelte, denn auf diesen plötzlichen Angriff war er nicht vorbereitet. Dann schüttelte er traurig den Kopf.

»Ich fürchte, Miss Gray, Sie haben auf Leute gehört, die mich verleumden wollen. Ich will keine Namen nennen, aber es gibt Menschen, die rachsüchtig sind . . .«

»Meinen Sie damit vielleicht Inspektor Luke?«

»Nein, durchaus nicht«, entgegnete er hastig. »Ich wollte nichts gegen den Inspektor sagen, er ist ein sehr intelligenter, gebildeter Mann mit vielen Vorzügen. Aber es gibt –«

»Ich verkaufe meinen Landbesitz nicht, Mr. Rustem«, erklärte sie ruhig, »und ich glaube, wir sparen uns viele Worte, wenn ich Ihnen das von Anfang an sage.«

»Aber das Angebot übersteigt den Wert der Besitzung um das Doppelte!«

»Und wenn ich viermal soviel erhalten würde, machte das doch keinen Unterschied für mich aus. Ich werde in Longhall House wohnen und nach Ablauf des Vertrages wahrscheinlich auch Gillywood Cottage übernehmen mit allen Ländereien, die dazu gehören.«

Er starrte sie betroffen an und trommelte mit den Fingern auf der Tischplatte. Schließlich zwang er sich zu einem Lächeln.

»Wenn Sie so fest entschlossen sind, wäre es töricht von mir, Ihnen einen weiteren Rat geben zu wollen. Vielleicht haben Sie recht. Ich muß sagen, ich habe großes Zutrauen zu dem, was ich den Instinkt der Frauen nennen möchte. Soweit ich dazu imstande bin, werde ich Ihnen natürlich behilflich sein. Vor allem werde ich Sie begleiten, wenn Sie das Haus besichtigen wollen.«

»Das ist nicht notwendig, ich habe in der Beziehung bereits meine Dispositionen getroffen.« Nun sah sie ihn etwas schadenfroh an. »Mr. Luke kennt die Gegend sehr genau und hat mir versprochen, mir alles zu zeigen. – Das sind also die Schlüssel?«

Sie nahm den kleinen Kasten und öffnete ihn. Er beobachtete sie gespannt. Sie war sehr schön und ungewöhnlich schlagfertig. Er hatte übrigens noch eine andere dringende Sache mit ihr zu besprechen.

»Ich freue mich, daß Sie die Frage der Weiterverpachtung angeschnitten haben, Miss Gray. Ich habe Ihrem Rechtsanwalt alle Akten übergeben, und er hat mich darauf aufmerksam gemacht, daß der Pachtvertrag von Mr. Goodie mit diesem Jahr abläuft und nicht, wie ich glaubte, erst in einigen Jahren. Das heißt mit anderen Worten: Sie können den Pachtvertrag mit diesem Jahre enden lassen, sonst läuft er fünfzehn Jahre weiter. Ich habe leider persönlich Mr. Goodie die Zusicherung gegeben, daß man ihn nicht auf die Straße setzen würde. Ich sagte ihm auch, Sie seien die letzte, die einen Mann auf der Höhe seines Lebens ruinieren und ihm den Lebensabend verbittern würde. In Anbetracht dieser Lage habe ich zunächst einmal ein neues Schriftstück aufgesetzt, wodurch Sie den Vertrag verlängern, sagen wir zunächst um ein Jahr, so daß er die Möglichkeit hat, sich nach einem anderen Platz umzusehen. Es ist nur eine Formsache.«

Während er sprach, zog er das Dokument aus der Tasche und

legte es vor sie auf den Tisch. Dann schraubte er seinen Füllfederhalter auf und schob ihr das Papier zur Unterschrift hin.

»Sie sehen, ich habe schon die Stelle markiert, wo Sie Ihren Namen hinsetzen können.«

Als sie lachte, schaute er auf.

»Aber Mr. Rustem!« sagte sie vorwurfsvoll. »Sie erwarten doch nicht etwa von mir, daß ich ohne weiteres alle möglichen Schriftstücke unterzeichne, die mir vorgelegt werden? Ich muß schließlich Bedenkzeit haben. Oder glauben Sie, daß ich ein Waisenkind bin, das in der Unschuld seines Herzens auf jeden Rat hört? Schicken Sie das Schriftstück bitte meinem Rechtsanwalt.«

Ihre Worte berührten ihn peinlich. Er faltete das Schriftstück zusammen und steckte es wieder ein, ebenso den Füllfederhalter. Dann erhob er sich und nahm Hut und Handschuhe.

»Sie verhalten sich wirklich verletzend mir gegenüber«, sagte er, und seine Stimme zitterte leicht. »Während meiner ganzen Praxis hat noch niemand eine Andeutung gemacht, daß ich die Unwissenheit meiner Klienten ausgenutzt hätte . . .«

»Aber Mr. Rustem, so etwas habe ich doch gar nicht gesagt! Von anderer Seite ist allerdings behauptet worden, daß Sie das Geld Ihrer Klienten für Ihre eigenen Unternehmungen benützt hätten. Allerdings habe ich mich jeder Stellungnahme dazu enthalten.«

Das war eine Kriegserklärung. Er richtete sich auf und sah sie an. Im Grunde hatte er ja schließlich nichts anderes erwartet, aber sie hatte ihm doch sehr schnell ihre wahre Ansicht über ihn gesagt, und das versetzte ihm einen Schock. Er wußte nicht, daß sie drei Jahre lang als Stenotypistin im harten Kampf ums Dasein gestanden hatte, bevor das große Wunder sich ereignete und der alte Donald Gray sie zu sich holte. Mr. Rustem sah in Edna Gray nur eine sehr schöne und reiche junge Dame, die erstaunlich selbstsicher und geschäftstüchtig war.

»Sehr wohl. Wie Sie wünschen«, sagte er, und seine Stimme klang hart. »Ich sehe, daß Sie gegen mich und meine – Klienten hoffnungslos voreingenommen sind. Das ist unendlich schade. Nun, jedenfalls habe ich Ihnen den Rat gegeben, nicht nach Longhall zu ziehen –«

»Den Rat habe ich ihr auch gegeben, aber aus einem ganz anderen Grund.«

Es sah Luke ähnlich, daß er eintrat, ohne anzuklopfen. Er war so leise gekommen, daß weder Rustem noch Miss Gray ihn gehört hatten.

Sie sah sich ein wenig erschrocken um.

»Aber sie scheint nun einmal fest entschlossen zu sein, doch hinzugehen«, fuhr Luke fort. »Und ich hoffe, sie wird dort in Frieden mit ihren Nachbarn leben können – mit ihrem früheren Rechtsanwalt, Mr. Trigger und den anderen. Es wird mir eine Freude sein, Miss Gray zu helfen, und ich werde dafür sorgen, daß sie es so bequem und schön in Longhall hat wie nur irgend möglich. Vielleicht muß ich dabei gegen verschiedene Leute vorgehen und sie an einen Ort bringen, wo die Hunde sie nicht beißen. Es sind manche angesehene Männer darunter, Mr. Rustem, die glauben, daß sie sicher seien und ihnen niemand etwas anhaben könne.«

Rustem wurde bleich. Diese Drohung hatte ihre Wirkung nicht verfehlt. Auch Edna wußte, daß sich hinter seinem Lächeln Haß und Wut verbargen.

Ohne noch ein Wort zu verlieren, ging Rustem zur Tür, und es war charakteristisch für ihn, daß er sie leise hinter sich schloß.

»Sagen Sie einmal, Mr. Luke, klopfen Sie überhaupt jemals an, bevor Sie in das Zimmer einer Dame eintreten?«

Er überhörte die Frage vollkommen.

»Was wollte er von Ihnen, abgesehen davon, daß er Ihnen die Schlüssel gebracht hat? Heute morgen hat er sie von Goodie erhalten; der hat sie selbst in die Stadt gebracht.«

»Er wollte mich überreden, meinen Landbesitz zu verkaufen.«

Er nickte, als er dies hörte.

»Hat er Ihnen ein hohes Angebot gemacht?«

Als sie ihm den Betrag nannte, pfiff er leise vor sich hin.

»Die sind ja mächtig scharf darauf – ich möchte nur wissen, warum. Die Ländereien sind nicht gerade die besten, aber sie liegen ziemlich abseits, so daß man dort nicht ohne weiteres beobachtet werden kann. Für einen Trainer hat das immer seine

Vorzüge.« Er fuhr sich nachdenklich mit der Hand über die Stirn. »Haben Sie etwas von Mr. Garcia gehört?«

Sie zeigte ihm das Telegramm. Er las es, machte aber keine Bemerkung darüber.

»Die haben irgend etwas vor, ich weiß nur nicht, um was es sich handelt. Mr. Trigger hat ein Rundschreiben an alle Mitglieder seiner Organisation gerichtet, in dem er sie auffordert, im nächsten Monat mit möglichst vielen neuen Buchmachern in Geschäftsverbindung zu treten. Der Mann ist so gerissen, daß die Behörden und die Polizei ihn nicht fassen können!«

Er nahm mehrere Briefe aus seiner Tasche und wählte zwei davon aus.

»Sehen Sie, hier habe ich das Rundschreiben. Und hier ist eine vertrauliche Liste, aus der die Kunden ersehen können, in welcher finanziellen Lage sich die großen Buchmacher in England befinden und wie man am besten mit ihnen in Geschäftsverbindung treten kann. Dann wird noch eine Anweisung gegeben, wie die Kunden unter anderen Namen Konten eröffnen können. Alle diese Vorbereitungen scheinen doch darauf hinzudeuten, daß die Gesellschaft einen großen Schlag vorhat.«

Er sah Edna an, seine Gedanken schienen aber in weiter Ferne zu weilen.

»Die werden Ihnen noch ein Angebot von fünfzigtausend Pfund machen«, meinte er dann.

Damit hatte er auch tatsächlich recht. Er war kaum zehn Minuten fort, als das Telefon läutete und Rustem sich meldete.

»Sind Sie allein, oder ist Ihr Freund immer noch bei Ihnen? – Mein Klient hat sein Angebot für Ihren Landbesitz erhöht. Er hat eine besondere Vorliebe für Gebäude im Tudorstil und ist deshalb bereit, eine ungeheure Summe zu zahlen. Er will sogar bis fünfzigtausend Pfund gehen.«

»Longhall ist nicht verkäuflich«, erwiderte sie und legte den Hörer auf.

7

Luke saß in seinem Zimmer und überdachte die Lage. Vor drei Monaten hatte sich Goodie, wie er wußte, bei der Grafschaftsverwaltung über Wassermangel beklagt und Unterhandlungen aufgenommen, um einen Landsitz in Wiltshire zu kaufen. Dorthin wollte er dann seinen Rennstall verlegen. Mehrmals hatte er Leute bemerkt, die die Morgengaloppe seiner Pferde beobachteten, und er wollte in einer möglichst abgelegenen Gegend Land erwerben oder pachten, um solchen Unannehmlichkeiten nicht ausgesetzt zu sein.

Warum waren Gillywood und das Heideland, das man doch leichter übersehen konnte als Ländereien in Wiltshire, plötzlich so wertvoll für ihn geworden, daß er ein Angebot von fünfzigtausend Pfund dafür machte? Tat er es etwa, weil Edna Gray seine Nachbarin werden würde? Barg Longhall oder die Gillywood-Farm und das dazugehörige Land ein Geheimnis, das er nicht preisgeben konnte?

Für Luke war es kein Geheimnis; er hatte es durchschaut. In allernächster Nähe hatte er Erkundigungen eingezogen und dabei eine Entdeckung gemacht, über die er nicht wenig erschrak. Er war zwar ein tapferer Mann, aber unter den gegebenen Umständen würde er niemals den Versuch machen, nachts gewaltsam in dieses Haus einzudringen. Luke wußte, warum Goodie die Ställe nicht benützte und neue Gebäude in einer ziemlichen Entfernung von seinem Haus gebaut hatte. Mußte er das nicht Edna Gray mitteilen? Über dieses Problem war er sich noch nicht klar.

Auf jeden Fall konnte die Sache warten, bis er sich persönlich in Longhall umgesehen und alle Möglichkeiten erkannt hatte, die Edna Gefahr bringen konnten. Früher oder später mußte es unvermeidlich zu einem Zusammenstoß mit Goodie kommen, und Luke wollte sie vor allen Gefahren und allen Unannehmlichkeiten schützen.

Wenn er auch sein Büro in Scotland Yard hatte, so standen ihm doch außerdem noch Arbeitsräume in einem großen Geschäftshaus zur Verfügung, das kaum fünfzig Meter von Scotland Yard entfernt lag. Dazu gehörte auch eine eigene Registratur. Ein ganzer Stab von Beamten war nur für ihn allein tätig. Scotland Yard hatte Luke auf drei Jahre an die oberste Rennbehörde ausgeliehen. Infolgedessen hatte er spezielle Nachforschungen angestellt, die zu auffallienden und interessanten Resultaten führten.

Früher hatte er geglaubt, die Verbrecherwelt könnte ihm nichts Neues mehr bieten, aber jetzt erfuhr er von dunklen Machenschaften, mit denen der durchschnittliche Kriminalbeamte niemals in Berührung kam. In seinen Geheimakten erschienen die Namen harmloser Stalljungen neben denen hervorragender und berühmter Persönlichkeiten, und er lernte gefährliche Verbrecherbanden kennen, die nicht das große Publikum, sondern die Buchmacher ausplünderten. Auch die Namen nicht weniger Polizeibeamter standen in seinen Aufzeichnungen.

In Inspektor Lukes Kartothek waren die Namen sämtlicher Angestellten der Firma Trigger registriert, die der Beauftragten, der Stenotypistinnen, ja selbst der Putzfrauen, die abends nach Büroschluß die Räume säuberten. Und seine Beamten hatten diese Leute fast alle mehr oder weniger ausgefragt. Diese waren allerdings nur die Glieder des großen Unternehmens; das Gehirn dieses Organismus bildete der kleine, korpulente Mann, der in seinem mit Rosenholz getäfelten Büro saß. Hinter ihm war ein großer Safe in die Wand eingelassen, den Stahltüren von ganz beträchtlicher Stärke schützten.

Die Stenotypistinnen kannten nicht einmal die Namen der Mitglieder. Trigger beschäftigte nur junge Damen und zahlte jeder ein Gehalt, das selbst für eine Privatsekretärin ziemlich hoch gewesen wäre. Er wählte sie mit der allergrößten Sorgfalt aus.

Jedes junge Mädchen hatte seinen Schreibtisch und seine Kartei. Aber die Karten trugen statt Namen nur Nummern. Diese wurden auf jeden Briefumschlag gestempelt, und all die vielen Kuverts wurden dann in Triggers Büro gebracht.

Er allein wußte, welche der vielen mit Namen und Adresse versehenen Matrizen einer Nummer entsprach. Er selbst schob sie in die Adressiermaschine, die er auch allein bediente. Außerdem brachte er die Briefe in seinem eigenen Auto fort. Er verteilte sie geschickt; in jeden Briefkasten, an dem er unterwegs vorbeikam, warf er einen Stoß davon. Es dauerte Stunden, bis er auf diese Weise seine Post aufgegeben hatte, aber das hing mit seinen Geschäftsprinzipien zusammen. Diese Arbeit durfte er keinem anderen übertragen.

Die Mitglieder seiner Organisation waren, wie Luke sagte, siebenmal gesiebt und erprobt. Die Hälfte der Gewinne, die diese Leute machten, wurde ihm spätetestens eine Woche, nachdem das betreffende Pferd das Rennen gewonnen hatte, in starken Leinenkuverts von graugrüner Farbe als eingeschriebene Wertbriefe zugesandt. Jeder seiner Kunden erhielt eine ganze Anzahl dieser besonderen Umschläge, und diese wurden alle in sein Privatbüro gebracht. Er selbst kontrollierte die Eingänge und verbuchte sie nach einem Geheimschema. Kurz vor und kurz nach einer Transaktion arbeitete er nahezu achtzehn Stunden am Tag und schlief während dieser Zeit im Büro. Alle Anteile an Renngewinnen ließ er sich in barem Geld auszahlen. Was damit geschah, hatte Luke noch nicht herausbringen können. Große Summen wurden auf Triggers Bankkonto eingezahlt, um die ungewöhnlich hohen laufenden Ausgaben zu decken. Luke war fest davon überzeugt, daß die Geschäftsbücher, die Trigger führte und gegebenenfalls der Steuerbehörde zur Revision vorlegte, gefälscht waren. Die richtige Höhe seiner Gewinne konnte niemals festgestellt werden. Sobald eine Transaktion zur Ausführung kam, stempelte Mr. Trigger den Namen des Pferdes selbst auf jedes Telegramm. Zwanzig bis dreißig solcher Formulare wurden in Briefumschläge gesteckt, versiegelt und blieben in Bereitschaft bis zum Morgen des Tages, an dem das Rennen stattfand. Die Beauftragten brachten sie dann nach den verschiedensten Orten Englands. Erst auf dem Postamt erbrachen sie die Siegel, mitunter in Gegenwart eines zweiten Beauftragten, dann wurden die Telegramme aufgegeben. Diese zweiten Beauftragten, die die ersten kontrollierten, führten den Titel ›Inspektor‹. Sie hatten ein besonderes Büro in London und kamen mit den anderen Angestellten der Firma Trigger nur zusammen, wenn sie die Aufgabe der Telegramme kontrollierten.

Mr. Trigger war in seiner Art ein Feldherr, der seine Truppen umsichtig und geschickt leitete. Nichts überließ er dem Zufall und der Entscheidung seiner Untergebenen, er arbeitete alles bis ins letzte aus.

Im Lauf der nächsten Tage traf Luke Edna Gray zweimal, und zwar jedesmal zufällig. Obgleich sie ihr neues Haus noch nicht gesehen hatte, kaufte sie bereits Möbel dafür ein. Sie wollte seiner Meinung nach dadurch ihre Entschlossenheit zum Ausdruck bringen, Longhall House als Wohnsitz zu wählen.

Eines Morgens rief sie ihn an und teilte ihm mit, daß sie die Absicht habe, ihr Landgut zu besuchen. Sie holte ihn in ihrem Wagen ab, und die beiden fuhren nach Berkshire hinaus.

»Ich dachte, Sie wollten einen Freund mitbringen?« fragte sie.

Er nickte.

»Ich habe ihm telefoniert, daß er uns dort erwarten soll. Er wohnt in Reading und hat nur einen verhältnismäßig kurzen Weg dorthin.«

»Ist er auch Kriminalbeamter?«

Er zögerte mit der Antwort.

»In gewisser Weise, ja.«

Sie hatte wieder von Garcia gehört; in einem Telegramm aus München hatte er sie eingeladen, ihn auf einer längeren Reise durch Europa zu begleiten.

»Der alte Herr wird ja recht vergnügungssüchtig«, bemerkte Luke. »Haben Sie in letzter Zeit eigentlich Rustem einmal gesehen?«

Sie schüttelte den Kopf.

»Auch keinen seiner Freunde?«

»Doktor Blanter sah ich. Er hat in meinem Hotel zu Mittag gegessen, und er schien sich sehr für mich zu interessieren.«

»Darauf können Sie sich verlassen. Das ist der eigentliche Bösewicht«, sagte Luke sehr ernst. »Es ist ihm bis jetzt immer gelungen, alles so zu schieben, daß man ihn nicht von der Liste der Ärzte gestrichen hat. Blanter ist immer noch approbierter Arzt. Er war allerdings in mehrere unangenehme Fälle verwickelt und hielt es für besser, seine Praxis zu verkaufen. Vor allem ist er

Spezialist für Gifte; darüber weiß er mehr als sonst jemand in England. Wenn er nicht auf dem Rennplatz ist, bringt er seine Zeit im Laboratorium zu. Er hat ein wunderbar eingerichtetes Landhaus in der Nähe von Maidenhead.«

Sie erzählte ihm, daß sie bereits einige vorzügliche Dienstboten engagiert habe.

»Ist es nicht merkwürdig, wie geklatscht wird? Ich habe meiner Meinung nach nicht mehr als zwei Leuten gesagt, daß ich aufs Land ziehe, und doch haben sich bereits eine Menge Dienstboten bei mir gemeldet. Ich habe eine großartige Haushälterin, eine Köchin und zwei hübsche Stubenmädchen. Ich habe ihnen gesagt, daß sie heute dort sein sollen, um sich das Haus einmal anzusehen. Außerdem wollte ich mit der Haushälterin darüber sprechen, was sie zu tun hat.«

»Glänzend. In bezug auf Organisationstalent stellen Sie ja Trigger in den Schatten!«

Sie fuhren langsam durch das Dorf, hinter dem die Gillywood-Farm lag, und kamen dann an der düsteren Einfahrt zu Mr. Goodies Haus vorüber.

»Sieht es nicht wie ein Gefängnis aus?«

»Ja, es ist sehr düster«, gab sie zu. »Aber gerade dieses geheimnisvolle Haus interessiert mich.«

»Hoffentlich werden Sie nicht eines Tages enttäuscht«, erwiderte er grimmig.

Die eisernen Tore von Longhall waren offen, und in der Nähe der Haustür standen mehrere Leute – vier Frauen und ein hagerer Mann.

Luke ging mit ihr zu den wartenden Dienstboten. Die älteste von den Frauen machte einen etwas altmodischen Knicks. Edna merkte, daß nicht sie, sondern ihr Begleiter das Hauptinteresse der anderen erregte. Sie sahen ihn scharf an und beobachteten jede seiner Bewegungen.

Luke ging zu dem hageren Mann hinüber, wechselte ein paar Worte mit ihm und brachte ihn dann zu Edna.

»Mr. Lane«, stellte er ihn vor. »Wenn Sie nichts dagegen haben, wollen wir erst einmal einen kleinen Rundgang durch das Haus machen. Die Dienstboten bleiben besser draußen im Freien, bis Sie es von innen gesehen haben. Ich glaube auch nicht, daß sie großes Verlangen haben, ins Innere zu gehen.«

»Erwarten Sie, daß eine Bombe explodiert oder etwas Ähnliches?« fragte sie ärgerlich.

»Nein, aber wir werden viele Ratten sehen.«

Sie schauderte zusammen. Die Äußerung Goodies über die Ratten hatte sie vergessen.

Luke öffnete die Haustür mit dem Schlüssel.

»Wenn Sie gestatten, werden Mr. Lane und ich vorausgehen.«

Er trat einen Schritt ins Innere und blieb dann auf der Schwelle stehen. Sie bemerkte, daß im selben Augenblick die vier Dienstboten furchtsam zurücktraten. Zwei verängstigte Tiere eilten aus der Tür die Treppe hinunter; und als sie auch dort keinen Ausgang fanden, stürzten sie nach der offenen Tür. Edna wurde bleich. Sie haßte Ratten, und hier schien es eine Unmenge zu geben.

Luke grinste seine Begleiterin an.

»Es stimmt schon, Lane. Bringen Sie die Hunde.«

Der Mann ging aus dem Haus und kam nach kurzer Zeit mit drei Terriern wieder, die zusammengekoppelt waren. In der Zwischenzeit hatte Luke alle Fenster im Erdgeschoß geöffnet.

»Warten Sie ruhig hier; ich werde erst die Ratten aus dem Hause vertreiben.«

Edna stand vor der Tür und hörte das erregte Bellen der Hunde. Eine halbe Stunde später kam Luke wieder zu ihr.

»Treten Sie ein, ich glaube, die meisten Ratten sind erledigt.«

»Aber sie sind doch noch im Haus?« entgegnete sie ängstlich.

»Einige mögen noch dort sein, aber selbst das ist unwahrscheinlich. Die Ratten sind erst heute morgen hier eingesperrt worden, damit Sie eine Freude haben sollten. Goodie muß sich viel Mühe gemacht haben, um so viele zusammenzubringen. Lane hat Erfahrung als Rattenfänger, deshalb habe ich ihn hierhergebracht. Er wird einige Tage im Haus bleiben. Er hat mir gesagt, daß die Tiere ursprünglich gar nicht hier waren, sondern von außen hereingebracht wurden. Das geht schon daraus hervor, daß auch Feldratten darunter waren.«

Als sie von einem Zimmer ins andere ging, sah sie die toten

Ratten, die die Terrier erlegt hatten. In dem Raum, den sie sich als Schlafzimmer ausgesucht hatte, fand sie Lane, der die Hunde wieder zusammenkoppelte.

»Ich will das Haus noch gründlich durchsuchen, Miss Gray, aber ich glaube nicht, daß ich irgendwo Rattennester finden werde. Das ist kein Platz, an dem sie sich aufhalten. Sie haben doch hier nichts zu fressen. Ja, drüben in den Ställen gibt es sehr viele, aber hier im Hause ...«

Es fiel Edna schwer, die vier Dienstboten zu überreden, ins Haus zu kommen. Die beiden Mädchen weigerten sich glatt. Luke, der interessiert und belustigt zugehört hatte, winkte die Haushälterin zu sich.

»Wer hat Ihnen denn gesagt, daß Ratten im Haus seien?«

Die Frau sah ihn unsicher an.

»Ich dachte mir gleich, daß hier Ratten sein müßten. Es sah schon von außen so aus.«

»Also, wer hat Ihnen das gesagt?« fragte Luke aufs neue. »Wer hat Ihnen allen gesagt, daß das Haus von Ratten wimmelt und daß Sie besser draußen blieben?«

»Niemand.«

Die Köchin antwortete für alle.

»Wie heißen Sie denn?« fragte der Inspektor die Haushälterin.

»Linton.«

»Früher hießen Sie doch Carr. – Und wie ist Ihr Name?« wandte er sich an die Köchin.

»Mrs. Keeler.«

»Früher hießen Sie Wheeler. Ihnen scheint ja auch ein Name ebensogut zu sein wie der andere. – Und von den beiden Mädchen dahinten ist bereits eine wegen Ladendiebstahls bestraft worden. – Das sind Sie.«

Er zeigte auf die hübschere von den beiden, die erst rot, dann bleich wurde.

»Und Sie waren doch seinerzeit in diese Hallam-Street-Geschichte verwickelt – stimmt das nicht?«

Die andere wechselte ebenfalls die Farbe. Sprechen konnte sie nicht, sie nickte nur.

Edna hörte bestürzt dieser Unterhaltung zu.

»Sie können alle nach Hause gehen«, sagte Luke freundlich. »Die Fahrt müssen Sie schon allein bezahlen. Und belästigen Sie Miss Gray nicht wieder, sonst bekommen Sie es mit mir zu tun. Ich werde mich auch einmal etwas genauer darum kümmern, woher Sie alle die guten Zeugnisse haben, die Sie Miss Gray gezeigt haben. Sagen Sie nur dem Herrn, der Sie geschickt hat – ich glaube, es war Mr. Rustem –, daß er sich keine Mühe mehr zu geben braucht, die anderen vier oder fünf Dienstboten herzuschicken, mit denen er gesprochen hat. Sie sind alle beobachtet worden, wie Sie in sein Büro gingen, bevor Sie Miss Gray aufsuchten. Einer meiner Beamten hat das genau kontrolliert. Guten Morgen.«

Wie begossene Pudel gingen die vier davon.

»Aber warum sagen Sie das alles? Was sind das für Leute?« fragte Edna verwirrt. »Warum haben Sie denn –«

»Die waren besonders für Sie ausgesucht. Das war ein sehr ungeschickter Schachzug von Mr. Rustem, da sie sich alle ganz entsetzlich vor den Ratten fürchteten.«

»Aber woher wußten Sie das alles? Sie haben mich doch nicht etwa beobachten lassen?«

»Ach, man muß doch ein Auge auf seine Freunde haben«, sagte er leichthin. »London ist im allgemeinen eine sehr gefährliche Stadt. Ich habe das alles herausbekommen, weil ich Rustem beobachten ließ. Also, was werden Sie jetzt tun, Miss Gray? Sind Sie noch immer entschlossen, in diese alte, verfallene Ruine zu ziehen, oder werden Sie vernünftig sein und sich irgendwo in Mayfair ein Haus kaufen oder eine Wohnung in der Piccadilly mieten und dort ein angenehmes Leben führen?«

»Ich werde hier wohnen«, entgegnete sie entschlossen. »Je mehr ich von dem Haus sehe, desto besser gefällt es mir.«

»Dann wollen wir einmal die Runde machen.«

Sie gingen durch das hohe Gras an der Rückseite des Hauses und kamen auf einen Hof. Die Mauer, die Longhall von der Gillywood-Farm trennte, war nur fünfzig Meter entfernt. Longhall House war in der einen Ecke des großen Grundbesitzes errichtet worden.

Luke ging an der Mauer entlang und untersuchte sie genau. In der Mitte war ein schweres hölzernes Tor in der Mauer angebracht. Er sah sofort, daß das Schloß geölt worden war; allem Anschein nach war dieses Verbindungstor in letzter Zeit benutzt worden.

»Schließt einer Ihrer Schlüssel hier?«

Sie nahm sie aus ihrer Handtasche, und er versuchte sie alle der Reihe nach, ohne jedoch Erfolg zu haben. Dann machte er eine kurze Eintragung in sein Notizbuch.

»Das Schloß des Tores muß geändert werden.«

In der Nähe von Mr. Goodies Wohnhaus schloß sich an die Mauer ein hoher Drahtzaun an.

Luke fand eine alte Leiter, stellte sie an die Mauer und überblickte von oben das Grundstück auf der anderen Seite. In nicht allzugroßer Entfernung lagen rechts die zur Zeit leeren Ställe. Links erstreckte sich der Drahtzaun etwa drei- bis vierhundert Meter weiter nach Süden, bog dann ab und zog sich weiter an dem Grundstück entlang, auf dem das Wohnhaus Mr. Goodies stand. In einer Entfernung von etwa fünfzig Meter sah Luke eine Vertiefung im Boden, die von Betonmauern eingeschlossen war. Er konnte nicht erkennen, welchem Zweck sie diente, aber jedenfalls trug sie nicht zur Verschönerung des Gartens bei. Weiter in der Ferne sah er zwei dunkle Öffnungen in den felsigen Hügeln; es waren die Eingänge zu den Perrywig-Höhlen, die in der Geschichte eine Rolle gespielt hatten. Schmuggler hatten sie benützt, und es war sogar ein Mord dort geschehen. Zwischen den Höhlen und dem Haus lag eine große, nicht sehr ordentlich gehaltene Schonung, und rechts davon erhob sich ein neues, rotes Gebäude, in dem Mr. Goodies Pferde untergebracht waren.

Luke kannte die ganze Gegend; er hatte sie früher schon häufig durchstreift. Eines Tages wollte er auch in die Höhlen eindringen, die jetzt durch schwere Tore verschlossen waren. Er wollte erfahren, welches Geheimnis sie bargen. Goodies Vergangenheit war nicht einwandfrei und noch wenig aufgeklärt. Selbst Scotland Yard mit seinem glänzenden Nachrichtendienst und all seinen Hilfsmitteln hatte das nicht fertiggebracht. So nahm Luke sich vor, die Sache zu klären. Goodies Name tauchte öfter im Zusammenhang mit schweren Verbrechen auf, ohne daß man dem Mann die Teilnahme daran nachweisen konnte. Luke wußte, daß es sich um einen starken, rücksichtslosen Menschen handelte, aber er wußte nichts von Goodies Ehrgeiz, und er hatte keine Ahnung von dem Bibliothekszimmer, das fast den ganzen oberen Stock von Gillywood Cottage einnahm. Dort saß Goodie in den stillen Nachtstunden an seiner Schreibmaschine und arbeitete an seinem großen Werk. Luke vermutete, daß der Trainer jeden Abend von Doncaster hierherkam und in den frühen Morgenstunden wieder zurückkehrte.

»Nun, was sehen Sie denn?« fragte Edna ungeduldig, denn er stand schon lange Zeit oben auf der Leiter.

»Ländereien, Zäune, neue Stallgebäude und eine Grube, die von Betonmauern eingefaßt ist. Ich kann aber nicht daraus schlau werden. Und hier wollen Sie also nun wirklich bleiben?«

»Heute nacht noch nicht. Aber daß ich später hierherziehe, ist ganz gewiß.«

»Gut, dann werde ich dafür sorgen, daß Sie wenigstens gute Dienstboten bekommen.«

Er hielt Wort und schickte in den nächsten Tagen sechs weibliche Dienstboten, einen Butler, einen Diener und ebenso Mr. Lane, den Rattenfänger, in ihr Hotel. Telefonisch bat er sie, Mr. Lane zu engagieren.

»Er hat große Erfahrung als Gutsverwalter. Außerdem hat er beim Militär gedient und kann Sie im Fall einer Gefahr beschützen.«

»Mit wem soll er denn kämpfen?«

»Das wird sich schon noch zeigen. Man kann nie wissen, was geschieht. In allem Ernst würde ich Ihnen empfehlen, ihn anzustellen. Übrigens ist der Butler, den ich Ihnen geschickt habe, ein früherer Polizeibeamter.«

»Sie wollen wohl mein Haus zu einer Polizeistation machen?«

»Ich könnte mir keinen schöneren Platz dafür denken.«

8

Die Leute, die Luke geschickt hatte, bewährten sich vorzüglich, und Edna Gray war ihm sehr dankbar für die gute Auswahl.

In den nächsten beiden Wochen wurden Haus und Garten gründlich in Ordnung gebracht, und als alles hübsch und behaglich eingerichtet war, hielt Edna eines Tages mit ihrer Zofe Einzug in Longhall House. An der Einweihungsfeier nahm nur ein Gast teil.

Sie fühlte sich etwas unbehaglich, als ihr zum Bewußtsein kam, wie abhängig sie von Mr. Luke geworden war. Er spielte bereits eine große Rolle in ihrem Leben. Stets blieb er ihr gegenüber gleich freundlich und liebenswürdig und wurde niemals auch nur im geringsten aufdringlich.

Eines Tages sagte er ihr, daß er sie wie einen jüngeren Bruder betrachte. Sie wußte nicht recht, ob sie sich über den Verwandtschaftsgrad, den er ihr zuteilte, freuen oder ärgern sollte.

Wenn sie nach London fuhr, traf sie ihn gelegentlich beim Mittagessen. Es war ihr sehr angenehm, öfter mit ihm zusammenzukommen. Er erzählte ihr immer viel Neues und berichtete auch über die Organisation Mr. Triggers.

Als sie wieder einmal mittags im Carlton-Hotel zusammensaßen, sagte er, daß er am Nachmittag eine Verabredung mit Trigger habe.

Edna machte sich eigentlich Vorwürfe, denn sie wußte sehr gut, daß Polizeibeamte nicht übermäßig hoch bezahlt wurden. Er lud sie immer in die teuersten Restaurants ein, und als sie einmal das Essen bezahlen wollte, hatte er es entschieden abgelehnt.

Er erwähnte später, daß er außer seinem Beamtengehalt Vermögen besitze.

Er hätte den Dienst längst quittiert, wenn er nicht den äußerst interessanten Auftrag erhalten hätte, die Firma Trigger genauer zu beobachten und das Geheimnis zu klären, das hinter den Transaktionen steckte.

Nach dem Essen brachte er Edna zu ihrem Hotel zurück und

schlenderte dann die Lower Regent Street entlang, um seine Verabredung einzuhalten.

Ein Portier in glänzender Uniform führte ihn in den prachtvoll ausgestatteten Warteraum, erschien jedoch bald wieder und brachte ihn zu Mr. Triggers Büro, einem großen, luxuriös eingerichteten Zimmer, von dem aus man auf die Regent Street hinabschauen konnte. Obwohl der Tag nicht besonders heiß war, saß Mr. Trigger in Hemdsärmeln hinter seinem kostbaren Schreibtisch aus Rosenholz, auf dem Diktiergeräte, Telefone und andere Apparate standen.

»Nehmen Sie bitte Platz, Mr. Luke«, sagte der kleine Mann freundlich, erhob sich und schob seinem Besucher einen mit Maroquin bezogenen Sessel hin. Der Inhaber der Rennwettfirma war so höflich, daß er erst wieder Platz nahm, als sein Besucher sich gesetzt hatte. »Ich bin so stark beschäftigt, daß ich nicht recht weiß, wo ich mit der Arbeit anfangen soll.«

Trigger zeigte ein offenes, freies Wesen. Luke hatte diesen freundlichen, jovialen Mann im Grunde ganz gern.

»Ich weiß, warum Sie mich sprechen wollen – es handelt sich um Kalamu.« Das war der Name des Außenseiters, der in Newmarket gewonnen hatte. »Mr. Luke, ich will Ihnen gegenüber ganz offen sein. Ich verstehe überhaupt nichts von Pferden, und ich würde kaum eins vom anderen unterscheiden können. Für mich sind es nur Pferde, und wenn sie vorne Hörner haben, sind es Ochsen oder Kühe!«

Er lachte vergnügt und schob Luke eine Kiste Zigarren zu.

»Ich will Ihnen die Wahrheit sagen, Mr. Luke. Ich weiß niemals, ob ein Pferd eine Gewinnchance hat oder nicht. Noch nie in meinem Leben habe ich mir ein Buch über Pferdezucht angesehen, und selbst wenn ich versuchte, es zu lesen, würde ich es doch nicht begreifen. Ich halte mich genau an die Rennregeln, gegen die ich in keiner Weise verstoßen habe. Das weiß ich genau, denn die habe ich gründlich studiert. Ich setze mich nicht mit Stalljungen, Jockeis oder gar Trainern in Verbindung, ich betreibe diese ganze Sache hier rein kaufmännisch.«

»Aber ein anderer weiß sehr gut mit Pferden Bescheid – ich meine einen Ihrer Freunde.«

Mr. Trigger zuckte die Schultern.

»Selbstverständlich! Ich wende mich doch nicht an irgendwen, wenn ich mir ein Pferd nennen lasse. Mr. Luke, Sie wissen ebensogut wie ich, daß der Doktor und Mr. Goodie an dem Geschäft beteiligt sind. Auch Mr. Rustem hat einen Anteil. Die drei kümmern sich um das Fachliche, das ist ein offenes Geheimnis. Sie haben ihr ganzes Leben dem Rennsport gewidmet und wissen alles, was sich darauf bezieht. Ich selbst will nichts damit zu tun haben. Ich bringe das Geld auf die Bank –«

»Alles Geld?«

Mr. Trigger lächelte vorwurfsvoll.

»Aber Inspektor, wie können Sie einen Geschäftsmann dergleichen fragen! Ich bringe das Geld auf die Bank, dann hebe ich die Summen wieder ab, die ich für Ausgaben brauche. Das ist das Ende des Geschäfts, soweit ich dafür in Frage komme.«

»Haben Sie jemals den Eigentümer von ›Kalamu‹ kennengelernt?«

»Nein, ich komme niemals mit Besitzern von Rennpferden zusammen«, entgegnete Mr. Trigger vergnügt. »Ich darf wohl sagen, daß verschiedene meiner Klienten Besitzer von Rennpferden sind, aber ich komme nicht mit ihnen zusammen. Es ist meine Aufgabe, die Angestellten der Firma zu beaufsichtigen und dafür zu sorgen, daß sie ihre Arbeit tun. Übrigens bekommen die Leute sehr gute Gehälter. Sie haben von morgens neun bis nachmittags fünf Uhr Dienst. Ich habe einen großen Speisesaal für sie eingerichtet, und auf dem Dachgarten stehen Liegestühle für sie. – Vielleicht sehen Sie sich einmal meine Büroräume an?«

Er erhob sich, zog den Rock über und ging mit seinem Besucher in den großen Saal, wo Reihen von jungen Damen an ihren Schreibtischen saßen. Auf jedem der Arbeitsplätze standen eine Uhr und ein Kalender.

Luke ging die langen Reihen von Schreibtischen entlang. Die Angestellten sahen kaum auf und nahmen keine Notiz von ihm. Der Inspektor hatte bisher noch niemals das Büro der Organisation aufgesucht. Er bewunderte Mr. Trigger, der sich eine einzigartige Stellung geschaffen hatte, selbst nichts von irgendwelchen Schiebungen wußte und auch nichts davon wissen wollte. Selbstverständlich ahnte er, daß seine Partner dem Glück auf der Rennbahn gewaltig nachhalfen.

Trigger nahm Luke mit in seine privaten Räume, und der Inspektor war erstaunt über die einfache Ausstattung.

»Ich empfange keine Besuche und schlafe nur hier, wenn ich sehr viel zu tun habe. Was sagen Sie zu meinen jungen Damen? Finden Sie nicht auch, daß sie einen sehr guten Eindruck machen? Aber ich habe noch nie eine von ihnen eingeladen, mit mir zu speisen, und nur ein einziges Mal hat eine versucht, mit mir zu flirten. Die habe ich sofort vor die Tür gesetzt. Geschäft ist Geschäft, und Liebe ist Liebe. Ich dulde auch nicht, daß Mr. Goodie oder der Doktor oder Mr. Rustem hierherkommen.«

Luke verließ das Büro, ohne viel mehr erfahren zu haben, als er bereits wußte. Er hatte auch nicht erwartet, daß er bedeutende Aufschlüsse erhalten würde. Aber Mr. Trigger gefiel ihm als Mensch und als Organisator. Er war der einzige Mann in der ganzen Firma, dem man nichts anhaben konnte und der vom Gericht auch sicherlich nicht verurteilt werden würde. Das war für Luke eine wichtige Schlußfolgerung, denn er konnte es sich nun leisten, die polizeiliche Überwachung seines Büros fallenzulassen. Dadurch wurde es ihm möglich, sich den beiden anderen Leuten um so mehr zu widmen, auf deren Angaben hin Mr. Trigger derartig viel Geld verdiente. Rustem schloß er aus; er betrachtete ihn mehr als eine Art Agenten und als Werkzeug. Wahrscheinlich kannte der Mann die letzten Geheimnisse seiner Partner nicht und hatte nur dafür zu sorgen, daß sie nicht mit dem Gesetz in Konflikt gerieten.

Dr. Blanter trank unmäßig viel und verkehrte in gewissen Nachtklubs, die nicht gerade im besten Ruf standen. An jenem Abend kehrte er in einem der verrufensten Lokale ein. Zehn Minuten nach zwölf Uhr hielt die Polizei dort eine Razzia ab und schaffte alle Leute, die sie antraf, zur Polizeistation. Gewöhnlich wurden die Damen und Herren in solchen Fällen mit der größten Zuvorkommenheit behandelt. Man durchsuchte sie nicht, und man ließ ihnen auch eine gewisse Freiheit in den

Wartezimmern, bis ihre Freunde kamen und eine Kaution stellten.

Dr. Blanter protestierte heftig, und gerade er wurde sehr genau durchsucht. Man nahm ihm Wertsachen und Schlüssel ab und sperrte ihn in einen besonderen Raum. Es war drei Uhr morgens, als man ihn endlich entließ und ihm zurückgab, was man in seinen Taschen gefunden hatte. Um diese Zeit hatte er sich einigermaßen beruhigt und machte keinen Spektakel mehr. Die drei Stunden Gefangenschaft waren aber die unglücklichsten seines ganzen Lebens gewesen, denn er durchschaute den Plan der Polizei. Er wußte, daß diese Razzia und seine Festnahme durchaus nicht erfolgt waren, weil der Klub die Polizeistunde für den Ausschank alkoholischer Getränke überschritten hatte.

Um vier Uhr kam er nach Hause. Äußerlich verriet seine Wohnung nichts davon, daß vier tüchtige Kriminalbeamte alle Winkel und alle Schubladen durchsucht hatten. Kein Schriftstück war ihnen entgangen, sie hatten alle Briefe gelesen.

Luke war dennoch sehr enttäuscht, denn er hatte nicht gefunden, was er erwartet hatte.

9

Die lange Reihe von Rennpferden wanderte langsam den Abhang hinauf und verschwand über die Höhe. Edna sah, daß Goodie in einiger Entfernung auf einem großen, schwarzen Pferd hinter ihnen herritt. Das Kinn hatte er auf die Brust gesenkt und die Augen halb geschlossen. Edna beobachtete ihn durch ein scharfes Fernglas. Zuerst glaubte sie, daß er schliefe, aber darin täuschte sie sich. Er kam zu der Stelle, wo die Probegaloppe abgehalten wurden, und blieb dort stehen, während der Erste Trainer des Stalls den Leuten Instruktionen gab. Sein Rennstall war wahrscheinlich der einzige in ganz England, in dem nicht englisch gesprochen wurde. Viele der Reitknechte, die die Pferde betreuten, waren Mischlinge. Alle zwei Jahre wechselte Goodie seine Leute und hatte infolgedessen Auseinandersetzungen mit dem Arbeitsministerium, das ihm bei der Anstellung von Ausländern Schwierigkeiten machte.

Die Leute hatten einen Klub für sich, und wenn sie nach London gingen, wurden sie stets von Kollegen begleitet, die englisch sprachen.

Die Kerle konnten reiten wie der Teufel. Verschiedene von ihnen waren so gute Jockeis, daß sie sich auf jeder englischen Rennbahn ausgezeichnet hätten. Aber Goodie gestattete nicht, daß sie sich bei einem Rennen als Jockeis betätigten. In jedem Fall ließ er seine Pferde durch die besten englischen Jokeis reiten, und die Leute wußten nichts von den Vorzügen der Tiere, bis sie den Sattelplatz verließen. Die Instruktion, die er ihnen gab, lautete stets gleich: »Ich zahle Ihnen fünfhundert Pfund, wenn Sie dieses Rennen gewinnen.«

Wenn sie nicht gewannen, wußten sie, daß Goodie es auch gar nicht erwartet hatte.

Nun saß er im Sattel und beobachtete mit düsterem Blick, wie die Pferde über das Heideland auf ihn zugaloppierten. Es wurden immer zwei Pferde zu gleicher Zeit vom Start abgelassen. Alle waren an ihm vorübergekommen bis auf eines, und er wurde plötzlich lebhaft, als dieses in Sicht kam. Es war ›Weiße Lilie‹. Das Tier war in glänzender Form und hatte einen außerordentlichen, weiten Schritt, durch den es unheimlich schnell vorwärtskam. Im schnellsten Tempo jagte es an Goodie vorüber. Der Reitknecht, der das Pferd ritt, zog dann die Zügel an und kam in kurzem Bogen zu Goodie heran.

»Nun, wie war's?«

Der farbige Stallknecht grinste.

»Das Pferd ist schneller als ein Flugzeug. Von Tag zu Tag geht es besser.«

Goodie brummte etwas, stieg vom Pferd, ging auf ›Weiße Lilie‹ zu und klopfte ihr den Hals. Dann ging er langsam um das Tier herum und befühlte jede Fessel und jede Muskelpartie.

»Decken Sie das Tier mit einer Decke zu und führen Sie es im Schritt zum Stall, José«, sagte er auf spanisch. »Für achthundert Peso habe ich den Gaul einmal gekauft – das ist ein Geschäft, was?«

»Dios!« sagte der Mann und rollte mit den Augen. »Achthundert Peso!«

Es war eine Schwäche Goodies, sich gern seiner Geschäfte zu rühmen, selbst wenn es keine Geschäfte waren.

Lange sah er dem Pferd nach, dann stieg er wieder in den Sattel und ritt zu seinem Haus zurück. Edna sah ihn kommen, senkte das Glas und zog sich weiter in das Zimmer zurück, so daß sie ihn beobachten konnte, ohne selbst gesehen zu werden.

Mr. Goodie dachte im Augenblick aber weder an Frauen noch an Pferde; er dachte an das Manuskript, das halb fertig in seinem Safe lag und vielleicht niemals das Licht der Öffentlichkeit erblicken würde. Er war nämlich damit beschäftigt, eine Selbstbiographie zu schreiben, und zum Teil auch aus diesem Grund hatte er sein Haus mit einem hohen Drahtgitter umgeben lassen.

Er ging in sein Arbeitszimmer hinauf, öffnete den Safe, nahm die letzten Blätter seines Manuskriptes heraus und las sie langsam durch. Dann lächelte er – was er nur selten tat –, denn er mußte an Luke denken. In dem Manuskript hatte er ohne Umschweife und ohne etwas zu beschönigen, die Geschichte aller seiner Taten erzählt, die ihm später unsterblichen Ruhm einbringen sollten.

Daß er diese Memoiren überhaupt schrieb, war an und für sich schon Wahnsinn. Seine ungeheure Eitelkeit und das lockende Spiel mit der Gefahr waren verantwortlich dafür.

Edna hatte nicht viel Abwechslung auf dem Land und fühlte sich ein wenig gelangweilt durch die Abgeschlossenheit, in der sie lebte. Sie war meistens allein und mußte sich selbst unterhalten. Es war einsam, obgleich sie jeden Tag einen langen Ritt machte und mindestens zweimal in der Woche nach London fuhr.

Jedesmal hatte sie dann mit der Versuchung zu kämpfen, noch einen weiteren Tag im Hotel zu bleiben oder noch einmal ins Theater zu gehen.

Eines Abends kam sie müde und unruhig von London zurück. Sie hatte gehofft, Mark Luke zu treffen, doch der war nicht in der Stadt.

Um neun Uhr legte sie sich zu Bett, aber nach einer Viertelstunde kam sie zu der Überzeugung, daß sie noch nicht schlafen könne. Sie stand wieder auf, schlüpfte in ihren Morgenrock und griff nach einem der spannenden Bücher, die sie aus der Stadt mitgebracht hatte. Aber auch dadurch fand sie keine Ablenkung. Schließlich ging sie zum Fenster und schaute zwischen den Vorhängen hinaus. In dem hellen Mondschein sah sie die zerklüfteten Felsen in der Ferne; sie konnte sogar die kleinen schwarzen Flecke sehen, als die die Eingänge der Perrywig-Höhlen erschienen. Sie machte das Licht aus, zog die Vorhänge zurück und setzte sich auf einen Stuhl ans offene Fenster. Es war eine milde Oktobernacht, zum Träumen wie geschaffen.

Plötzlich hörte Edna, daß eine Tür zugeschlagen wurde. Der Schall kam aus der Richtung von Goodies Haus. Kurz darauf sah sie einen Mann, der sich scharf von der weißgetünchten Wand abhob, und als sie genauer hinsah, erkannte sie Mr. Goodie. Er ging langsam und leise auf die große Vertiefung zu, die von den Betonmauern eingefaßt war, machte eine eiserne Tür auf, sprach etwas und pfiff dann leise.

Dann verschwand er hinter einer Gruppe von Sträuchern, aber gleich darauf wurde er wieder sichtbar. Er bewegte sich nach der äußeren Ecke des Zaunes und trug etwas in der Hand. Ihm folgten zwei ungeheuer große Hunde mit langen Schwänzen.

Im Mondlicht nahm sich das alles phantastisch aus, und Edna war es, als ob die beiden Hunde zu unheimlicher Größe anwüchsen. Sie waren sicher größer als Bluthunde und bedeutend massiger als die größten Neufundländer. Gehorsam gingen sie hinter ihm her und hielten den Kopf zu Boden gesenkt. Dann lief der eine nach links; wahrscheinlich hatte er ein Kaninchen gewittert. Goodie rief ihn scharf zurück, und als das Tier langsam wieder zu ihm kam, knallte er mit der Peitsche, die er in der Hand hielt.

Die Gestalten wurden undeutlicher, als sich Goodie mit den beiden Hunden in der Richtung nach dem Eingang der Perrywig-Höhlen entfernte. Edna trat vom Fenster zurück und holte ihren Feldstecher. Ein leiser Dunst lag auf den Feldern, der es unmöglich machte, etwas genau zu erkennen. Eine Stunde verging, bevor sie Goodie und die beiden Tiere wiedersah. Diesmal liefen sie voraus und warteten, daß er das Tor für sie öffnen sollte. Wolken bedeckten den Mond, so daß sie nichts mehr weiter beobachten konnte.

Sie zog die Vorhänge wieder zu, legte sich zu Bett und fiel in einen unruhigen Schlaf. Zweimal wachte sie auf und sah nach der Uhr; jedesmal war kaum eine Stunde vergangen. Als sie zum drittenmal erwachte, hatte sie in ihren Träumen einen Schrei gehört. Sie richtete sich im Bett auf, am ganzen Körper zitternd. Wieder und wieder hörte sie diese grauenvollen Laute – es waren hohe, langgezogene Töne. Zuerst kam ihr der Gedanke, daß jemand in einiger Entfernung gefoltert würde – ihr Blut erstarrte, und sie konnte sich nicht rühren. Schließlich zwang sie sich aufzustehen. Sie ging mit unsicheren Schritten zum Fenster und zog die Vorhänge zurück.

Das Geräusch war aus der Richtung der Perrywig-Höhlen gekommen, aber sie konnte nicht sagen, aus welcher Entfernung. Während sie noch entsetzt in die Nacht hinausstarrte, hörte sie plötzlich eine Stimme und fuhr zusammen.

»Hoffentlich sind Sie nicht zu sehr erschreckt worden, Miss.«

Der Mann stand direkt unter ihrem Fenster und war bis zum Kinn in einen grauen Mantel gehüllt. Aber sie erkannte Lanes Stimme und wußte, daß er es war, bevor er seinen Namen nannte. In dem schwachen Mondlicht sah sie den Lauf eines Gewehres.

»Was war denn das?« fragte sie leise und erleichtert.

»Ich weiß es nicht. Seit vier Uhr bin ich auf.«

»Warum haben Sie denn die Waffe bei sich?«

»Ich dachte, daß vielleicht Wilddiebe draußen wären.«

Er ging bis zur Mauer und kam nach einer Weile zurück.

»Ich habe ein neues Schloß an die Tür machen lassen – ein Yale-Schloß. Sie finden den Schlüssel in Ihrer Bibliothek. Aber ich gebe Ihnen den Rat, die Tür nicht zu öffnen, ganz gleich, ob es Tag oder Nacht ist.«

»Was sind das für große schwarze Hunde?«

»Hunde? Ach, haben Sie die Tiere gesehen? Ist er mit ihnen draußen gewesen? – Ich meine, Goodie? Hat er sie mitgenommen?«

»Er ist zu den Perrywig-Höhlen gegangen«, sagte sie.

»Das dachte ich mir schon«, entgegnete er zu ihrem größten Erstaunen ruhig. »Eine sonderbare Zeit, und in der Nacht trainiert man doch keine Rennpferde.«

»Ich möchte nur wissen, was das für unheimliche Hunde waren!«

»Das weiß ich auch nicht. Ich habe schon viel von ihnen gehört, sie aber noch nie gesehen. Er hält sie in einem unterirdischen Käfig gefangen; deshalb ist es auch besser, Sie benutzen diese Tür nicht. Die Tiere sind sehr gefährlich. Er wird natürlich mit ihnen fertig – wozu ist er Tierbändiger.«

Sie sprachen sehr leise, trotzdem schien es jemand gehört zu haben, denn gleich darauf wurde eine Tür an der Hinterseite des Hauses geöffnet, und sie vernahmen die Stimme des Butlers.

»Sind Sie es, Jimmy?«

»Ja, ich bin's«, erwiderte Lane.

Penton trat vor, so daß sie ihn sehen konnten. Edna bemerkte, daß er etwas in die Tasche steckte, und wunderte sich, was er wohl in der Hand gehabt haben mochte.

»Entschuldigen Sie, Miss, aber ich habe einen Schrei gehört.«

»Sie müssen auch einen leichten Schlaf haben, Penton«, meinte sie und lehnte sich fröstelnd aus dem Fenster.

Die beiden Männer gingen um die Hausecke und sprachen leise miteinander, während Edna ins Zimmer zurücktrat und sich beruhigt zu Bett legte. Dankbar dachte sie an Luke; er hatte ihr diese beiden starken Wächter verschafft, die auf das kleinste Geräusch lauschten. Dann schlief sie ein, und als sie wieder erwachte, war es bereits zehn Uhr morgens, und die Sonne lachte ins Fenster.

10

Dr. Blanter begab sich nach Scotland Yard, um sich zu beschweren, erreichte aber nur, daß Luke ihm unter vier Augen eindeutig die Meinung sagte. Der Inspektor wußte, daß dieser Mann vor nichts zurückschreckte und in mehrere häßliche Verbrechen verwickelt war.

Luke erinnerte sich dann plötzlich an etwas, das ihm ein Kollege am Morgen gegeben hatte. Er steckte die Hand in die Westentasche, nahm ein kleines Stück weiße Kreide heraus und legte es auf den Tisch.

»Hier haben Sie ein kleines Andenken, ein Maskottchen, wenn Sie wollen.«

Blanter sah düster darauf.

»Es ist das Stück Kreide, das der Henker heute morgen bei der Hinrichtung des Highbury-Mörders gebraucht hat. Der Henker macht einen Strich, wo der Verurteilte die Füße hinstellen muß, bevor sich der Boden in die Tiefe senkt. Behalten Sie es, vielleicht bringt es Ihnen Glück. Wir finden schon noch ein anderes Stück Kreide, wenn die Reihe an Sie kommt.«

Diese Worte verfehlten ihre Wirkung nicht. Blanter starrte auf das kleine weiße Ding, und sein Gesicht zuckte vor Furcht und Schrecken. Er erhob sich und schob den Stuhl zurück.

»Nehmen Sie es nur ruhig. Ich würde es auch Goodie zeigen, der ist ein genauso gemeiner Schuft wie Sie.« Luke ging zur Tür und öffnete sie. »So, und jetzt machen Sie, daß Sie hinauskommen!«

Dr. Blanter sann auf Rache und überlegte, wie er Luke am schwersten treffen könnte. Auch dieser Mann mußte irgendwie verwundbar sein. Mehrfach hatte der Arzt von der Freundschaft des Inspektors mit Miss Gray gehört, und er beschloß, sich einmal genauer zu erkundigen.

Tommy Dix, ein Veteran unter den Jockeis, war stolz auf seine lange Verbindung mit dem Turf und lebte das typische Leben eines Rennreiters. Er kannte auch Mr. Goodie, und eines Sonntagmorgens kam er nach Berkshire, um ›Weiße Lilie‹ bei der Morgenarbeit zu prüfen. Mr. Goodie war bei der Gelegenheit zugegen. ›Weiße Lilie‹ gewann nur um eine Halslänge vor einem anderen, ziemlich gewöhnlichen Gaul, und als Tommy aus dem Sattel stieg, kam Mr. Goodie zu ihm.

»Nun, was meinen Sie? Ist das Pferd gut genug, daß es das Rennen in Cambridgeshire gewinnen kann?«

Tommy sah auf ›Weiße Lilie‹, dann auf Mr. Goodie.

»Hat der Sattel das Normalgewicht?«

Goodie nickte.

»Dann haben Sie keine Aussichten«, erklärte Tommy.

Er war ein wenig erstaunt. Auf dem Weg zum Start hatte er den Sattel untersucht, aber kein Bleigewicht entdecken können. Es kam häufig vor, daß Trainer die Jockeis nicht ins Vertrauen zogen, und da Tommy Dix den Ruf Goodies kannte, hatte er erwartet, daß Goodie den Sattel schwerer gemacht hätte. Seiner Meinung nach hatte das Pferd keine Aussicht zu gewinnen.

Dem Jockei war es ganz gleich, wer das Pferd beim Cambridgeshire-Rennen reiten sollte. Es war nun einmal klar, daß von den vielen Pferden, die bei einem solchen Rennen starteten, nur eins gewinnen konnte. Er machte einen schwachen Versuch, aus dem Vertrag auszusteigen, aber Mr. Goodie erklärte ihm sofort, daß er ihn nicht aus dem Kontrakt entlassen würde. Und die oberste Rennbehörde war in diesem Punkt auch sehr scharf. Wenn ein Jockei einen Vertrag abschloß, mußte er ihn unter allen Umständen einhalten, sonst konnte es ihn die Lizenz kosten.

Mr. Goodie wartete, bis der Jockei in seinem Auto fortgefahren war und man in der Ferne nur noch eine Staubwolke sah. Dann gab er José den Befehl, den Sattel abzunehmen. José war ein starker Mann und konnte infolgedessen leicht den Sattel heben, der auf Anordnung Goodies besonders hergestellt worden war. In den Sitz war eine schwere Bleiplatte eingearbeitet. ›Weiße Lilie‹ hatte bei dem Galopp tatsächlich einen zu schweren Sattel getragen.

Tommy fuhr nach London zurück, und als er durch die Vorstädte kam, hielt er vor dem Hause eines bekannten Buchmachers. Es war eine bedauernswerte Tatsache, daß Jockeis und Buchmacher häufig zusammenkamen.

»Nun, wie ist ›Weiße Lilie‹ gelaufen?«

»Auf das Pferd können Sie ruhig Wetten annehmen, dabei verlieren Sie nichts. Der Gaul gewinnt das Cambridgeshire-Rennen nicht.«

Es war Tommys größter Fehler, daß er den Mund nicht halten konnte. In wenigen Tagen wußten alle Leute in Newmarket, die es wissen wollten, ebenso die meisten Berichterstatter in der Fleet Street in London, daß ›Weiße Lilie‹ für einen Sieg beim Cambridgeshire-Rennen nicht in Betracht kam.

›Ich hoffe, daß sie noch bedeutend aufholt‹, schrieb Mr. Goodie am nächsten Tag an Tommy Dix. ›Sie wird immer besser, und ich hoffe, daß sie schnelle Fortschritte macht.‹

Tommy las den Brief und machte eine unfreundliche Bemerkung.

Auch Edna Gray hatte den Galopp am Sonntag morgen gesehen. Sie hatte einen großen Ritt über die Wiesen und Felder gemacht und war gerade zu dem Trainingsfeld gekommen, als Tommy Dix startete. Sie verstand nicht viel von Rennen, aber sie war doch der Ansicht, daß der Mann im Sattel außerordentlich viel konnte.

Schließlich ritt sie weiter und wählte zum Abstieg einen steilen, ziemlich gefährlichen Pfad. Sie kam am Eingang der Perrywig-Höhlen vorbei, ließ ihr Pferd halten und schaute auf die große, düstere Öffnung. Über das schwere Tor hinweg suchte sie mit ihren Blicken die Dunkelheit zu durchdringen, aber sie sah nichts als eine Felswand, die die Höhle in verhältnismäßig kurzer Entfernung abschloß. Sie hatte gehört, daß man durch ein Labyrinth von Gängen meilenweit unter der Erde vordringen könne und die Hügel vollkommen unterminiert seien.

Sie trieb das Pferd ein paar Schritte vor, dann hielt sie wieder. Es war deutlich zu sehen, daß hier ein Picknick stattgefunden hatte; die Reste der Mahlzeit – Apfelsinenschalen, Hühnerknochen und ein paar Stück Brot – waren hinter einen Strauch geworfen worden.

Luke hatte versprochen, am Sonntag zum Mittagessen zu erscheinen, und als sie nach Hause kam, war sie angenehm überrascht, ihn in einem großen Korbstuhl in der Sonne sitzend bereits anzutreffen.

»Sie haben also den Geist auch gehört?« begrüßte er sie und machte nicht einmal Anstalten, sich zu erheben. Er hatte wirklich sehr schlechte Manieren. »Sind Sie jetzt endlich so vernünftig geworden, daß Sie mit mir in die Stadt kommen?«

Er erhob sich endlich, als sie näher kam.

»Die Ratten sind, wie ich gehört habe, vollkommen verschwunden. Rustem und Goodie haben viel Zeit und Geld nutzlos verschwendet. – Begleiten Sie mich in die Stadt?«

»Warum denn?«

»Es ist doch ein furchtbar einsames Leben hier für eine hübsche junge Dame. Übrigens – mir ist etwas sehr Dummes passiert.«

Er folgte ihr in die Halle und ließ sich dazu herbei, ein Kissen für sie in einen Sessel zu legen.

»Es ist ja erstaunlich, daß Sie solche Geständnisse machen. Was haben Sie denn getan?«

»Irgendein Unbekannter hat mich gestern angeläutet und gefragt, ob ich Sie kenne. Als ich das bestätigte, sagte er eine Gemeinheit über Sie. Es war natürlich eine grobe Erfindung, die in ganz bestimmter Absicht ausgesprochen wurde, und ich bin auch sofort darauf hereingefallen und habe mich furchtbar aufgeregt. Weiter wollte der Mann nichts. Er legte schon auf, als ich merkte, wie dumm ich mich benommen hatte.«

Sie sah ihn groß an.

»Das verstehe ich nicht.«

»Ist es nicht schlimm, wenn man sich durch einen so einfachen Trick fangen läßt? Ich muß sagen, daß ich mich schäme.«

»Aber was bedeutet das alles? Welche Gemeinheit hat er gesagt?«

»Darauf kommt es im Augenblick nicht an. Der Mann wollte vor allem wissen, ob ich mich genügend für Sie interessiere, um bei der ersten gemeinen Bemerkung über Sie in Wut zu geraten – und er hat tatsächlich sein Ziel erreicht.«

Bevor sie etwas erwidern konnte, sprach er weiter.

»Wenn ich sage, daß ich mich genügend für Sie interessiere, dann soll das nicht heißen, daß ich mich hoffnungslos in Sie verliebt habe. Es bedeutet nur, daß ich Sie gern habe. Zwischen diesen beiden Zuständen besteht ein großer Unterschied.«

»Das hoffe ich auch«, entgegnete sie kühl.

»Wenn dieser Mann zum Beispiel glaubt, er könne mich dadurch treffen, daß er Ihnen ein Leid antut, dann ist das für mich sehr wichtig. Ich muß also dafür sorgen, daß er nicht an Sie herankommt. Doktor Blanter ist ein Mann, mit dem Sie nicht zusammentreffen dürfen.«

Sie wandte sich schnell zu ihm und verbarg ihren Ärger nicht.

»Sie hätten das vielleicht ein wenig taktvoller sagen können, Mr. Luke«, erwiderte sie ungnädig. »Er mag ein unangenehmer Mensch sein, aber ich habe Ihnen doch nicht das Recht eingeräumt, zu bestimmen, mit wem ich zusammentreffen soll oder nicht. Es tut mir leid, daß Sie sich eine ganz falsche Stellung anmaßen. Sie sind zuvorkommend und liebenswürdig zu mir gewesen, das will ich gern anerkennen, aber ich kann nicht dulden, daß Sie so tun, als ob Sie für mich verantwortlich wären. Das ist nicht nur peinlich, sondern geradezu empörend.«

Er antwortete nicht gleich, sah sie aber sehr ernst an.

»Ich glaube, Sie haben recht«, sagte er nach einem langen Schweigen. »Sie müssen schon entschuldigen, daß meine Manieren nicht gerade die besten sind. Es tut mir leid.«

Sie bereute sofort, daß sie so vorschnell gewesen war, aber sie nahm sich zusammen und ließ sich nichts von ihrer Reue anmerken. Sie hatte einen kleinen Sieg über ihn davongetragen, allerdings nicht ohne Opfer. In gewisser Weise hatte sich seine Haltung ihr gegenüber vollkommen geändert.

Während des Essens gab sie sich Mühe, wieder das alte vertrauliche Verhältnis herbeizuführen, das jedenfalls weit erträglicher war als dieses absolut korrekte und respektvolle Benehmen, das er jetzt zeigte. Schließlich machte sie ihm Vorwürfe, daß er in schlechter Stimmung sei.

Er lachte.

»Hoffentlich haben Sie unrecht. Aber in den Männern kennt man sich nie aus; sie sind eitle Geschöpfe, die sehr leicht etwas übelnehmen. – Haben Sie noch etwas von den großen schwarzen Hunden gesehen?«

Sie schüttelte den Kopf.

»Sehen Sie sich die Tiere genauer an, wenn Sie wieder Gelegenheit dazu haben. Fürchten Sie sich nicht vor ihnen?«

»Vor Hunden fürchte ich mich nicht.«

Er blieb nach Tisch noch eine Stunde, und sie hätte nie geglaubt, daß er ein so guter Gesellschafter sein könnte. Als er gegangen war, blieb sie mit einem Gefühl der Verlassenheit zurück. Sie war mit sich, mit ihm, mit ihrem Haus und ihrem ganzen Leben unzufrieden, und sie fürchtete sich fast vor dem einsamen Abend, der ihr bevorstand.

Sie klingelte ihrer Zofe.

»Packen Sie meinen Koffer und rufen Sie das Carlton-Hotel an, daß Zimmer für mich reserviert werden. Dann sagen Sie dem Chauffeur, daß ich heute abend noch nach London fahren will.«

Zum erstenmal seit dem Beginn ihrer Bekanntschaft teilte sie Luke nicht mit, daß sie in die Stadt kam.

London ist an einem regnerischen Sonntagabend eine langweilige Stadt, selbst wenn man in einem so eleganten Hotel wohnt. Nicht einmal ins Theater konnte sie gehen, und sie legte sich deshalb frühzeitig zur Ruhe, enttäuscht von sich und der ganzen Welt. Am liebsten hätte sie weinen mögen.

12

Luke arbeitete am nächsten Morgen in seinem Büro, als sein Assistent ihm meldete, daß ihn ein Mann sprechen wolle.

»Er sieht aus wie jemand, der Ihr Mitleid erregen will.«

»Bringen Sie ihn herein.«

Er wandte sich in seinem Schreibtischsessel um und betrachtete den heruntergekommenen kleinen Mann, der an der Tür stand und seine schmutzige, alte Mütze zwischen den Fingern drehte.

»Hallo, Punch! Treten Sie näher.«

Er nickte seinem Assistenten zu, daß er gehen solle.

Punch sah noch etwas abgerissener aus als bei ihrer letzten Begegnung in Doncaster. Allem Anschein nach hatte er in der letzten Zeit in seinen Kleidern geschlafen.

»Mr. Luke, ich bin von Newbury zu Fuß hergekommen. Ich erhielt dort keine Eintrittskarte. Wenn ich auf dem Rennen gewesen wäre und nur ein paar Shilling hätte leihen können, hätte ich gewettet und gewonnen. Der alte Goodie war auch dort. Als ich ihn um etwas Geld bat, schimpfte er furchtbar und sagte, ich solle mich zum Teufel scheren. Trigger hätte mir das Geld gegeben, der ist kein schlechter Kerl. Ich habe ihm schon ein paarmal einen Dienst erwiesen, als er noch nicht so berühmt und reich war, und er hat mich immer gut bezahlt.«

»Also, Punch, Sie sind doch sicher nicht hergekommen, um mir Ihre Lebensgeschichte zu erzählen. Was wollen Sie?«

Der Mann feuchtete die trockenen Lippen an.

»Ich habe seit gestern nichts mehr zu essen gehabt.«

»Und nichts mehr zu trinken seit heute morgen.«

Punch schüttelte den Kopf.

»Ich bin ganz heruntergekommen, Mr. Luke. Mehr als hunderttausend Pfund sind durch meine Hände gegangen, und ich habe alles vertrunken. Erst vor einem Monat habe ich eingesehen, daß das eine große Dummheit von mir war. Es handelt sich nicht so sehr darum, daß man ein ehrliches Leben führt, als daß man nüchtern bleibt. Und ich weiß, Sie überlegen es sich nicht lange, wenn es sich darum handelt, einem armen Kerl zu helfen, der ein neues Leben anfangen will.«

»Sie haben früher schon mehrmals eine Chance gehabt.«

Punch nickte.

»Gewiß«, entgegnete er bitter. »Deshalb habe ich auch kaum noch Aussicht, in die Höhe zu kommen. Alle Leute sind bereit, mir einmal zu helfen, aber nicht zweimal. Wenn man Gewohnheitstrinker wird, ist man ganz erledigt – dann bekommt man nicht einmal mehr Geld zum Essen. Aber ich mache keinem einen Vorwurf, nur mir selbst. Niemand glaubt mir, wenn ich sage, daß ich jetzt das Trinken aufgegeben habe.«

Luke sah ihn nachdenklich an.

»Ich möchte nur wissen, ob man Ihnen trauen kann. Auf jeden Fall will ich es noch einmal mit Ihnen versuchen, Punch. Aber wenn Sie diesmal Ihr Wort nicht halten, ist es aus. Dann brauchen Sie nicht mehr zu mir zu kommen.«

Er nahm seine Brieftasche heraus und reichte ihm zwei Fünfpfundnoten.

»So, nun baden Sie, kaufen Sie sich anständige Kleidung und verbrennen Sie die Lumpen, in denen Sie herumlaufen. Dann suchen Sie sich ein Zimmer. Heute nachmittag melden Sie sich bei mir, aber sprechen Sie nicht weiter darüber.«

Punch war fast sprachlos vor Freude.

»Ich wollte Ihnen noch sagen, Mr. Luke, daß ›Weiße Lilie‹ keine Aussichten beim Cambridgeshire-Rennen hat. Tommy Dix hat das Pferd geritten; ich habe heute morgen einen meiner früheren Kollegen getroffen, der hat es mir gesagt. Ich habe auch gar nicht verstanden, warum der Gaul beim Cambridgeshire-Rennen gemeldet wurde.«

»Schon gut«, erwiderte Luke ungeduldig. »Melden Sie sich heute nachmittag in meiner Wohnung.«

Punch verließ das Zimmer.

Nachdem er gegangen war, nahm Luke drei blaue Mappen mit der Aufschrift ›Das grüne Band‹ aus einer Schublade und fügte den Akten ein paar Bemerkungen über Mr. Trigger hinzu. Dann las er, mindestens zum zwanzigsten Male, die wenigen Einzelheiten, die Scotland Yard über diesen Mann bekannt waren.

Die Akten über Dr. Blanter waren viel wichtiger; sie enthielten Zeitungsausschnitte über zwei gerichtliche Leichenschauverhandlungen, dann einen Bericht über eine Verhandlung vor der Ärztekammer, ferner eine Anzahl von Briefen, die meistens anonyme Anzeigen waren. Ein fortlaufender Bericht über die Aufenthaltsorte des Doktors lag vor, aber daraus konnte Luke im Augenblick wenig Brauchbares entnehmen. Man glaubte im allgemeinen in Scotland Yard, daß der Arzt mit verschiedenen Verbrecherbanden in Verbindung stand.

Dr. Blanter zahlte gut und hatte daher immer Männer und Frauen an der Hand, die bei irgendeiner Gelegenheit Aufträge für ihn ausführten. Dazu gehörten auch die Angestellten von verschiedenen Nachtklubs, die er finanziert hatte. In der Verbrecherwelt kannte man ihn als einen Mann, der das nötige Geld für die Verteidigung aufbrachte, wenn seine Helfer vor Gericht gestellt wurden. Er hatte daher viele Anhänger, auf die er sich im Fall der Not verlassen konnte.

Luke unterschätzte die Bedeutung des Mannes in keiner Weise und hatte gewisse Vorsichtsmaßnahmen getroffen. Dr. Blanter hatte keine Ahnung, daß er beobachtet wurde.

Am Montag morgen lief ein langes Telegramm bei Dr. Blanter ein, das ihm ein Agent aus Südamerika gesandt hatte. Er las es durch, lernte es dann Wort für Wort auswendig und vernichtete das Formular. Ein paar Minuten später, nachdem er sich verschiedenes überlegt hatte, rief er eine junge Dame an, die in Bayswater wohnte. Sie antwortete ihm recht unhöflich, denn sie war in ihrem Morgenschlaf gestört worden.

»Hier ist der Doktor. Ich brauche Sie, Maggie. Kommen Sie um halb zwölf zu mir, ich muß Sie sprechen.«

»Es tut mir unendlich leid, Blanter, ich erkannte Ihre Stimme nicht«, entschuldigte sie sich. »Ich bin sofort bei Ihnen.«

Diese junge Dame führte den stolzen Bühnennamen ›Ruby de Vinne‹, obwohl sie nur ab und zu in einer winzigen Rolle auftrat. Aber sie war bildhübsch, jung und temperamentvoll.

Pünktlich um halb zwölf Uhr erschien sie.

»Ach, Doktor, Sie haben mich heute morgen so erschreckt! Ich dachte, mein Freund wäre aus Deutschland zurückgekommen.«

»Maggie, mein Liebling, hören Sie zu. Ich habe einen Auftrag für Sie.«

Sie nickte. Sie hatte schon früher Aufträge für ihn erledigt, und er hatte sie jedesmal sehr gut bezahlt. Geizig war er nicht. Leute, die für ihn gearbeitet hatten, wollten gern weiter für ihn tätig sein.

»Sie sprechen doch spanisch?«

»Wie eine Spanierin«, behauptete sie.

»Nun gut, Sie können also ein paar Worte sprechen, das ist alles, was ich brauche. Sie sind in Südamerika als Kabarettsängerin auf Tournee gewesen?«

»Ja, ich war für Gastspielreisen engagiert«, entgegnete sie prompt, »oder vielmehr die Truppe, zu der ich gehörte. Ich war die Leiterin.«

»Vergessen Sie das alles jetzt einmal und hören Sie gut zu. Sie sind früher einmal mit Ihrem Vater, einem Oberst, nach Buenos Aires gefahren und während Ihres dortigen Aufenthaltes auch Edna Gray vorgestellt worden. Ich werde Ihnen noch alle Einzelheiten darüber geben, wo sie lebte und so weiter. Sie müssen auch das Hotel kennen, in dem sie in Buenos Aires wohnte, ebenso ihre Schneiderin. Das ist übrigens ein guter Gedanke – Sie haben Edna Gray bei ihrer Schneiderin kennengelernt. Alle drei Monate kam sie in die Hauptstadt, und es ist sehr wohl möglich, daß Sie sie dort getroffen haben. Jetzt wohnt sie im Carlton-Hotel. Sie müssen sich mit ihr in Verbindung setzen, aber es muß so arrangiert werden, daß es wie ein Zufall aussieht. Sie speist gewöhnlich dort zu Mittag, wenn sie in London ist, und sie hält sich augenblicklich hier auf. Sie müssen sich mit ihr anfreunden, aber seien Sie nicht zu stürmisch. Laden Sie die Dame ins Theater ein. Ich besorge Ihnen eine Loge für die neue Revue. Sie brauchen mich nur beizeiten telefonisch zu verständigen, für welchen Abend ich Karten beschaffen soll. Haben Sie anständige Kleider?«

Miss de Vinne war im Augenblick sehr gut ausgestattet.

»Nehmen Sie Miss Gray aber nicht in eins dieser Nachtlokale mit, in denen Sie verkehren. Laden Sie sie ins Ritz oder ins Berkeley-Hotel zum Mittagessen ein. Und nehmen Sie sich zusammen, daß Sie nicht Londoner Dialekt sprechen. Heute nachmittag kommen Sie wieder, dann erörtern wir das Weitere. Hier haben Sie vorläufig einmal fünfzig Pfund für kleine Auslagen. Wenn das Geld aufgebraucht ist, können Sie weitere fünfzig von mir haben.«

Miss de Vinne fand sich schnell in die Rolle hinein, die sie zu spielen hatte. Am Nachmittag erschien sie zur festgesetzten Zeit. Dr. Blanter instruierte sie eingehend und war mit ihren Antworten auf seine Fragen sehr zufrieden.

»Ich möchte Ihnen noch eine andere wichtige Sache einschärfen«, meinte er schließlich. »Luke von Scotland Yard ist mit ihr befreundet – die beiden kamen auf demselben Dampfer nach England. Dort hat er sie wahrscheinlich auch kennengelernt.«

»Luke? Der kennt mich, er hat mich ja in Scotland Yard wegen der Pyrock-Geschichte verhört. Ich hatte natürlich nicht die geringste Ahnung, aber er hat mich sechs Stunden lang kreuz und quer gefragt, bis ich schließlich nicht mehr wußte, ob ich Männlein oder Weiblein war.«

»Sie müssen es so einrichten, daß Sie nicht mit ihm zusammenkommen. Wenn Ihnen das gelingt, ist die Sache ziemlich einfach. Sehen Sie vor allem zu, daß Miss Gray Sie in ihr Landhaus Longhall einlädt. Und Sie heißen natürlich nicht ›Ruby de Vinne‹, sondern ›Maggie Higgs‹. Das ist ja auch Ihr richtiger Name.«

Damit war sie nicht sehr einverstanden.

Die Bekanntschaft war ziemlich schnell gemacht. Edna ging am Abend ins Theater, und als sie in der Pause zwischen dem ersten und dem zweiten Akt in die Halle kam, trat plötzlich eine glänzend gekleidete junge Dame auf sie zu, deren Brillantarmbänder schon von weitem in den Strahlen der großen Kronleuchter blitzten.

»Ach, sind Sie nicht Miss Edna Gray?« fragte die junge Dame lebhaft. »Aber ganz gewiß, ich habe Sie sofort wiedererkannt!«

Edna war erstaunt, aber angenehm berührt.

»Ja, so heiße ich.«

»Können Sie sich nicht auf mich besinnen? Aber warum sollten

Sie auch! Ich habe Sie ja nur ein einziges Mal getroffen. Sie kennen doch Señora Rugatti in Buenos Aires? Sie kamen damals von der Estanzia Ihres Onkels. Erinnern Sie sich nicht? Sie waren so furchtbar müde!«

Edna schüttelte den Kopf und lächelte freundlich.

»Nein, ich kann mich nicht darauf besinnen, aber ich bin oft nach Buenos Aires gekommen und habe mich müde gefühlt.«

»Ach, ich freue mich so, daß ich Sie hier wiedersehe«, erwiderte Maggie Higgs strahlend. »Ich bin für ein bis zwei Monate in London und war schon neugierig, ob ich wohl eine Bekannte hier treffen würde. Ich fühle mich hier sehr einsam. Mein Vater ist nach Afrika zu seinem Regiment zurückgekehrt.«

Edna war angenehm überrascht, hier eine Bekannte aus Südamerika zu treffen. Sie plauderten noch ein paar Minuten, bis es klingelte, und kehrten dann zu ihren Plätzen zurück. Nachdem das Stück zu Ende war, fand Edna Miss Higgs in der großen Halle, wo sie auf sie wartete.

»Wo wohnen Sie? Darf ich Sie in meinem Wagen mitnehmen? Er wartet hier in der Nähe des Theaters.«

Sie speisten in einem eleganten Restaurant zu Abend und verabredeten sich dann für den folgenden Tag.

Maggie meldete sich triumphierend bei Dr. Blanter in der Half Moon Street. Stirnrunzelnd hörte er ihr zu und schien von ihrem Bericht nicht gerade sehr angenehm berührt zu sein.

»Schade, daß Sie in einem öffentlichen Lokal gespeist haben. Morgen erzählen Sie ihr, daß Sie auch ins ›Carlton‹ ziehen. Mieten Sie dort ein Appartement und nehmen Sie Ihre Mahlzeiten nicht im großen Speisesaal ein.«

Im gleichen Augenblick telefonierte ein junger Mann in Abendkleidung mit Mr. Luke.

»Können Sie sich noch auf Ruby besinnen? – Ja, das ist dieselbe wie Maggie – Higgs, ja, das ist ihr eigentlicher Name. Sie hat sich mit Miss Gray angefreundet. Sie waren zusammen im Theater und sind dann zum Abendessen gegangen. Die junge Dame ist darauf sofort zu Doktor Blanters Wohnung gefahren. Dort ist sie noch. Haben Sie weitere Aufträge für mich?«

»Holen Sie mich morgen früh hier ab«, entgegnete Luke ruhig. »Wenn Maggie ins ›Carlton‹ ziehen sollte, nehmen Sie dort auch ein Zimmer. Ich komme für die Auslagen auf. Wenn ich mir die Sache recht überlege, ist es am besten, Sie folgen Maggie bis nach Hause.«

Um zwei Uhr morgens fuhr Miss Higgs zu ihrer schönen Wohnung in Bayswater, ohne zu wissen, daß sie beobachtet wurde.

Als Dr. Blanter am nächsten Morgen beim Frühstück saß, meldete ihm sein Diener, daß er dringend am Telefon verlangt werde.

»Sagen Sie dem Kerl, er soll sich zum Teufel scheren«, brummte der Doktor, der in der Nacht nicht gut geschlafen hatte. »Wer ist es denn?«

»Mr. Luke.«

Der Doktor legte sofort Messer und Gabel hin und ging in sein Arbeitszimmer.

»Sind Sie am Apparat, Blanter? Hier ist Luke.«

»Nun, was wünschen Sie?« fragte der Doktor ärgerlich.

»Lassen Sie diese Higgs aus dem Spiel und sorgen Sie dafür, daß sie Miss Gray nicht mehr belästigt, sonst erleben Sie eine recht unangenehme Überraschung.«

Dr. Blanter atmete schwer.

»Ich weiß nicht, was Sie von mir wollen«, sagte er nach einer Pause. »Wer ist denn überhaupt ›Higgs‹?«

»Stellen Sie sich doch nicht dumm! Ich gebe Ihnen nur einen guten Rat«, erwiderte Luke eisig und legte auf.

Nachdenklich kehrte Blanter zum Frühstückstisch zurück.

Edna wartete umsonst auf Miss Higgs, die sie um elf Uhr abholen wollte, um mit ihr Einkäufe zu machen und dann gemeinsam mit ihr zu Mittag zu speisen. Es wurde halb zwölf und zwölf Uhr, und noch immer zeigte sich Miss Higgs nicht. Edna war erstaunt und nicht wenig enttäuscht. Wenn sie auch gerade keine große Zuneigung zu dieser neuen Freundin gefaßt hatte, die ihr über den Weg gelaufen war, so hatte sie sich doch auf einen angenehmen Tag in der Gesellschaft einer Frau gefreut.

Kurz vor dem Essen kam ein Telegramm aus Deutschland. Mr. Garcia hatte sich entschlossen, eine Erholungsreise durch Südeuropa zu machen, und bat sie, ihm unter der Adresse des Argentinischen Konsulates in Istanbul zu schreiben. Hätte er ihr die Reiseroute mitgeteilt oder eine Adresse angegeben, an die sie hätte telegrafieren können, so würde sie sofort ihre Koffer gepackt haben und mit ihm gereist sein. Statt dessen fuhr sie spät am Nachmittag nach Longhall zurück. Sie fand aufs neue, daß der Aufenthalt auf dem Land noch weniger unterhaltend für eine alleinstehende junge Dame war als das Leben in der Stadt, und sie überlegte sich ernsthaft, ob sie nicht nach Argentinien zurückkehren sollte.

13

Als Edna Gray eines Morgens von ihrem Ritt zurückkam, hatte sie ein merkwürdiges Erlebnis. Sie hatte durch die Wiesen einen neuen Weg gefunden, der über einen leichten Abhang führte. Er wurde wenig benützt, und sie bog gerade um einen grünen Hügel herum, als sie zwei Leute entdeckte, die eine Grube aushoben. Die Arbeiter sahen sie düster an, als sie näher heranritt, und beantworteten ihren freundlichen Gruß nur brummend.

Die Grube befand sich auf Mr. Goodies Gelände. Edna setzte ihren Weg fort und dachte nicht weiter über die Sache nach. Alles, was mit Bauen zusammenhing, erschien ihr geheimnisvoll.

Lane kam am selben Abend zu ihr, weil einige Rechnungen bezahlt werden mußten.

»Hat Mr. Goodie Ihnen mitgeteilt, daß er auf Ihrem Besitz einen Bau errichten will, Miss Gray?« fragte er. »Wie ich sehe, sind ein paar Arbeiter damit beschäftigt, auf dem Heideland eine Grube auszuheben. Ich weiß nicht, welche Bedingungen in dem Pachtvertrag stehen, aber ich glaube doch, daß er ohne Ihre Erlaubnis kein Gebäude errichten darf.«

»Ich werde mich einmal mit der Sache befassen, Mr. Lane«, sagte sie, obwohl sie nicht ernstlich diese Absicht hatte.

Am Abend erhielt sie jedoch eine Erklärung für die seltsame Betriebsamkeit. Es war beinahe dunkel, als sie mit ihrem kleinen Auto noch eine Fahrt durch das Gelände machte. Unglücklicherweise hatte sie einen Weg eingeschlagen, der von den Landleuten nur mit Ackerwagen benützt wurde. Als es ganz finster geworden war, blieb zu ihrer Bestürzung der Motor stehen.

Sie stieg aus und hatte bald die Ursache herausgefunden. Unvorsichtigerweise hatte sie vor Beginn der Fahrt den Tank nicht auffüllen lassen. Sie befand sich jedoch nur etwa fünf Kilometer von ihrem Haus entfernt, und da sie einen guten Orientierungssinn hatte, konnte sie den Weg finden, ohne jemanden fragen zu müssen. Sie ließ also den Wagen stehen und setzte ihren Weg zu Fuß fort. Es war vollkommen dunkel, als sie den südlichen Abhang hinunterstieg. Sie bemerkte, daß zwischen der Straße und den Hügeln ein sonderbarer Wagen stand, den sie nach den Scheinwerfern für ein Lastauto hielt.

Kaum war ihr diese Tatsache bewußt geworden, als sie jemand kommen hörte. Sie wich in den Schatten eines Gebüsches zurück, obwohl kein Grund vorlag, sich zu fürchten. Sie vernahm auch Hufschlag. Wahrscheinlich war es einer von Goodies Leuten, der ein Pferd des Weges führte. Von Natur aus war sie nicht nervös, aber sie fühlte, wie ihr Herz schneller schlug und ihr ein kalter Schauer den Rücken hinunterlief.

Jetzt erkannte sie die Gestalten – es war Goodie selbst, der ein Pferd führte. In einer Entfernung von sechs Meter kam er an ihr vorüber und ging zu der Stelle, wo die beiden Arbeiter die Grube ausgehoben hatten. Selbst in der Dunkelheit konnte sie die helle, kreidige Erde sehen, die die Leute aufgetürmt hatten. Dort hielt Goodie mit dem Pferd an. Edna strengte ihre Augen an und beobachtete, daß das Pferd direkt am Rand der Grube stand. Goodie nahm einen großen Gegenstand aus der Tasche. Sie interessierte sich jetzt so sehr für den Vorgang, daß sie ihre Nervosität vollständig vergaß.

Gleich darauf fiel ein Schuß, der so laut dröhnte, als ob ein schweres Eisentor plötzlich mit aller Wucht ins Schloß geworfen würde. Das Pferd stürzte nieder und verschwand. Ednas Herz schlug wild, als ihr zum Bewußtsein kam, was geschehen war.

Goodie hatte das Pferd erschossen; die Arbeiter hatten zu diesem Zweck die tiefe Grube ausgehoben. Sie zitterte und war einer Ohnmacht nahe, überwand aber die Schwäche und schlich auf Zehenspitzen davon. In weitem Bogen ging sie dem Lastauto aus dem Weg, doch kam sie nahe genug daran vorbei, um zu erkennen, daß es ein Transportwagen für Pferde war; im Augenblick war niemand bei dem Gefährt. Sie ging in etwa zwanzig Meter Entfernung daran vorüber und kam dann auf die Straße.

In großer Erregung erreichte sie schließlich das Haus und gelangte unbemerkt in ihr Schlafzimmer. Als sie ruhiger geworden war und über alles nachdenken konnte, schämte sie sich, daß sie sich so gefürchtet hatte. Es war zwar dunkel, aber sonst doch nichts Besonderes an dem Vorgang gewesen. Pferdebesitzer waren manchmal durch die Umstände gezwungen, ein Tier zu erschießen. Vielleicht war dies ein besonderes Lieblingspferd von Goodie, so daß er nicht zuließ, daß einer seiner Leute ihm den Gnadenschuß gab.

Von dem Fenster ihres Schlafzimmers aus hielt sie Ausschau, ob sie nicht Mr. Goodie auf dem Gelände entdecken konnte, aber damit hatte sie keinen Erfolg. Um neun Uhr stand das Transportauto immer noch an derselben Stelle. Die Scheinwerfer brannten nur trübe.

Als sie jedoch am Morgen wieder hinausschaute, war der Wagen verschwunden. Später ritt sie aus und kam an den Arbeitern vorbei, die die Grube wieder zuschaufelten. Sie setzte ihren Weg bis zu den Hügeln fort und mußte dabei über eine Hochfläche reiten. Dort traf sie unerwartet Goodie. Er saß ebenfalls im Sattel und blickte düster in die herrliche Landschaft hinaus. Als sie in der Nähe vorüberkam, wandte er sich ihr zu, und zum erstenmal seit ihrem Aufenthalt in Longhall sprach er sie an.

»Guten Morgen, Miss Gray.«

Sie erwiderte den Gruß höflich.

»Habe ich Sie gestern abend erschreckt?«

Sie zuckte zusammen, denn auf diese Anspielung war sie nicht vorbereitet.

»Ich selbst habe Sie nicht gesehen, aber einer meiner Leute hat Sie beobachtet. Ich mußte ein altes Pferd erschießen, und ich wollte es tun, wenn niemand in der Nähe war. Es kommen häufig Ausflügler hierher. Ganz abgesehen davon, daß die Leute bei einem solchen Schuß erschrecken, ist es auch mir sehr unangenehm, wenn ich gezwungen bin, ein Tier zu erschießen.«

Er sah sie unentwegt an, während er sprach.

»Ich hoffe, Sie werden mir in nächster Zeit diese ganzen Ländereien verkaufen, Miss Gray. Ich habe mich so an diese Gegend gewöhnt, daß es mir schwerfiele, sie zu verlassen.. – Sie müssen sich einmal meine Pferde bei der Morgenarbeit ansehen. Sie sind zwar nicht sehr berühmt, aber ein oder zwei prächtige Tiere sind doch darunter. Ich habe gehört, daß Sie selbst die Absicht haben, sich Rennpferde zu halten? Ich habe zwar noch niemals Pferde anderer Leute in Pflege genommen, aber wenn Sie wollen, können Sie schon ein paar Tiere bei mir einstellen. Ich werde mich eingehend um sie kümmern. Vielleicht können wir es auch so weit bringen, daß eins Ihrer Pferde gelegentlich ein Rennen gewinnt. Ich habe übrigens ein Pferd, das ich Ihnen verkaufen könnte . . .«

Zu ihrer Bestürzung hörte sie, daß ihm ihre Pläne, die sie doch nur mit Luke besprochen hatte, bekannt waren. »Ja, ich dachte daran, aber ich bin mir noch nicht schlüssig geworden.«

»Ich habe ein Pferd, das ich Ihnen für tausend Pfund verkaufen kann. Es ist allerdings bedeutend mehr wert, aber ich glaube, der Eigentümer ist mehr oder weniger zum Verkauf gezwungen. Es handelt sich um ›Weiße Lilie‹. Ich hatte sowieso vor, Ihnen deshalb einen Besuch zu machen. Es ist ein tadelloses Pferd mit einem wundervollen Stammbaum. Die Mutter hat manches Rennen in Irland gewonnen.«

Sie schüttelte den Kopf.

»Ich verstehe noch zu wenig vom Rennbetrieb –«, begann sie.

»Wenn die Trainer warten müßten, bis nur Sachverständige ihnen ihre Pferde anvertrauen, könnten sie verhungern. Dieses Pferd ist für das Cambridgeshire-Rennen gemeldet, und es ist nicht ausgeschlossen, daß es gewinnt. Ich sage nicht, daß es unbedingt gewinnt, aber immerhin besteht die Möglichkeit. Neulich morgen habe ich es daraufhin geprüft. Haben Sie den Galopp nicht auch gesehen? – Na, vielleicht überlegen Sie es sich noch, Miss Gray.«

Er schob den Unterkiefer vor, lenkte das Pferd herum und galoppierte zu seinen Pferden, die in einem großen Kreis von seinen Leuten herumgeführt wurden.

Edna war erstaunt, und doch sagte sie sich auf dem Heimritt, daß nichts Außergewöhnliches darin lag, wenn ihr ein Trainer ein Rennpferd zum Kauf anbot.

Sie hatte an diesem Tag Gelegenheit, mit Luke telefonisch zu sprechen, und sie erwähnte auch ihre Unterhaltung mit Goodie, wofür er sich sehr interessierte.

»Wenn er Ihnen ›Weiße Lilie‹ für tausend Pfund angeboten hat, so wäre das sicher ein sehr gutes Geschäft für Sie. Aber ich bin froh, daß Sie nicht zugegriffen haben. Nominell gehört das Pferd einem Mann in Mittelengland, einem Gasthausbesitzer – ich glaube jedoch, der ist nur vorgeschoben. Ich kann mir schon denken, warum Goodie daran liegt, Ihnen das Pferd zu überlassen.«

»Dann sagen Sie es mir doch bitte.«

Aber Luke ging nicht darauf ein.

Nachdem sie den Hörer aufgelegt hatte, erinnerte sie sich daran, daß sie ihm nichts von der Erschießung des anderen Pferdes gesagt hatte. Aber dann vergaß sie die ganze Angelegenheit.

In den folgenden Tagen setzte sich Luke weder brieflich noch anderswie mit ihr in Verbindung, und sie ärgerte sich, daß er so unaufmerksam war. Ende der Woche erschien er dann plötzlich unangemeldet. Sie empfing ihn ziemlich kühl, und er hatte es nicht anders erwartet. Geradezu eisig wurde sie, als sie erfuhr, daß er nicht einmal ihretwegen gekommen war, sondern eigentlich Mr. Lane sprechen wollte. Er kam auch nicht ins Haus, bis sie ihn direkt dazu aufforderte.

»Diese geheimnisvollen Besuche sind mir unangenehm, Mr. Luke. Wäre ich nicht unten auf der Wiese gewesen, so hätte ich überhaupt nicht erfahren, daß Sie gekommen sind.«

»Bitte seien Sie mir nicht böse«, sagte er mit seiner üblichen Unbekümmertheit. »Ich mußte Lane in einer dringenden Angelegenheit sprechen, die nichts mit Ihnen zu tun hat.«

Sie wollte ihm schon eine entsprechende Antwort geben, aber

schließlich faßte sie die Sache von der humoristischen Seite auf und lachte.

»Sie haben wirklich nicht die besten Manieren. Man hat immer wieder aufs neue Grund, sich über Sie zu ärgern. Sie hätten doch zuerst ins Haus kommen und mich begrüßen können. Bleiben Sie über Nacht hier? Dann werde ich dafür sorgen, daß –«

»Es ist hier ein sehr schönes Gasthaus in der Nähe – der ›Rote Löwe‹. Ich habe mein Gepäck schon dort hingebracht.«

»Aber Sie hätten doch hier im Haus wohnen können.«

»Ich ziehe den ›Roten Löwen‹ vor. Die Wirtin macht mir keine Vorwürfe, und außerdem werden Sie wahrscheinlich sehr böse auf mich sein, wenn Sie erfahren, daß ich Ihnen eine Freundin genommen habe.«

»Wie meinen Sie das?« fragte sie bestürzt.

»Es handelt sich um Maggie Higgs. Sie ist eine drittklassige Schauspielerin; das ist das Beste, was man von ihr sagen kann. Blanter hat sie zu Ihnen geschickt, damit sie sich mit Ihnen anfreunden sollte.«

Plötzlich verstand sie.

»Ach, deshalb ist sie nicht wiedergekommen?«

Er nickte.

Merkwürdigerweise zürnte sie ihm nicht wegen dieser Einmischung und glaubte sofort, was er über die junge Dame sagte.

»Das ist aber sehr merkwürdig. Warum hat denn Doktor Blanter sie zu mir geschickt?«

Er antwortete nicht darauf, und es wäre ihm wahrscheinlich auch schwergefallen, ihr seine Theorie auseinanderzusetzen. Immerhin hatte er sich bereits eine Erklärung zurechtgelegt.

»Ich möchte gern einmal Ihre ganzen Ländereien kennenlernen. Es ist schon sehr lange her, seit ich mich das letztemal hier in der Gegend umgesehen habe.«

Er hatte eigentlich die Absicht, zu Fuß zu gehen, aber sie ließ die Pferde satteln und ritt mit ihm zusammen ins Gelände hinaus. Nachdem sie an dem Drahtzaun vorbeigekommen waren, den Mr. Goodie um sein Haus gezogen hatte, folgten sie einem unebenen Feldweg, der in die Hügel führte. Das Haus Mr. Goodies konnten sie im Augenblick nicht sehen, da es von den Nußbäumen verdeckt wurde. Desto besser waren die neuen Stallanlagen zu erkennen, die auf einem sanften Abhang errichtet waren. Im Augenblick war niemand in Sicht; gewöhnlich waren zum Wochenende Ausflügler in der Gegend. Im Sommer kamen sogar sehr viele Leute, die sich in den Tälern unter den schattigen Bäumen erholten.

Sie erwähnte beiläufig, daß sie die Überreste von einem Picknick bei dem Eingang zu den Perrywig-Höhlen gesehen habe, und war erstaunt, daß er sich lebhaft dafür interessierte.

»Dorthin sind Sie geritten? Sie liegen doch auf dem Land, das Goodie von Ihnen gepachtet hat.«

»Warum sind die Höhlen eigentlich verschlossen?« fragte sie.

»Sie meinen, warum ein Tor vor jedem Eingang ist? Das sieht etwas düster aus, finden Sie nicht auch? Aber die größte der Höhlen ist seit vielen Hunderten von Jahren schon immer als Lagerraum benutzt worden. Es gibt eine Straße, die direkt zu den Eingängen der Höhlen führt. Soviel ich weiß, benützt Goodie die große Höhle auch als Vorratsraum für Heu und Pferdefutter. Ich bin noch niemals im Innern gewesen, aber ich glaube, die Haupthöhle reicht sehr weit ins Innere des Berges.«

Er kannte die Gegend bedeutend besser als sie, und in einem großen Halbkreis kamen sie zu der Straße, die zu den Eingängen der Höhlen führte. Es waren zwei Öffnungen, und einen Kilometer entfernt lag noch eine dritte. Man glaubte, daß alle diese Eingänge nur zu einer Höhle führten, aber man wußte dies nicht genau. Luke und Edna stiegen aus dem Sattel, banden ihre Pferde an einen Baum und gingen den Rest des Weges zu Fuß.

Am ersten Eingang nahm Luke eine sorgfältige Untersuchung des Tores vor, das aus schweren Eisenstangen gefertigt war; die Angeln waren in die Felsen eingelassen. Er betrachtete das große Schloß genau. Das Tor war so stark, daß man nicht daran denken konnte, es mit Gewalt zu öffnen. Der Fußboden der Höhle bestand, soweit er sehen konnte, aus Erde und zeigte Spuren einer Harke.

»Das ist merkwürdig«, sagte Luke. Dann versuchte er, das dunkle Innere mit seinen Blicken zu durchdringen.

»Sehen Sie, da hinten steht auch die Harke.«

Er wandte sich ab und sah den steileren Teil des Abhangs hinunter zu der Stelle, wo sie abgestiegen waren.

»Wo haben Sie die Reste von dem Picknick gefunden?«

Sie sah sich vergeblich danach um. Inzwischen hatte es mehrmals heftig geregnet, und jetzt konnte sie nichts mehr entdecken. Damals hatte sie deutlich Knochen und Apfelsinenschalen gesehen. Vermutlich waren die Überreste von den Angestellten Goodies entfernt worden.

»Jemand hat hier Ordnung geschaffen«, sagte er gleichgültig.

Sie gingen zu ihren Pferden und ritten die Anhöhe hinab. Es wurde dunkel, und schwere Wolken zogen von Südwesten heran. Die beiden kamen gerade noch zur rechten Zeit nach Longhall zurück, bevor es in Strömen zu regnen begann.

14

Kurz nach zehn Uhr, bevor Luke fortging, wurde telefonisch von London ein Telegramm für Edna durchgegeben. Es kam von Garcia aus Istanbul. Er teilte ihr darin mit, daß er im Auto durch Kleinasien reisen wolle.

Es regnete heftig, und sie bestand darauf, Luke mit dem Wagen zum ›Roten Löwen‹ zu bringen. Im ganzen war es ein schöner Abend gewesen, und doch war sie nicht ganz zufrieden, denn sie konnte sich über Luke einfach nicht richtig klarwerden.

Sie hörte die Türglocke nicht, die mitten in der Nacht läutete. Erst als Penton, der Butler, an ihre Tür klopfte, wachte sie auf.

»Was gibt es denn?« fragte sie.

»Mr. Luke ist gekommen und möchte Sie dringend sprechen.«

Sie machte Licht, kleidete sich schnell an und ging zu ihm hinunter ins Speisezimmer. Er trug einen Regenmantel, und sein Hut war durchnäßt, da er den vier Kilometer langen Weg im strömenden Regen zurückgelegt hatte.

»Ist etwas passiert?« fragte sie ängstlich.

Er schloß die Tür des Speisezimmers.

»Kennen Sie dies?«

Er nahm ein kleines Buch aus der Tasche, das in weiches Leder gebunden war.

Es kam ihr merkwürdig bekannt vor. Sie nahm es in die Hand und betrachtete es von allen Seiten. Als sie das erste Blatt aufschlug, fand sie darauf die spanischen Worte: ›Meinem lieben Freund Alberto Garcia zu seinem dreiundsechzigsten Geburtstag.‹

Es war ein Band spanischer Gedichte, den sie in Buenos Aires gekauft hatte; die Widmung hatte sie eigenhändig geschrieben.

Bestürzt sah sie ihn an.

»Dieses Buch habe ich Mr. Garcia früher einmal geschenkt.«

»Wie kommt es dann aber auf das Bücherregal in meinem Zimmer? Hat Garcia jemals im ›Roten Löwen‹ gewohnt?«

Sie schüttelte den Kopf.

»Nicht, daß ich wüßte.«

»Ich habe mich in dem Gasthaus sehr unangenehm bemerkbar gemacht«, sagte er grimmig. »Alle möglichen Leute habe ich mitten in der Nacht aufgeweckt, die etwas davon wissen konnten. Der Gastwirt und seine Frau sind auf einer Ferienreise, und die meisten Angestellten sind noch nicht lange dort.«

Nun erzählte er ihr, daß er nicht habe einschlafen können und deshalb wieder aufgestanden sei. Auf dem kleinen Bücherbrett habe er einen interessanten Lesestoff gesucht, aber nur alte Kalender und langweilige Romane gefunden. Schließlich habe er dann zu seinem größten Erstaunen dieses ledergebundene Buch mit der spanischen Widmung entdeckt.

»Ich wußte, daß Garcia nicht in dem Gasthaus gewohnt haben konnte, seitdem Sie das Haus hier eingerichtet haben, denn er war doch seit der Zeit immer im Ausland.«

Sie lachte.

»Aber ist die Sache denn so furchtbar dringend, daß Sie alle möglichen Dienstboten mitten in der Nacht aus dem Schlaf wekken müssen?«

Sie klingelte.

»Wir wollen eine Tasse Kaffee trinken. Legen Sie vor allem Ihren nassen Mantel ab. Ganz abgesehen davon, daß Sie meinen schönen neuen Teppich ruinieren, sehen Sie auch nicht gerade sehr vorteilhaft in dem Kleidungsstück aus.«

Luke gab dem eintretenden Butler Hut und Mantel.

»Die Sache ist trotzdem sehr dringend«, sagte er dann ernst. »Haben Sie vielleicht zufällig Garcias Adresse in Istanbul?«

Sie überlegte. »Nein, er ist nur über das dortige argentinische Konsulat zu erreichen.«

»Vielleicht sind die Leute imstande, mich mit ihm in Verbindung zu bringen. Haben Sie etwas dagegen, wenn ich telefonisch ein Telegramm dorthin aufgebe?«

Er schrieb den Text auf die Rückseite eines Briefumschlages, ging dann in die Halle hinaus und gab das Telegramm auf. Edna begab sich nach oben, um sich vollständig anzukleiden. Sie war ganz wach und fühlte sich durch Lukes Fund doch auch stark beunruhigt. Als sie fertig angezogen war, machte sie das Licht aus und zog die Vorhänge vor den Fenstern zurück. Dabei bemerkte sie in weiter Entfernung ein Licht, das sich von den Höhenzügen aus über die Wiesen auf das Haus zubewegte. Es mußte jemand sein, der mit einer Laterne oder einer Taschenlampe durch den Regen wanderte. Das kam ihr unheimlich vor. Sie ging auf den Treppenabsatz und rief leise nach Luke. Er hatte gerade sein Telefongespräch beendet und kam rasch zu ihr herauf.

»Was gibt es denn?« fragte er.

Sie erzählte es ihm, und er trat mit ihr ins Schlafzimmer. Das Licht erschien jetzt bedeutend näher. An der Ecke des Drahtzaunes machte es halt. Sie hörten, wie das Tor zugeschlagen wurde; es war aber zu dunkel, um den Mann erkennen zu können, der die Lampe trug. Als er jedoch noch näher kam, war er deutlich zu sehen.

»Das ist Goodie, und er hat seine großen schwarzen Hunde bei sich!«

Goodie ging auf sein Haus zu, und sie hörten, wie sich die Tür schloß. Das Licht war verschwunden.

»Ich möchte wissen, was drüben los ist«, sagte Luke nachdenklich und sah auf seine Armbanduhr, die Viertel nach drei zeigte. »Wo schläft denn eigentlich Lane?«

»In dem kleinen Haus an der Straße.«

»Können Sie ihn nicht telefonisch erreichen?«

»Doch. Ich habe eine Leitung dorthin legen lassen und werde ihn sofort herrufen.«

Aber Luke nahm ihr diese Aufgabe ab. Sie gingen zusammen nach unten, und nach kurzer Zeit hörte sie im Speisezimmer, daß er mit Lane sprach. Als er kam, hatte sie den Kaffee eingegossen.

»Was ist denn geschehen?« fragte sie.

»Das möchte ich auch gern wissen.«

Luke nahm den kleinen Lederband, betrachtete noch einmal die Widmung und legte das Buch dann auf den Tisch zurück. Er fragte sie, wie weit Lanes Haus vom Eingang der Gillywood-Farm entfernt liege. Als er hörte, daß es keine hundert Meter seien, war er befriedigt.

»Was haben Sie Lane denn gesagt?«

Er gab eine ausweichende Antwort.

»Es tut mir furchtbar leid, daß ich Sie mitten in der Nacht aufgeweckt habe. Vielleicht war es nicht der Mühe wert. Ich bin im Augenblick etwas nervös, aber das wird man bei meinem Beruf manchmal.« Dann fügte er mit einem Lächeln hinzu: »Erzählen Sir mir doch einmal von Ihrem Plan. Sie wollen also Rennpferde kaufen. Haben Sie schon damit angefangen?«

Das Telefon klingelte; aber bevor sie sich erheben konnte, war Luke bereits aus dem Zimmer geeilt. Als er zurückkehrte, runzelte er die Stirn.

»Es war Lane. Während er sich ankleidete, sah er zwei Leute an seinem Haus vorbeigaloppieren. Den einen erkannte er; es war Goodie. Der andere war wahrscheinlich sein Diener Manuel. Lane sagte, daß sie aus der Richtung von Goodies Haus kamen und es sehr eilig hatten. Goodie trug eine Taschenlampe, die er gerade bei Lanes Haus anknipste. Der Gurt von Manuels Sattel hatte sich verschoben, denn sie stiegen beide ab und zogen ihn fester. Danach ritten sie in scharfem Galopp die Straße nach Gareham zu.«

Eine Viertelstunde darauf kam Lane ins Haupthaus und wurde von dem Butler sofort ins Speisezimmer geführt.

»Ich habe Goodie deutlich erkannt. Wer der andere war, weiß

ich nicht genau, aber er schien ziemlich kräftig zu sein. Goodies Pferd habe ich im Dunkeln sogar erkennen können; es war ein graues Basutopony.«

Luke nickte.

»Gehen Sie zurück und passen Sie auf, wann die beiden heimkommen. Aber lassen Sie sich unter keinen Umständen sehen.«

»Es ist alles so aufregend und geheimnisvoll. Was hat es zu bedeuten?« fragte Edna.

»Das möchte ich auch wissen.«

Luke sah sie besorgt an. Oben auf dem Dachboden war ein Giebelzimmer, von dem aus man die lange Straße nach Gareham überblicken konnte. Man hatte dort auch einen sehr guten Überblick über das hügelige Gelände. Das Zimmer war leer, und Luke stieg hinauf und hielt dort Wache. Er hatte sich einen Feldstecher von Edna geborgt, doch der nützte nicht viel, da die Nacht vollkommen dunkel war.

Eine Viertelstunde hatte er oben am Fenster gestanden, als Edna zu ihm kam und ihm frischen Kaffee brachte.

»Haben Sie etwas entdecken können?«

»Nein.«

Kaum hatte er das Wort ausgesprochen, als in weiter Ferne ein Licht auftauchte. Es leuchtete eine Minute lang, dann erlosch es.

»Was ist denn das? Ein Auto kann es doch wohl nicht sein, denn dort führt keine Straße entlang.«

»Sie scheinen sich ja hier gründlich auszukennen. An welcher Stelle haben Sie es denn gesehen?«

»Es muß in der Nähe der östlichen Höhle gewesen sein. Der Eingang ist nur schmal und klein und auf Veranlassung der Kreisbehörde mit einem leichten Holzgatter verschlossen. Früher sind Schafe dort hineingelaufen und haben sich in den Höhlen verirrt. – Sehen Sie doch einmal!«

Das Licht war wieder aufgeflammt, und er richtete sein Glas darauf. Er konnte aber nur feststellen, daß es sich nicht mehr bewegte. Wahrscheinlich war die Lampe auf einen Stein gelegt worden. Eine menschliche Gestalt war auf diese Entfernung nicht zu erkennen, obwohl das Glas sehr scharf war. Plötzlich ging das

Licht wieder aus, und als es dann von neuem aufleuchtete, war es etwas von der Stelle entfernt, wo sie es zuerst gesehen hatten.

»Es bewegt sich auf die Straße zu; ich nehme an, daß die beiden zurückkommen.«

Es war lange nach vier Uhr, als sie Hufschlag auf der Straße hörten. Luke war so weit ins Zimmer zurückgetreten, daß man ihn von draußen nicht sehen konnte. Das Getrappel wurde lauter und lauter, und endlich kamen die Reiter im Schritt am Haus vorbei. Goodie, der etwas vorausritt, hielt wie gewöhnlich den Kopf gesenkt. An dieser charakteristischen Haltung konnte man ihn schon von weitem erkennen.

Luke kehrte ins Speisezimmer zurück.

»Ich werde noch bis Tagesanbruch hier warten, dann möchte ich Sie um ein Reitpferd bitten, damit ich mich einmal in der Gegend umsehen kann. Es mag etwas Wichtiges vorgefallen sein. Vielleicht ist auch nur ein Pferd aus dem Stall ausgebrochen. Das müssen wir erst einmal feststellen.«

»Der Gedanke ist mir auch gekommen. Vorige Woche ist eins von Mr. Goodies Pferden fortgelaufen, und sie haben einen ganzen Tag gebraucht, bis sie es wieder einfangen konnten.«

Er riet ihr, sich noch einmal zu Bett zu legen, aber davon wollte sie nichts hören.

Eine Viertelstunde später kam Lane und erstattete Bericht. Goodies großes Auto war in der Richtung nach London fortgefahren. Er selbst hatte am Steuer gesessen.

Lane hatte gesehen, wie Manuel die Tore hinter seinem Herrn schloß.

»Dann kann es sich doch nicht um ein Pferd handeln – es muß etwas viel Wichtigeres passiert sein«, meinte Luke.

»Werden Sie nach London zurückkehren?«

Er schüttelte den Kopf.

»Nein, hier ist der Mittelpunkt meiner Tätigkeit, und zwar noch für mehrere Stunden.«

Kurz vor sechs Uhr morgens wurden die gesattelten Pferde vorgeführt. Edna sagte, daß sie ihn auf dem Erkundungsritt begleiten wolle. Es hatte aufgehört zu regnen, so daß er ihr die Bitte nicht abschlagen konnte.

Sie folgten der großen Straße, bis Edna plötzlich auf eine Lücke in der Hecke zeigte, die am Straßengraben entlanglief. Schon früher waren Pferde durch diese Öffnung gegangen; man konnte deutlich die Hufspuren sehen, die in beide Richtungen wiesen. Goodie mußte ebenfalls hier entlanggeritten sein. Die frischen Spuren waren zu verfolgen, bis sie sich auf der Wiese verloren.

Goodie und sein Begleiter hatten den Weg nach der kleinen Höhle eingeschlagen. Edna zeigte mit der Reitpeitsche dorthin, und bald hatten sie auch einen weiteren Beweis dafür, daß sie auf Goodies Fährte waren. Auf einem gepflügten Feld sahen sie wieder die frischen Hufspuren.

Der Eingang der Höhle war nicht zu sehen, obgleich es schon bedeutend heller geworden war. Eine kleine Bodenerhebung verdeckte das Loch im Felsen, und als sie näher kamen, mußten sie erst danach suchen, so klein war die Öffnung. Ein Mensch konnte nicht aufrecht hineingehen, außerdem war sie kaum einen Meter breit.

»Das Gatter ist niedergerissen«, sagte Edna.

Es bestand aus dünnen, durch Draht zusammengehaltenen Latten und war gewaltsam niedergebrochen worden. Allem Anschein nach hatte man überhaupt nicht die Absicht, diese Öffnung als Tor zu benützen. Luke sah sich die zerbrochenen Latten genauer an.

Dann ging er einige Schritte in die Höhle hinein und betrachtete den felsigen Boden genau. Er nahm einen großen Stein nach dem anderen auf, bis er schließlich ein Stück fand, das er mit nach draußen ans Licht nahm. Mit einer Taschenlampe untersuchte er dann die Höhle oberflächlich. Je weiter er kam, desto mehr senkte sich die Decke. Schließlich mußte er auf Händen und Knien weiterkriechen. Aber es fiel ihm nach einer Weile so schwer, daß er wieder umkehrte.

Als er zurückkam, fand er Edna in ängstlicher Ungeduld. Erst jetzt kam ihm zum Bewußtsein, daß er länger in der Höhle gewesen war, als er ursprünglich beabsichtigt hatte. Mit vieler Mühe gelang es ihm, den Eingang wieder zu schließen und das beschädigte Gatter zu reparieren.

Nachher ritten sie zum Haus zurück. Luke war so in Gedanken versunken, daß er unterwegs kaum ein Wort sprach. Später schickte er Ednas Chauffeur nach dem Gasthaus, um sein Auto zu holen.

»Haben Sie noch einen Telefonapparat im Haus außer dem Hauptanschluß in der Halle?«

Sie sagte ihm, daß es noch einen Nebenanschluß im Wohnzimmer gebe. Er ging dorthin, schloß die Tür und telefonierte lange Zeit.

Als er wieder herauskam, fand er sie in der Halle. Sie stand in der offenen Haustür und sah in den Garten hinaus.

»Was gibt es denn Neues?« fragte sie. »Irgend etwas muß doch nicht stimmen. Können Sie mir nicht wenigstens eine Andeutung machen?«

Er schüttelte den Kopf.

»Ich kann nur etwas vermuten, und vielleicht irre ich mich. Ich werde Ihnen noch einen Mann herschicken, der im Haus von Mr. Lane wohnen soll. Der Betreffende sieht nicht sehr einnehmend aus – Sie können sich doch noch auf den kleinen Mann besinnen, der mich in Doncaster ansprach? Er sah damals ziemlich abgerissen aus. Punch Markham heißt er.«

Sie nickte.

»Er soll hierbleiben und Goodie und seine Pferde genau beobachten. Etwas geschwätzig ist er ja, und ich habe ihm deshalb Anweisung gegeben, sich möglichst von Ihnen fernzuhalten und Sie nicht mit seinen ewigen Redereien zu langweilen. Ich möchte Sie aber bitten, ihn ab und zu einmal mit mir telefonieren zu lassen. Es ist sonst kein Telefon in der Nähe, und es wird wahrscheinlich notwendig sein, daß er sich manchmal schnell mit mir in Verbindung setzt.«

Er zog seinen Regenmantel an, den der Butler inzwischen in der Küche getrocknet hatte, ging dann ins Speisezimmer und nahm den Gedichtband wieder an sich.

»Ich werde das Buch wieder einstecken, wenn Sie nichts dagegen haben. Übrigens nahmen Sie doch einmal Mr. Garcia auf einer Autofahrt mit hierher. Hatte er damals das Buch in der Tasche?«

Sie dachte nach.

»Das wäre nicht ausgeschlossen. Er hatte es sehr gern.«

»Noch eine Frage: Könnten Sie Punch ein Pferd überlassen?«

Sie hatte genügend Reittiere, so daß sie dies ohne weiteres zusagen konnte.

»Er kann sich auf die Weise recht nützlich machen; er versteht es, mit Pferden umzugehen, und er kann Ihre Pferde bewegen, damit sie nicht zu üppig werden. Geben Sie ihm in der Beziehung nur ordentlich zu tun. Meiner Meinung nach ist das eine gute Idee. Besprechen Sie die Sache in dem Sinn mit Ihrem Verwalter.«

Noch vor dem Mittagessen kam Luke in London an und begab sich sofort in sein Büro. Er fand dort die beiden Kriminalbeamten, die er bestellt hatte, und gab ihnen neue Instruktionen.

Um drei Uhr hatte er bereits Nachricht von Longhall House. Goodie war im Auto von London zurückgekehrt, und eine Stunde nach seiner Ankunft war ein geschlossener Wagen auf sein Grundstück gefahren. Lane hatte auch feststellen können, daß Dr. Blanter darin saß. Nach zweistündigem Aufenthalt fuhr der Besucher wieder ab. Gegen Mittag bog in die Zufahrt ein zweiter Wagen ein, dessen Insassen Lane gleichfalls erkannt hatte. Diesmal handelte es sich um Mr. Rustem. Er blieb nicht so lange, und als er abfuhr, sah er sehr besorgt aus. Irgend etwas mußte die Bande in Unruhe versetzt haben. Aber allem Anschein nach berührte die Aufregung nicht den auch sonst so ruhigen Mr. Trigger. Für Luke war dies wieder eine Bestätigung dafür, daß Trigger nur die Organisation der Rennwetten leitete.

Der Inspektor beobachtete die Gesellschaft genau und mußte feststellen, daß sie in der letzten Zeit immer mehr von ihren Traditionen abgewichen war. Ein eiliges Rundschreiben war an alle Mitglieder gesandt worden; ein Exemplar war in Lukes Besitz gekommen. Die Mitteilung lautete:

Es hat sich bei unserer Gesellschaft die Gewohnheit herausgebildet, daß nur wenige Transaktionen Mr. Triggers durchgeführt werden, und zwar in verhältnismäßig großen Zwischenräumen. Im Lauf eines Jahres haben wir nicht mehr als acht bis neun siegreiche Pferde bei den Rennen mitgeteilt. Nun haben sich aber Umstände ergeben, die es nötig machen, im Interesse unserer Klienten die Anzahl der Transaktionen zu steigern. Wir haben sichere Nachrichten über ungefähr ein halbes Dutzend Rennpferde erhalten, die unbedingt gewinnen werden. Auch diesmal müssen wir es unseren Kunden nahelegen, sich mit einer größeren Anzahl von Buchmachern in Verbindung zu setzen. Es handelt sich um eine Wette für das Cambridgeshire-Rennen. Wir möchten besonders betonen, daß selbst Buchmacher, die bereits ihre Wetten abgeschlossen haben, noch zwei oder drei Tage vor dem Rennen Wetten dafür annehmen. Die nächste Transaktion von Mr. Trigger wird in der allernächsten Zeit erfolgen; die Kunden, die ihre Telegrammformulare noch nicht eingeschickt haben, werden ersucht, dies sofort nachzuholen.

Luke dachte intensiv nach. Aus welchem Grund überstürzte die Gesellschaft die Transaktionen? Es konnte nur eine Erklärung dafür geben: Blanter und seine Freunde hatten die Absicht, noch so viele Abschlüsse wie möglich in dieser Rennsaison durchzuführen, weil sie Angst bekommen hatten. Sie ahnten, daß es mit ihren Unternehmungen zu Ende gehen konnte.

15

Diesem Rundschreiben war das Folgende vorausgegangen.

Dr. Blanter traf Mr. Trigger eines Tages in ihrem Stammlokal in der Wardour Street.

»Die Sache wird nicht so glatt gehen, Doktor. Wir können nicht jede Woche ein Pferd laufen lassen, auch nicht alle vierzehn Tage. Wenn wir nicht vorsichtig sind, geht das Ganze in die Binsen.«

»Aber wir müssen es jetzt machen«, brummte Blanter. »Ich muß Geld einnehmen, und ich habe auch alle Pferde, die dazu nötig sind.«

Der kleine Mann schüttelte düster den Kopf.

»Es gibt nur einen Weg, viel Geld zu verdienen, Doktor, und dazu müssen wir vor allem Geduld haben. Ich verstehe ja nicht viel von den Rennen, aber soviel ich gehört habe, ruinieren sich viele andere Leute und haben große Verluste, weil sie nicht warten können. Es geht auch gar nicht, daß wir jede Woche ein Pferd laufen lassen; das macht viel zuviel Arbeit. Dann müßten meine Angestellten ja Tag und Nacht arbeiten.«

»Gut, dann lassen Sie doch die Mädels Tag und Nacht arbeiten«, erwiderte Blanter ärgerlich. »Und versuchen Sie ja nicht, mir Angst einzujagen, denn ich habe schon genug Schwierigkeiten, ohne daß Sie mir obendrein noch den Kopf vollmachen mit Ihren Sorgen.«

Mr. Trigger lächelte.

»Ich habe keine Sorgen. Ich habe bereits mehr Geld, als ich jemals in meinem Leben ausgeben kann. Sie können mich überhaupt nicht aus der Ruhe bringen, was Sie auch unternehmen mögen. Ich habe Luke neulich gesagt –«

»Wie, der ist in Ihrem Büro gewesen?« fragte Blanter schnell. »Zum Teufel, warum haben Sie mir das nicht mitgeteilt?«

»Weil es gar keinen Wert hat, über dergleichen zu sprechen«, entgegnete Trigger kühl.

Er berichtete kurz von Lukes Besuch, und Blanter sah ihn argwöhnisch an.

»Ist sonst nichts geschehen? Sie verheimlichen mir doch nichts? Ich traue Ihnen nicht mehr ganz, Trigger.«

Der kleine Mann lächelte wieder.

»Sie vertrauen mir doch aber Ihr Geld an, Doktor. Nein, ich versuche nicht im mindesten, Sie hinters Licht zu führen. Ich habe Ihnen alles erzählt, was ich mit ihm sprach. Ich habe ihm die ganze Einrichtung der Büros gezeigt, und wenn er es verlangen sollte, bin ich bereit, ihm die Geschäftsbücher vorzulegen. Nichts verstößt gegen irgendwelche Gesetze oder Vorschriften.«

Blanter sah ihn düster an.

»Sie glauben also, daß Sie nichts zu fürchten hätten, wenn es hart auf hart kommt? Nun, das können Sie sich aus dem Kopf schlagen. Sie haben aus allem, was wir getan haben, pekuniären

Vorteil gezogen. Wir haben Ihnen so weit vertraut, daß wir Ihnen unser Geld gegeben haben, und Sie haben uns Ihr Ehrenwort geben müssen, daß Sie uns ehrlich am Gewinn beteiligen. Wenn es irgendwie Unannehmlichkeiten geben sollte, Trigger, dann sind Sie auch daran beteiligt. Ich werde schon dafür sorgen! Setzen Sie sich also keine Flausen in den Kopf, daß Sie sicher wären und daß man Ihnen nichts vorwerfen könnte!«

Trigger sah ihn interessiert und mit großen Augen an, aber er sagte nichts. Er war sowohl über die Beleidigungen als auch über den Argwohn Blanters erhaben. Seine früheren Erfahrungen schienen ihn das gelehrt zu haben. Auf jeden Fall zeigte er nicht die geringste Feindseligkeit im Lauf der Unterhaltung.

Dann verhandelten die beiden rein geschäftlich miteinander.

»Ich benötige dreißigtausend Pfund. Lord Lethfields berühmtes Rennpferd steht zum Verkauf. Ich glaube, wir können einen guten Zug damit machen.«

Zu seinem größten Erstaunen schüttelte Trigger den Kopf.

»Also hören Sie, Doktor, wir haben unser Geschäft nach gewissen Prinzipien organisiert. Sie und die anderen heben so viel Geld ab, wie Sie brauchen, aber wir haben immer darauf gedrungen, daß vor Saisonende keine größeren Summen ausgezahlt werden sollen, sondern nur das, was im Augenblick benötigt wird.«

Der Doktor wurde rot vor Ärger.

»Wenn ich eine Regel aufstelle, dann kann ich sie doch schließlich auch umstoßen.«

»Sie haben die Regel nicht allein aufgestellt«, erwiderte Trigger gelassen. »Das haben wir alle zusammen getan. Und zwar haben wir diesen Beschluß auf Rustems Anregung gefaßt. Goodie hat auch zugestimmt. Wenn Sie wünschen, können wir eine Sitzung einberufen, aber ich zahle Ihnen auf keinen Fall dreißigtausend Pfund auf eigene Verantwortung aus, ganz gleich, ob Sie das Rennpferd kaufen wollen oder nicht.«

Trigger trank sein Glas aus und erhob sich.

»Ich habe jetzt zu arbeiten«, sagte er und verließ plötzlich das Lokal.

Das war das erste Anzeichen, daß Trigger aufsässig wurde,

und der Doktor wurde plötzlich nüchtern. Er ging nach Hause und rief Mr. Rustem an.

Der Rechtsanwalt folgte seiner Aufforderung, zu ihm zu kommen, nur widerwillig. Er kam dann in schlechter Stimmung in sein Büro zurück.

Blanter war sehr großzügig in seinen Dispositionen. Rustem war vorsichtiger und wollte alles genau überlegt und ausgearbeitet wissen. Er hatte einen gewissen Sinn für drohende Gefahren und sah sie bereits, wenn die anderen sie noch nicht entdecken konnten. Der Doktor hatte ihm eine unmögliche, ja lächerliche Aufgabe übertragen. Rustem hatte ihm das zur Genüge gesagt, ohne daß Blanter zur Vernunft gekommen wäre.

Rustem ließ Pilcher gehen und meldete ein Telefongespräch nach Berlin an. Als der Mann, mit dem er sich in Verbindung setzen wollte, sich meldete, unterhielt er sich zwölf Minuten lang mit ihm in französischer Sprache. Als er das Telefongespräch beendet hatte, ging er nach Hause.

Um halb zwölf Uhr nachts rief er Edna Gray an, und trotz der späten Stunde meldete sie sich sofort. Ihre Stimme klang besorgt. Daraus schloß er, daß sie das Telegramm, das er ihr hatte senden lassen, erhalten haben mußte.

»Ist dort Miss Gray?« fragte er mit verstellter Stimme und sprach wie ein Deutscher, der das Englische nicht vollkommen beherrscht. »Ich bin Doktor Thaler. Eben aus Berlin eingetroffen. Haben Sie von meinem armen Freund Garcia gehört?«

»Ja, ich habe gerade ein Telegramm von ihm bekommen. Ist er sehr schwer krank?«

»Ich fürchte, es ist ein hoffnungsloser Fall.« Dann sagte er ein paar deutsche Worte, die Edna nicht verstand. »Ich möchte gern mit Ihnen sprechen, aber leider muß ich heute nacht noch nach Irland weiterfahren. Es kommt ihm vor allem darauf an, daß niemand außer Ihnen etwas von seiner Erkrankung erfährt.«

»Besteht denn keine Hoffnung mehr, daß er wieder gesund wird?« fragte sie und unterdrückte nur mühsam ein Schluchzen.

»Leider nicht. Es kann noch eine Woche, vielleicht zwei Wochen dauern ... Bei seinem Alter ist der Fall sehr bedenklich.«

»Ich fahre morgen früh mit dem ersten Zug«, erklärte sie.

Als Rustem den Hörer auflegte, war er sehr zufrieden mit sich und fuhr sofort zu Dr. Blanter, um ihm den Erfolg mitzuteilen. Als er aber vor dessen Haus ankam, hörte er, daß der Doktor in größter Eile aufs Land gefahren war.

Edna las das Telegramm noch einmal durch; es war tatsächlich in Berlin aufgegeben.

> Bin schwer krank. Dr. Thaler, der eben nach London abgeflogen ist, wird Sie anrufen. Bitte kommen Sie so bald wie möglich zu mir, teilen Sie aber anderen Leuten nicht mit, daß Sie nach Deutschland reisen. Das vor allem ist wichtig. Ich muß Ihnen ein großes Geheimnis mitteilen. Alberto, Hotel Esplanade.

Sie war traurig und wußte nicht recht, was das alles zu bedeuten hatte. Seinem letzten Telegramm nach müßte er jetzt eigentlich in Kleinasien sein; andererseits war es auch möglich, daß er Istanbul überhaupt nicht verlassen hatte. Vielleicht war er krank geworden und hatte sich zur Behandlung nach Berlin begeben.

Sie traf alle Vorbereitungen, um am nächsten Morgen in aller Frühe abzureisen. Als sie ihren Chauffeur gerufen hatte, um ihm Instruktionen zu geben, änderte sie plötzlich ihre Absicht. Sie wollte noch am selben Abend nach London fahren, dann konnte sie in der Stadt schlafen und am nächsten Morgen die Reise antreten. Das war auf jeden Fall weniger anstrengend.

Ihr Mädchen packte schnell einen Koffer, während der Butler das Hotel anrief und ein Zimmer reservieren ließ.

Um ein Uhr in der Nacht fuhr sie fort. Kaum hatten sie fünfzehn Kilometer zurückgelegt, als der Chauffeur bremste. Die Nacht war dunkel, und es fiel ein leichter Sprühregen. Sehen konnte sie nichts, selbst als sie das Fenster herunterdrehte und hinausschaute.

»Was gibt es denn?« fragte sie.

»Zwei Wagen versperren die Straße.«

Das rote Schlußlicht des einen Autos war zu erkennen; plötzlich wurden auch die Scheinwerfer des zweiten eingeschaltet, aber nur für einen kurzen Augenblick, dann wurde es wieder dunkel. Sie hörte das Geräusch des Motors, als der Wagen rückwärts fuhr. Undeutlich konnte sie ein kleines Haus hinter einer Hecke erkennen, und als der eine Wagen dicht neben dem anderen stand, erkannte sie oben auf der Böschung die Gestalten zweier Männer. Die beiden hatten ihr den Rücken zugekehrt und standen nicht, sondern knieten auf dem Boden.

»Es sieht fast so aus, als ob hier ein Unglück passiert wäre«, meinte der Chauffeur, »aber sie scheinen keine weitere Hilfe zu brauchen.«

Sie fuhren weiter, und bald dachte Edna nicht mehr an den Vorfall. An einer Tankstelle machten sie halt, und bei der Gelegenheit unterhielt sich der Chauffeur mit ihr über das Erlebnis auf der Straße.

»Einer der beiden Leute sah so aus, als ob es Goodie gewesen sein könnte. Er trägt immer einen grauen Regenmantel mit einer Kapuze. Ich habe nachher, als wir vorbeifuhren, auch nichts von einem Zusammenstoß oder einer Beschädigung entdecken können.«

Sie selbst hatte wenig gesehen; das plötzliche Aufflammen der Scheinwerfer an dem einen Wagen hatte sie geblendet.

Sie erreichten London in den frühen Morgenstunden, und Edna war froh, als sie sich zur Ruhe legen konnte. Der Nachtportier hatte bereits ihre Fahrkarte nach Berlin besorgt, und um halb elf Uhr war sie auf dem Victoria-Bahnhof.

»Wohin wollen Sie denn?«

Sie erkannte sofort Lukes Stimme und drehte sich um. Der Inspektor sah sie düster an. Er war sehr müde, denn er hatte in der vergangenen Nacht kaum drei Stunden Schlaf gehabt.

»Nach Berlin.«

»Das habe ich bereits an Ihren Kofferzetteln gesehen«, entgegnete er höflich. »Diese Reise kommt wohl sehr unerwartet?«

Sie zögerte. »Ja, ich handle manchmal etwas impulsiv. Ich dachte, das wäre Ihnen schon bekannt.«

»Hat Mr. Garcia Sie gebeten, zu ihm zu kommen?« fragte er.

Sie warf ihm einen schnellen Blick zu.

»Ja.«

»Ist er krank? Ich meine, handelt es sich um eine ernste Angelegenheit?«

Sie seufzte ungeduldig.

»Sie fragen mich so dringend, daß ich tatsächlich in Versuchung komme, mein Wort zu brechen.«

»Ach, Sie sind gebeten worden, niemand etwas von Ihrer Abreise mitzuteilen?« fragte er scharf. »Ärgern Sie sich bitte nicht über mich, Miss Gray, aber ich bin sehr daran interessiert, alle Einzelheiten über Ihre Reise nach Deutschland zu erfahren.«

»Stehe ich denn unter Polizeiaufsicht?«

»Im Augenblick, ja«, entgegnete er brüsk.

Warum sie ihm das nicht übelnahm, konnte sie sich selbst nicht erklären.

»Gestern abend erhielt ich ein Telegramm von Mr. Garcia. Er ist sehr krank und bat mich, ihn aufzusuchen. Er wohnt im ›Hotel Esplanade‹. Der deutsche Arzt, der gestern abend nach London kam, rief mich an –«

»Wann war das?«

»Um halb zwölf.«

Er schüttelte den Kopf.

»Um die Zeit kommt kein Flugzeug vom Kontinent an. Sie treffen entweder am Morgen oder am Nachmittag ein. Können Sie mir noch sagen, was in dem Telegramm stand?«

Sie sagte es ihm so genau wie möglich.

Ein Gepäckträger wollte das Gepäck zum Zug bringen, aber Luke hielt ihn zurück. Dann führte er Edna außer Hörweite.

»Ich möchte Sie um einen sehr großen Gefallen bitten: Fahren Sie nicht nach Deutschland.«

»Warum denn nicht?«

»Ich habe im Augenblick nicht die nötige Zeit, Sie auf dieser Reise zu begleiten, und ich habe auch keinen anderen Beamten, den ich mitschicken könnte. Sagen Sie mir nur nicht, es sei nicht notwendig, Sie zu begleiten. Noch einmal, ich bitte Sie dringend und inständig, nicht dorthin zu fahren.«

»Aber Mr. Garcia –«

»Ich verspreche Ihnen, daß Mr. Garcia alle Pflege haben soll, die er braucht. Und wenn es tatsächlich notwendig sein sollte, können Sie heute abend immer noch reisen. Das macht nur ein paar Stunden Unterschied aus.«

Er sprach so dringend und ernst, daß sie es ihm nicht abschlagen konnte. Er fuhr mit ihr zum Hotel zurück und sagte ihr, wie er sich die ganze Sache erklärte. Als er ihr dann noch obendrein vorschlug, mit ihm nach Kempton zum Rennen zu fahren, schien das die Höhe der Unverschämtheit zu sein.

»Aus verschiedenen Gründen bitte ich Sie, mich dorthin zu begleiten«, unterbrach er ihre ablehnenden Worte. »Erstens einmal ist es nötig, daß Sie heute in meiner Gesellschaft gesehen werden, zweitens muß ich feststellen, ob zwei unserer Freunde zugegen sind, und drittens möchte ich gern diesen Tag mit Ihnen verbringen.«

Sie lächelte.

»Diese letzten Worte fasse ich lieber nicht als ein Kompliment auf.«

»Nein, tun Sie das besser nicht.«

Als er sie später im Hotel abholte, brachte er sein Gepäck mit. Er war in der besten Stimmung. Es hatte aufgehört zu regnen, und es war ein herrlicher Herbsttag geworden.

Edna vergaß sehr bald die Sorge, die sie sich um Garcia gemacht hatte. Sie hatte den alten Mann wirklich gern, aber seine Gesellschaft war doch etwas anderes als das Zusammensein mit Mr. Luke.

Sie hielten vor dem Eingang zur Rennbahn an, und er führte sie hinein. Bald darauf entdeckte er die Männer, die er suchte. Goodie und Dr. Blanter standen dicht zusammen und sprachen eifrig miteinander; Rustem hielt sich etwas abseits. Luke selbst stand an einem geschützten Platz, so daß sie ihn nicht sehen konnten, und beobachtete die drei durch den Feldstecher. Goodie und Blanter schienen eine sehr ernste Unterhaltung zu führen.

Rustem ging ruhelos auf und ab. Einmal steckte er die Hände in die Taschen, dann nahm er sie wieder heraus und legte sie auf den Rücken.

»Sie sind also schon gestern abend in die Stadt gekommen«,

sagte Luke zu Edna. »Ich erfuhr es erst, als ich Sie heute früh in Longhall anrufen wollte.«

»Ich mache mir doch noch große Sorgen um Mr. Garcia. Wenn er tatsächlich meine Hilfe brauchen sollte –«

»Die braucht er nicht. Er ist auch gar nicht in Berlin. Ich habe mich an die dortige Polizei gewandt, und die hat bei dem präzisen Meldewesen einen genauen Überblick, welche Fremden sich in der Stadt aufhalten. Übrigens ist auch das Gepäck Mr. Garcias, das Sie nach der Friedrich-Wilhelm-Straße geschickt haben, von dort noch nicht abgeholt worden.«

»Aber Doktor Thaler hat mich doch angerufen!«

Luke schüttelte den Kopf.

»Ich glaube nicht an die Echtheit dieses Doktor Thaler. Aus irgendeinem Grund wollte die Bande, daß Sie nach Berlin reisten, und ich kann vermuten, welcher Grund das war. Ich weiß nicht, ob Mr. Garcia krank ist oder nicht; ich habe auch keine Ahnung, ob er sich in Istanbul oder in Wien aufhält, aber auf keinen Fall ist er in Berlin.«

»Er war aber dort«, entgegnete sie hartnäckig.

»Das weiß ich nicht. Es gibt verschiedene Punkte bei der Sache, die mich beunruhigen. – Sehen Sie, da kommt das erste Pferd auf die Bahn: Sie sollten eigentlich darauf setzen.«

Er zeigte auf einen großen Braunen, der ruhig hinter dem Mann herging, der ihn umherführte, und sah dann auf seine Rennkarte.

»›Ginny‹ – wer mag das bloß sein? Ein Trainer, dessen Name ich bisher noch nie gehört habe.«

Ein Bekannter, der vorüberkam, klärte ihn auf.

Mr. Ginny war ein Ire. Es gab zwei Brüder dieses Namens; der eine hatte einen Rennstall in Irland, der andere einen im Norden Englands.

Luke sah sich das große Pferd etwas genauer an. Es war ein Dreijähriger, und Trigger führte seine Transaktionen meistens mit dreijährigen Pferden durch. Er ließ Edna allein und suchte sich neue Informationen zu verschaffen. Als die Jockeis aufsaßen, kam er zurück.

»Wollen Sie nicht wetten?« fragte er. »Wenn Sie keinen Buchmacher kennen, werde ich Sie mit einigen bekannt machen. Sie können im Augenblick viel Geld verdienen. Ich würde Ihnen nicht dazu raten, wenn ich nicht wüßte, daß Sie wohlhabend sind und auch einen eventuellen Verlust verschmerzen könnten.«

Auf seinen Rat hin setzte sie fünfhundert Pfund auf ›Rote Dahlie‹.

»Welches Pferd ist denn das?« fragte sie erstaunt.

Er erklärte ihr, daß es der Braune sei, den sie eben gesehen hatten.

»Ich bin ziemlich sicher, daß es sich hierbei um eine Transaktion handelt, und ich werde jetzt die Sache bekanntmachen; bin gespannt, was dann geschieht. Dieses Pferd ist noch nie vorher in einem Rennen gestartet; es ist ein kräftiger Dreijähriger. Niemand weiß, wo das Pferd eigentlich trainiert worden ist.«

Als die Jockeis zum Start ritten, sagte Luke verschiedenen Bekannten, daß es sich um eine Transaktion Triggers handele, und in zwei Minuten fielen die Quoten der Wetten von zehn zu eins auf sechs zu eins. Luke war hochbefriedigt, als er sah, daß Dr. Blanter auf den Rennplatz kam. Der Mann ließ sich nichts anmerken; allem Anschein nach machte die Bekanntgabe keinen Eindruck auf ihn. Er wandte sich an den nächsten Buchmacher, und Luke trat näher, um zu hören, was die beiden sprachen.

»Nun, was hat es eben gegeben?« fragte Blanter. »›Rote Dahlie‹ ist sehr gefallen?« Er machte nun doch ein bedrücktes Gesicht. »Stimmt es, daß die Wetten sechs zu eins stehen?« fragte er ungläubig.

Dann wandte er sich um und sah Luke hinter sich.

»Ist das Ihr Werk?« fragte er den Inspektor.

»Richtig geraten, Doktor. Aber ich sehe, daß Sie die Nerven verlieren. Zum erstenmal zeigen Sie, daß Sie an Triggers Transaktionen beteiligt sind. ›Rote Dahlie‹ ist also auch ein Pferd, das für Mr. Trigger läuft?«

Blanter zitterte vor Wut. Er war plötzlich so aufgeregt, daß er im Augenblick keine Worte fand. Mit einem Fluch drehte er sich um und bahnte sich einen Weg durch die Menge.

»Sie haben Glück«, sagte Luke, als er wieder neben Edna auf

dem Rasen stand. »Sie haben noch eine Wette von zehn zu eins auf ein Pferd abschließen können, für das jetzt gleich überhaupt keine Wetten mehr angenommen werden.«

Luke war kein schlechter Prophet. Bevor die Pferde starteten, war es unmöglich, noch eine Wette auf ›Rote Dahlie‹ abzuschließen. Das Pferd kam nicht gerade sehr gut beim Start ab, aber der Jockei trieb es auch nicht zu scharf an. Schließlich lag es an dritter Stelle. Der Jockei ritt sehr vorsichtig; obwohl sich verschiedenemal eine Lücke zwischen den Pferden zeigte, nützte er die Gelegenheit nicht aus. Er kannte die Tricks bei den Rennen sehr genau und suchte seinen Platz an der Außenseite. Zwanzig Meter vor dem Ziel setzte er sich dann an die Spitze des Feldes und gewann das Rennen in großem Stil.

Nach den Regeln des Rennens mußte der Gewinner versteigert werden. Luke drängte sich auch sofort zu dem Verkaufsstand. Er erwartete, daß das Pferd einen hohen Preis bringen würde, und er war erstaunt, als er hörte, welche Summe gezahlt wurde. Erst als Goodie dem Auktionator zunickte, fiel der Hammer, und das Pferd wurde um zweitausendachthundert Pfund zugeschlagen.

»Nun, da habe ich ihm einmal gründlich Wasser in den Wein gegossen«, meinte Luke zu Edna. »Ich will vor allem die Bande in Schrecken setzen. Das Pferd ist wahrscheinlich fünftausend Pfund wert.«

16

Als sie die Rennbahn verließen, sahen sie den großen französischen Wagen des Doktors in entgegengesetzter Richtung abfahren. Blanter saß allein darin. Goodie hatte sich wahrscheinlich schon vorher entfernt, denn er hatte es sich zur Regel gemacht, zu gehen, wenn das Pferd, für das er sich interessierte, gelaufen war.

»Nun weiß ich nicht, was ich mit Ihnen machen soll, Miss Gray«, sagte Luke.

»Ich werde nach Longhall zurückkehren.«

Er war damit einverstanden.

»Es ist leichter, Sie dort zu bewachen als in London.«

Erstaunt sah sie ihn an.

»Warum ist es denn überhaupt notwendig, mich zu bewachen? Glauben Sie wirklich, daß mir etwas zustoßen könnte?«

Er rieb sich erregt das Kinn.

»Das weiß ich selbst nicht. Ich habe versucht, alle Geheimnisse dieses Falles aufzudecken, aber warum Trigger, der Doktor und die anderen sich soviel Mühe geben, Sie von Longhall wegzubringen, ist mir ein vollkommenes Geheimnis. Natürlich wünscht Goodie nicht, daß die Morgenarbeit seiner Pferde beobachtet wird. Ich denke aber außerdem immer an das Buch von Mr. Garcia. Dann an diese verschiedenen Telegramme – ich glaube nicht, daß sie echt sind.«

»Sie sind aber sehr argwöhnisch.«

Er nickte.

»Sie meinen, daß ich immer das Schlechteste denke?«

»Was ist denn das Schlechteste, das Sie von mir denken?« fragte sie herausfordernd.

Er schaute sie ruhig an.

»Das will ich Ihnen sagen. Sie machen sich Sorgen, daß ich eines Tages doch einmal die Grenze zwischen uns überschreiten und Ihnen eine Liebeserklärung machen könnte. Aber manchmal denken Sie auch, die Tatsache, daß Sie eine Viertelmillion besitzen, könnte mich davon abhalten.« Er sah, daß sie errötete, und lachte. »Ich hab's getroffen, was?«

»Es tut mir leid, daß ich mit Ihnen zurückgefahren bin«, entgegnete sie trotzig. »Sie sind einfach unausstehlich.«

»Entweder müssen Sie mich in Ihrem Wagen mitnehmen, oder ich muß zu Fuß gehen«, sagte er gut gelaunt. Aber dann änderte er das Thema. »Ich bewache Sie, weil ich Sie für eine wichtige Persönlichkeit halte. Es ist der Versuch gemacht worden, Sie nach Deutschland zu schicken. Die Sache war sehr gut ausgedacht. Doktor Thaler, der Sie angerufen hat, ist vermutlich unser guter alter Freund Rustem – der spricht deutsch wie ein Deutscher. Ich habe telegrafisch veranlaßt, daß Nachforschungen wegen des in Berlin aufgegebenen Telegramms angestellt werden.«

Er war erstaunt, daß sie die polizeiliche Bewachung ohne weiteren Protest zuließ. Er selbst wäre auch niemals auf diesen Gedanken gekommen, wenn nicht das Telegramm aus Berlin eingetroffen wäre. Danach war es vollkommen klar, daß die Leute Miss Edna Gray aus dem Weg haben wollten. Vielleicht verfolgten sie noch einen weiteren, verbrecherischen Plan, aber daran wagte er nicht zu denken.

Er verabschiedete sich von Edna bei ihrer Abfahrt vom Hotel und verabredete sich mit ihr zum Theaterbesuch am folgenden Mittwoch. Vorher hatte er dafür gesorgt, daß ihr ein Beamter von Scotland Yard als Schutz mitgegeben wurde.

Luke hatte am Abend noch sehr viel zu tun. Es gelang ihm der eindeutige Nachweis, daß ›Rote Dahlie‹ tatsächlich eine Transaktion Triggers gewesen war. Als er abends an Triggers Büro in der Lower Regent Street vorbeikam, sah er, daß alle Büroräume taghell erleuchtet waren.

Luke hatte den Eindruck, daß Trigger nicht vollständig von Goodie, Blanter und Rustem abhängig war, sondern auch andere Verbindungen zur Rennwelt unterhielt. Der Mann war klug und weitsichtig und wußte, daß eines Tages Goodie und Blanter zur Rechenschaft gezogen werden würden. Deshalb sah er sich beizeiten nach Ersatz für sie um.

Luke machte die Runde in verschiedenen Nachtklubs, die nicht gerade erstklassig waren, und hörte verschiedenes. Zuletzt besuchte er ein Lokal in der Wardour Street, das er schon seit einiger Zeit beobachten ließ. Es war einer der exklusivsten kleinen Klubs, sehr gut und luxuriös ausgestattet.

Hier traf er in einem stillen Winkel Mr. Rustem. Die Augen des Mannes glänzten, seine Stimme war etwas heiser und seine Zunge schwer. Er saß allein an einem kleinen Tisch und trank Whisky. Das war außergewöhnlich, da man ihn sonst stets in Damenbegleitung sah. Beim Anblick des Inspektors sprang er erregt auf und sah diesen unsicher an.

»Was gibt es? Was wollen Sie von mir?« fragte er. Überreichlicher Whiskygenuß mochte die Ursache für Rustems ungewöhnliche Nervosität sein. Luke hatte ihn schon öfter unter ähnlichen Umständen getroffen, aber noch nie war der Mann so aufgeregt gewesen wie heute.

Der Inspektor zog einen Stuhl an den Tisch und ließ sich nieder. Die Umsitzenden beobachteten die beiden interessiert, denn Luke war in diesem Klub als Beamter von Scotland Yard bekannt, und viele Anwesende atmeten auf, als er sich Rustem zuwandte.

»Was ist denn mit Ihnen? Sie sind ja so erregt? Hat Doktor Blanter Ihnen einen bösen Streich gespielt?«

Rustem zwang sich zu einem Lächeln.

»Ausgerechnet Blanter!« sagte er ärgerlich. »Um Himmels willen, es gibt überhaupt niemand in der Welt, der mir einen bösen Streich spielen könnte. Sie in Scotland Yard glauben, Sie wüßten alles ganz genau, aber es gibt genug Dinge zwischen Himmel und Erde, von denen Sie sich nichts träumen lassen. Es wagt so leicht keiner, mir einen bösen Streich zu spielen! Im Gegenteil, die kommen alle zu mir gekrochen und bitten mich händeringend, daß ich sie aus der Patsche ziehe.«

Luke war davon überzeugt, daß etwas geschehen war, das Rustem so erschüttert hatte.

»Wollen Sie auch etwas trinken, Luke? Ich sah Sie heute in Kempton – haben Sie eigentlich gewettet? Ach, ich vergaß, Sie wetten ja nie. Das ist wirklich ein nettes, hübsches Mädchen, das Sie bei sich hatten. Ich meine die Dame aus Argentinien – wie heißt sie doch gleich?«

»Was macht denn der Doktor?« fragte Luke, ohne darauf einzugehen.

»Der Doktor? – Ach der!« Mr. Rustem schnipste mit den Fingern. »Hinter dem alten Prahlhans steckt doch nichts.« Er lehnte sich vertraulich über den Tisch zu Luke hinüber. »Ich bin so gut wie fertig mit der ganzen Gesellschaft. Die Leute sind mir doch zu scharf. Verstehen Sie, was ich meine? Ich bin immer für Gesetz und Ordnung. – Aber damit will ich nicht sagen«, fügte er hastig hinzu, »daß sie die Gesetze übertreten. Nein, das nicht. Aber sie nehmen es nicht allzu genau, und da mache ich nicht mit.«

Luke winkte dem Kellner und ließ sich auch ein Getränk bringen. Rustem war im Augenblick in einer seltsamen Stimmung, die ausgenützt werden mußte.

»Triggers Transaktion ging heute nicht in Ordnung, was?«

Rustem zuckte die Schultern.

»Ach, das ist ein ganz gemeines Geschäft, den Leuten die Tips für die Rennen zu geben. Da kann man auch gleich Buchmacher werden. Dagegen habe ich mich immer gesträubt. Die Transaktion ist durchgeführt worden, nur die Quote war hundsmiserabel. Das haben wir Ihnen zu verdanken, Sie verdammter alter Teufel!«

Luke betrachtete die Flasche Whisky, die allem Anschein nach erst an diesem Abend angebrochen worden und nahezu leer war.

»Hören Sie«, sagte Rustem und sah sich vorsichtig um. »Sie wetten nicht, das ist dumm von Ihnen. ›Weiße Lilie‹ wird das Cambridgeshire-Rennen todsicher gewinnen. Das ist Geld, das Sie so nebenbei einstecken können. Ich wette ja persönlich im allgemeinen auch nicht, aber ich sage Ihnen, diesmal können Sie ein Vermögen dabei gewinnen. Aber, um Himmels willen, sagen Sie Blanter nicht, daß ich Ihnen das zugeflüstert habe.«

»Ist das die nächste Transaktion?«

»In gewisser Weise, ja. Es ist nicht eine gewöhnliche Sache, die wir schon lange im Programm hatten; es wurde unseren Kunden in aller Eile mitgeteilt. Man kann jetzt nur noch eine gute Quote bekommen, und es gehört eine Menge Geld dazu, um ein Pferd von dreiunddreißig zu eins auf zehn zu eins zu bringen. Augenblicklich können Sie noch bequem fünfundzwanzig zu eins bekommen und ein Vermögen machen. Vergessen Sie nicht, daß ich Ihnen das gesagt habe.«

Er lehnte sich auf seinem Stuhl zurück und sah den Inspektor unsicher an. Dann zog er verlegen die Uhr.

»Viertel vor zwölf. Wissen Sie, wohin ich jetzt gehe?« fragte er mit Nachdruck. »In ein türkisches Bad. Und dort bleibe ich bis morgen früh sieben Uhr. Ich ärgere mich über diese modernen Folterkammern, aber ich muß hingehen. Morgen früh fahre ich dann nach Edinburgh, um eine Klientin zu besuchen. Sie ist eigentlich nicht direkt meine Klientin, sondern ein nettes, liebes

Mädel, das in der Revue ›Rosy Rosy‹ auftritt. – Wollen Sie mir einen großen Gefallen tun? Kommen Sie mit und nehmen Sie auch ein Bad!«

Luke schüttelte lächelnd den Kopf, aber Rustem ließ sich nicht abweisen.

»Dann begleiten Sie mich wenigstens bis zum Eingang. Ich kann es Ihnen schließlich nicht verdenken, daß Sie die Prozedur nicht mitmachen wollen . . .«

Er erhob sich unsicher, legte eine Fünfpfundnote auf den Marmortisch und wartete nicht, daß der Kellner ihm herausgab. Rustem war sehr freigebig gegen Nachtklubkellner.

Luke erfüllte ihm tatsächlich seinen Wunsch – einmal, um ihn in gute Stimmung zu bringen, zweitens, um noch mehr von ihm zu erfahren. Sie fuhren also zu einem bekannten türkischen Bad und trennten sich vor der Tür. Rustem war ein wenig unsicher auf den Beinen, und es fiel ihm schwer, ohne die Hilfe seines Begleiters weiterzugehen. Aber so betrunken er auch war, er zog doch noch die Uhr und hielt sie dicht an die Augen.

»Es ist jetzt zwölf Minuten nach zwölf – vergessen Sie das nicht!«

Luke beobachtete ihn, bis er außer Sicht kam. Was war denn wieder im Gang? Warum hatte Rustem soviel Gewicht darauf gelegt, die Zeit festzustellen, als sie sich trennten? Warum besuchte er ein türkisches Bad, wenn er die Prozedur nicht leiden mochte? Allem Anschein nach, weil er sich für die Zukunft ein einwandfreies Alibi verschaffen wollte. Aus demselben Grund reiste er auch nach Edinburgh.

Als Rustem wieder nüchtern geworden war, führte er tatsächlich die Pläne aus, die er sich in der Nacht überlegt hatte. Um zehn Uhr verließ er das türkische Bad und nahm den ersten Zug nach Edinburgh. Luke hatte allerdings festgestellt, daß die Revue ›Rosy Rosy‹ nicht dort, sondern in Blackpool gespielt wurde.

Luke dachte an diesem Tag viel an Mr. Garcia und seine geliebte ›Vendina‹. Aus einem Rennbüro in der Pall Mall beschaffte er sich eine Liste aller wichtigen Rennställe in Deutschland und sandte gleichlautende Briefe an sie.

Es zeigte sich auch, daß die Vorsichtsmaßnahme, die er in bezug auf Edna getroffen hatte, sehr nützlich war. Der Kriminalbeamte, den er nach Longhall mitgeschickt hatte, rief ihn an und berichtete, daß in der Nähe von Longhall eine Menge fremder, verdächtiger Männer gesehen worden seien. Einen hatte er erkannt; es war ein auf Bewährung entlassener Strafgefangener, der sich bei der Polizei nicht mehr gemeldet hatte und infolgedessen gleich wieder verhaftet und ins Gefängnis gesteckt wurde. Die anderen waren dem Beamten von Scotland Yard unbekannt. Zwei der Leute hatten sich im ›Roten Löwen‹ einquartiert.

Luke wurde unruhig. Es war allerdings nicht gesagt, daß die Fremden böse Absichten hatten; vielleicht wollten sie nur die Morgenarbeit von Goodies Pferden beobachten. Es wurde bereits über ›Weiße Lilie‹ gesprochen, und Rustem hatte recht, als er sagte, daß die Quote von dreiunddreißig auf fünfundzwanzig zu eins gefallen war. In solchen Fällen schickten Leute, die von den Rennwetten lebten, sachverständige Beobachter oder kamen selbst, um die Pferde beim Morgengalopp zu beobachten.

Luke besaß ein Haus in einer kleinen Straße in Knightsbridge. Dienstboten beschäftigte er nicht; er hatte das Haus so gut mit allen möglichen elektrischen Geräten ausgestattet, daß er sich selbst versorgen konnte. Er hatte auf die Innenausstattung mehr verwandt, als das ganze Haus kostete. Eine Aufwartefrau machte täglich sauber.

Als er an diesem Abend nach Hause kam, merkte er, daß etwas nicht in Ordnung war.

Er drückte auf den Lichtschalter in der Diele, aber es blieb dunkel. Beim Schein seiner Taschenlampe sah er, daß die Birne ausgeschraubt war. Die Türen standen offen, alle Schubladen seines Schreibtisches waren herausgezogen; der Inhalt lag auf dem Schreibtisch verstreut. Jeder Brief, jedes Notizbuch war durchgesehen und gelesen. Die Einbrecher mußten genau gewußt haben, wo er war, denn sie hatten in aller Ruhe gearbeitet. Hatte ihn Rustem mitgenommen, weil er von diesem Überfall wußte? Aber das erschien Luke doch unwahrscheinlich. Rustem konnte man viel zutrauen, aber ein Einbrecher war er nicht.

Er hielt den früheren Rechtsanwalt in diesem Fall für unschuldig. Es mußten übrigens ganz gerissene Leute gewesen sein, die in die Wohnung eingedrungen waren. Nicht die geringste Spur hatten sie hinterlassen, nicht einmal einen Fingerabdruck.

Luke ging von einem Raum zum anderen; Schlaf- und Arbeitszimmer waren systematisch durchsucht worden. Mehrere Wertsachen fehlten, Stücke im Wert von etwa zehn Pfund, die er in einer Schublade seines Schreibtisches aufbewahrte.

Luke ärgerte sich. Er sah darin Dr. Blanters Antwort darauf, daß er dessen Wohnung durchsucht hatte.

Er setzte sich an den Schreibtisch, sah die Dokumente durch und suchte sich zu vergegenwärtigen, was in den einzelnen Fächern gelegen hatte.

Mechanisch benachrichtigte er die Polizeistation, und als der Inspektor mit seinen Assistenten eintraf, durchsuchten sie die Wohnung eingehend.

»Sie haben gerade keine wertvollen Sachen gestohlen«, erklärte Luke, »und ich glaube auch nicht, daß sie irgendwelche wichtigen Unterlagen gefunden haben.«

Er räumte nur sein Schlafzimmer einigermaßen auf und gab sich nicht einmal die Mühe, das Fenster in Ordnung zu bringen, durch das sich die Einbrecher Eintritt in die Wohnung verschafft hatten. Dann legte er sich zur Ruhe.

17

Nachdem Luke mit Edna Gray das Rennen in Newmarket besucht hatte, fuhren sie beide nach London zurück. Sie setzte ihn in der Nähe seiner Wohnung ab und begab sich dann ins Hotel.

In der folgenden Woche hatte Luke viel zu tun. Er versuchte Schritt für Schritt, Garcias Aufenthalt festzustellen, aber manche der ausländischen Polizeidienststellen arbeiteten langsam und antworteten nicht immer prompt auf eine dringende Anfrage von Scotland Yard. Aus Deutschland erhielt er innerhalb von drei Tagen eine Mitteilung über die Telegramme, die von

Berlin und München im Namen von Alberto Garcia an Edna abgesandt worden waren. Er konnte aber daraus nur ersehen, daß sie mit der Maschine geschrieben und mit ›Alberto‹ unterzeichnet worden waren.

Von Punch Markham empfing er viele Meldungen, die ihn nicht interessierten. Nur ab und zu war etwas dabei, das er brauchen konnte. Punch hatte sich mit größter Begeisterung an seine Aufgabe gemacht; er beobachtete nicht nur Goodies Rennpferde, sondern spionierte auch Goodie selbst nach. Er hatte eine persönliche Abneigung gegen den Trainer. Eines Tages besuchte er Luke in London.

»Sehen Sie einmal her, Mr. Luke«, sagte er und zeigte auf sein blaues Auge.

Punch war über alle Maßen wütend.

»Das ist nicht die Art und Weise, wie man andere Leute behandelt. Das hat einer seiner Stallknechte getan. Ich weiß ja, daß es den Leuten nicht gefällt, wenn man ihre Pferde beim Morgengalopp beobachtet, aber deswegen braucht man einen doch nicht gleich halbtot zu schlagen!«

Punch hatte sich den Morgengalopp ansehen wollen, nachdem er am Abend zuvor erfahren hatte, daß ›Weiße Lilie‹ geprüft werden sollte. Er war in solchen Dingen beschlagen und hatte sich vorsichtig in einer Bodensenkung versteckt, von der aus er die Arbeit der Pferde beobachten konnte. Bevor aber die Pferde auf dem Platz erschienen, hatten zwei Leute das Gelände abgesucht. Punch war im letzten Augenblick davongelaufen, und dabei hatten sie ihn gefaßt. Markham beschrieb den einen der beiden so deutlich, daß Luke nach der Schilderung Manuel erkannte.

»Goodie führt etwas im Schilde, darauf gehe ich die höchste Wette ein«, sagte Punch. »Meiner Meinung nach hat er ›Weiße Lilie‹ anderswohin geschickt, wo sie trainiert wird. Aber ich glaube nicht, daß er mit dem Gaul das Cambridgeshire-Rennen gewinnt. ›Weiße Lilie‹ war zwar ein gutes Pferd, aber es hatte im Alter von einem Jahr einen Leistungsrückgang, und ich habe allerhand anstellen müssen, um den Gaul so weit in die Höhe zu bringen, daß ich ihn verkaufen konnte. Sie können sich todsicher darauf verlassen, Mr. Luke, daß das Tier das Cambridgeshire-Rennen nicht gewinnt. Warum Goodie sich mit dem Pferd soviel Mühe gibt, weiß ich nicht. Aber der Kerl mogelt immerzu, der kann gar nicht anders, selbst wenn er wollte. Wenn ich nur in den Stall hinein könnte!«

»Sie würden doch nichts erfahren. Keiner seiner Leute spricht englisch.«

Aber Punch wollte sich damit nicht zufriedengeben. Luke tat, was er konnte, um ihn vor allzu kühnen Wagnissen zu warnen. Niemand war gefährlicher als ein übereifriger Amateurdetektiv – das wußte er.

Luke verließ sein Büro an dem Abend kurz vor sechs. Er hatte seinen Schreibtisch abgeschlossen und zog gerade seinen Mantel an, als es an der Tür klopfte. Er war allein im Büro; sein Assistent war schon eine halbe Stunde früher gegangen. Das Klopfen wurde wiederholt; der Betreffende mußte sehr aufgeregt sein und es eilig haben.

»Herein.«

Die Tür öffnete sich, und Rustem trat ein. Sein Gesicht war aschgrau, und die Hand, die er Luke entgegenstreckte, zitterte. Zum erstenmal sah der frühere Rechtsanwalt in seiner äußeren Erscheinung vernachlässigt aus; er machte fast den Eindruck, als ob er den ganzen Tag in seinen Kleidern geschlafen hätte.

»Zum Kuckuck, was ist denn mit Ihnen los?« fragte Luke erstaunt.

Rustem zwang sich zu einem Lächeln.

»Es geht mir nicht besonders gut – es sind die Nerven«, erwiderte er ängstlich.

»Setzen Sie sich doch. Sind Sie vergiftet worden – oder ist sonst etwas los?«

»Na, einen so guten Witz habe ich lange nicht gehört«, sagte Rustem und lachte, aber seine Stimme klang hohl. »Nein, meine Nerven sind kaputt – die Leute verfolgen mich . . .«

»Das klingt ja, als ob Sie an Verfolgungswahn litten«, entgegnete Luke mit einem Lächeln.

»Was machen Sie heute abend? Wäre es nicht möglich, daß

wir uns einmal unterhielten? Ich sage Ihnen offen, ich bin vollkommen erledigt. Ich dachte, wir könnten einmal zusammen ausgehen und irgendwo zu Abend essen. Ich möchte Sie auch noch wegen einer anderen Sache sprechen. Ich habe gehört, daß das Polizeiwaisenhaus nicht genügend Mittel hat. Vielleicht könnte ich tausend Pfund stiften ...«

Luke schüttelte den Kopf.

»Nehmen Sie das lieber in Ihr Testament auf; da macht es sich ganz gut und ist nicht so peinlich. Nein, im Augenblick braucht das Waisenhaus kein Geld, und ich möchte Sie bitten, diesen Schritt zu unterlassen. – Also, was ist nun mit Ihnen, Rustem – meldet sich etwa Ihr Gewissen?«

»Nein«, sagte Rustem laut und sprang auf. »Ich brauche mir keine Vorwürfe zu machen. Natürlich habe ich manches getan, was ich, bei reiflicher Überlegung, besser unterlassen hätte. Wenn ich immer gewußt hätte, wie die Dinge auslaufen würden ...«

Luke dachte schnell nach.

»Also, es ist gut, ich komme mit Ihnen und will Ihnen sogar zugestehen, daß Sie mich einladen.«

Irgend etwas stimmte nicht. Rustem klammerte sich geradezu an ihn, als sie am Themseufer entlanggingen, und auf dem Weg nach Soho sprach er dauernd auf seinen Begleiter ein. Aber er sagte ihm nichts Besonderes, und seine Worte waren manchmal etwas zusammenhanglos.

Luke paßte auf wie ein Schießhund, aber schon lange vor dem Ende des Essens sah er, daß Rustem ihm nichts Wichtigeres mitteilen wollte oder konnte. Wahrscheinlich hatte der Mann nur wieder die Absicht, sich ein Alibi zu verschaffen.

Rustem zog das Essen hinaus, blieb so lange wie möglich bei Tisch sitzen und machte dann Luke den Vorschlag, verschiedene Klubs zu besuchen.

»Es wird nicht gerade sehr vorteilhaft für Sie sein, wenn Sie sich in meiner Gesellschaft sehen lassen«, erwiderte Luke offen. »Ihre Freunde werden glauben, daß Sie plötzlich ein Polizeispitzel geworden sind. Und wenn Sie wollten, könnten Sie mir ja auch tatsächlich eine Menge erzählen.«

Aber Rustem schien die üble Nachrede nicht zu fürchten.

In dem kleinen Klub, in dem sie sich schon früher einmal getroffen hatten, sahen sie Mr. Trigger. Er saß in derselben Nische, in der Luke einmal mit Rustem gesessen hatte, und vor ihm stand ein Glas mit einer hellen Flüssigkeit. Er lächelte Luke liebenswürdig zu, aber Rustem schaute er ärgerlich an.

»Nehmen Sie doch bitte Platz. Wollen Sie nicht etwas trinken? Ich selbst halte mich an Limonade. Sie werden wahrscheinlich darüber lachen, aber ich mag keine starken alkoholischen Getränke.«

Er warf einen Seitenblick auf Rustem.

»Und es wäre auch ganz gut, wenn verschiedene meiner Bekannten meinem Beispiel folgten.«

Rustem, der beinahe die Fassung verloren hatte, als sie Trigger hier trafen, hatte nicht den Mut, darauf zu antworten.

»Manchmal muß ich etwas ausspannen, dann komme ich hierher. Sonst wird es mir von all den vielen Zahlen ganz wirr im Kopf!«

»Ihre Erholung besteht dann darin, Limonade zu trinken«, sagte Luke lächelnd.

Er schätzte Trigger, den er in gewisser Weise für vollkommen ehrlich hielt, obwohl der Mann mit übelbeleumundeten Leuten zusammenarbeitete.

»Die Limonade ist es nicht allein; man kann hier auch Leute beobachten. Man sieht hier mehr Verbrecher als vor dem Schwurgericht in Old Bailey.«

Wieder sah er Rustem von der Seite an.

»Sind Sie Mitglied des Klubs, Mr. Luke? Dann sind wir beide die einzigen anständigen Kerle, die hier verkehren. Es ist nicht gerade meine Absicht, Verbrecher zu treffen, wenn ich hierherkomme. Mehrere von der Sorte treffe ich sowieso, wenn wir eine Direktionssitzung abhalten.«

Diesmal war die Herausforderung zu stark, als daß Rustem sie überhören konnte.

»Wollen Sie damit sagen –«, begann er wütend.

»Wenn Sie glauben, daß ich jemand anders meinen könnte als Sie, dann sagen Sie es mir bitte«, entgegnete Trigger ruhig. »Ich erkläre Ihnen, und zwar in Gegenwart von Mr. Luke, daß ich in Zukunft bei den Direktionssitzungen meiner Firma nichts weiter diskutiere, als was zum Geschäft gehört. Und Geschäft bedeutet: Geld, Telegramme, Organisation. Wenn mir von zuverlässiger Stelle ein Pferd genannt wird, das das Rennen gewinnt, dann handle ich dementsprechend. Ich will über das Pferd nichts weiter wissen, als daß es vier Beine und einen Kopf hat und schneller läuft als all die anderen Pferde, die für das Rennen gemeldet worden sind. Warum es gewinnt, geht mich nichts an, und ich dulde auch nicht, daß über solche Dinge in unseren Versammlungen gesprochen wird. Ich will mir nicht nachsagen lassen, daß ich irgendwelche gesetzwidrige Handlungen begehe. Ich habe nichts getan, was irgendwie gegen das Gesetz oder die Rennregeln verstößt.«

Luke konnte sich denken, was geschehen war. Die Leute hatten wahrscheinlich eine Versammlung abgehalten, und einer der vier – wahrscheinlich Rustem – hatte da Dinge zur Sprache gebracht, die außerhalb des Geschäftsbereiches lagen. Wahrscheinlich hatte sich Trigger dagegen gewehrt und auch eine Auseinandersetzung mit den anderen gehabt, wobei Blanter den kürzeren zog.

»Sie sind ja ein ganz scheinheiliger Kerl«, entgegnete Rustem gehässig.

Trigger lächelte.

»Ja, ich bin wirklich ehrlich – und mehr als das: Ich bin meiner Sache sicher!«

Trigger trank seine Limonade aus, zahlte dem Kellner den doppelten Preis, den er verlangte, und erhob sich.

»Ich will Sie beide allein lassen. Vermutlich haben Sie wichtige Angelegenheiten miteinander zu besprechen«, sagte er höflich und ohne Ironie. »Aber, Mr. Luke, ich möchte Ihnen noch eins sagen: Wenn der Mann hier« – er zeigte auf Rustem – »behaupten sollte, daß ich mich auf andere Dinge einlasse als auf ein reines Geschäft, dann lügt er wie gedruckt. Ich brauche mich nicht davor zu fürchten, daß er der Polizei etwas verrät. Mir kann er nichts anhaben, aber er selbst ist nicht ganz harmlos.«

Mit dieser geheimnisvollen Andeutung verließ Trigger den

Klub. Er hatte den Hut ziemlich kühn aufgesetzt und sich eine dicke Zigarre angezündet.

»Das ist ein ganz gemeiner Lump«, erklärte Rustem. »Daß ein solcher Kerl sein ungewaschenes Maul aufmachen darf –«

Aber dann unterbrach er sich plötzlich, wie er es mindestens schon ein dutzendmal an dem Abend getan hatte.

Mit Mr. Arthur Rustem ging es bergab. Zehn Jahre lang hatte er eine beherrschende Stellung in der Verbrecherwelt eingenommen, doch jetzt zeigte er sich feige und furchtsam. Und er hatte Grund dazu. Während er früher das Kommando führte, mußte er jetzt tun, was andere von ihm verlangten. Er hatte seine Unabhängigkeit aufgegeben und sich einem stärkeren Willen unterstellt. Und er hatte nicht den Mut, mit den anderen zu brechen, weil sie drohten, ihn zu ruinieren.

Luke machte verschiedene Versuche, das Gespräch auf Dr. Blanter zu bringen; er hatte keinen Erfolg, obwohl er verschiedene anrüchige Geschichten aus dessen Vergangenheit auskramte. Rustem wußte das alles natürlich selbst viel besser, denn er hatte Blanter einmal verteidigt, als dieser als Angeklagter vor Gericht gestanden hatte.

Erst gegen elf Uhr abends konnte Luke Rustem loswerden. Rustem taumelte ein wenig, als er an die frische Luft kam, aber dann riß er sich zusammen und verabschiedete sich korrekt.

Er war noch nicht weit gegangen, als ein Wagen an der Bordschwelle neben ihm hielt und jemand seinen Namen rief. Erschrocken drehte er sich um und sah in das rote Gesicht von Blanters Diener, der am Steuer des Wagens saß.

»Steigen Sie ein, der Doktor will mit Ihnen sprechen«, sagte der Mann heiser.

Rustem zögerte, aber dann folgte er doch der Aufforderung. Der Wagen bog in die Richtung Haymarket ein – und das war nicht der Weg zur Half Moon Street. Die Fahrt ging weiter zur Pall Mall, dann hielt das Auto, und der Chauffeur stieg aus.

»Bleiben Sie sitzen, ich will mit Ihnen sprechen.«

Rustem lehnte sich aus dem Fenster hinaus.

»So, das ist für Sie«, sagte der Chauffeur und schlug Rustem mit einem Gummiknüppel zusammen.

18

Luke ging nach Scotland Yard zurück und las die Telegramme, die in seiner Abwesenheit angekommen waren. Am meisten interessierte ihn indessen die telefonische Mitteilung, die Punch aus Longhall durchgegeben hatte:

> Ich habe den ganzen Schwindel herausgebracht und muß Sie morgen sprechen. Ich werde Sie heute um halb elf in Ihrer Wohnung anrufen.

Es war leicht möglich, daß sich Punch durch seinen Eifer auf eine falsche Fährte hatte bringen lassen; andererseits hatte der Mann eine gute Begabung und einen gewissen Instinkt für das Wichtige. Luke glaubte zu wissen, worum es sich handelte. Er telefonierte mit Lane, aber der konnte ihm auch nichts Genaues sagen.

»Er ist um neun Uhr fortgegangen. Vermutlich hat er etwas Wichtiges herausbekommen, aber er wollte es mir nicht sagen. Es ist irgendeine Sache mit Goodie.«

Die Uhr vom Parlamentsgebäude schlug Mitternacht, als Luke das Büro verließ und langsam seiner Wohnung zuschlenderte. Er hatte auch allen Grund, nicht zu schnell zu gehen, denn es war die erste neblige Nacht in diesem Jahr. Wenn es auch nicht sehr unsichtig war, so konnte man doch nur schwer ein Taxi finden. Am Trafalgar Square traf er einen Wagen, der langsam an der Bordschwelle entlangfuhr. Da Luke sehr müde war, überredete er den Chauffeur und fuhr mit ihm in Richtung Piccadilly. An der Ecke des Hyde Park wurde der Nebel etwas dichter; Luke bezahlte den Chauffeur und ging zu Fuß weiter.

In Knightsbridge war es bereits so dunstig, daß die Laternen nur noch hellere Stellen im Nebel waren.

Er bog in die kleine Straße ein und tastete sich an dem eisernen Zaun entlang, bis er zu seinem Haus kam. Als er den Schlüssel herausgenommen hatte und die Haustür aufschließen wollte, griff er zu seinem größten Erstaunen ins Leere. Die Tür stand weit offen, und als er sie zumachte und das elektrische Licht anknipste, sah er, daß die Diele mit gelblichgrauem Nebel gefüllt war.

Die Tür zu seinem Arbeitszimmer stand ebenfalls halb offen. Er streckte die Hand aus und machte Licht, aber er hörte kein Geräusch und nahm keine Bewegung wahr. Auch sah er keine verdächtigen Schatten. Schnell zog er die Pistole, stieß die Tür ganz auf und trat ein. Der Raum war vollkommen leer, nur – auf dem Diwan in der Nähe des Fensters lag ein Mann, der mit einer Decke zugedeckt war.

Luke starrte ihn lange an, bevor er näher trat und die Decke zurückschlug, die auch den Kopf verhüllte. Es war der alte Garcia, den er auf dem Dampfer kennengelernt hatte. Der Mann trug einen Mantel und war vollständig angekleidet, nur die Schuhe fehlten. Ein Blick genügte – Garcia war tot.

Luke ging zum Schreibtisch und nahm den Telefonhörer ab, aber die Leitung war stumm. Als er darauf den Apparat untersuchte, fand er, daß die Zuleitungsschnur durchgeschnitten war. Dann untersuchte er den Raum. Auf dem Tisch war nichts angerührt worden; auch die Schubladen waren nicht durchwühlt. Er verließ das Haus, schloß die Tür hinter sich und suchte einen Polizisten und eine Telefonzelle. Nachdem er eine kurze Meldung an die nächste Polizeistation und an Scotland Yard durchgegeben hatte, ging er mit dem Beamten zu seinem Haus zurück.

Es dauerte eine halbe Stunde, bis der Polizeiarzt und der Inspektor vom Revier kamen. In der Zwischenzeit hatte Luke verschiedene wichtige Entdeckungen gemacht. Zunächst fand er die Schuhe des Toten, die unter den Tisch gestellt worden waren. Dann entdeckte er bei einer oberflächlichen Durchsuchung der Taschen Garcias verschiedene Dinge, die als Anhaltspunkte dienen konnten.

Zunächst sah er eine zusammengefaltete Nummer einer Berliner Zeitung mit einem Datum, das zwei oder drei Tage zurücklag, dann einen Kriminalroman. In einer inneren Tasche steckte eine Uhrmacherrechnung einer Münchener Firma. Andere Papiere hatte Garcia nicht bei sich. Luke war sehr erstaunt, als er keine Wunden oder Zeichen von Gewaltanwendung an dem Toten bemerkte.

Gegen ein Uhr morgens berichtete der Polizeiarzt auf dem Revier das Resultat seiner Untersuchung. An dem Körper hatte er weiter nichts feststellen können; nur am linken Unterarm hatte er eine Anzahl von Punkten gefunden, die von Spritzen herrührten.

»Haben Sie etwas Verdächtiges bei ihm gefunden?« fragte er.

Luke schüttelte den Kopf.

»Nein.«

Der Inhalt der Taschen lag auf dem Schreibtisch des Inspektors der Polizeistation: eine Uhr mit Kette, ein Zigarettenetui, eine Brille mit Hülle und etwa tausend Mark in deutschem Geld.

»Er ist seit mindestens sechs Stunden tot, vielleicht noch länger«, meinte der Arzt. »War er eigentlich bei einem Arzt in Behandlung?«

Luke erzählte ihm, was er über den Toten wußte. Er hatte eine genaue Durchsuchung seines Hauses vorgenommen und war dabei zu dem Schluß gekommen, daß die Leute, die in das Haus eingedrungen waren, einen Schlüssel benutzt haben mußten. Luke erinnerte sich, daß er zwei weitere Schlüssel in einer Schublade seines Schreibtisches aufbewahrt hatte; sie mußten bei ihrem ersten Einbruch den Eindringlingen in die Hand gefallen sein.

Zuerst wollte er Edna anrufen und ihr sofort berichten, was geschehen war. Aber so eilig war es nicht, daß er sie mit dieser traurigen Nachricht aus dem Schlaf wecken mußte. Schließlich entschied er sich dafür, am nächsten Tag selbst nach Longhall zu fahren.

Der Nebel war am Themseufer sehr dicht, und den Polizeistreifen in der City fiel es schwer, ihren Weg zu finden und sich nicht zu verirren. Um zwölf Uhr hörte ein Beamter mehrere Schüsse aus einer Pistole und stellte sofort Nachforschungen an. Er sah allerdings zunächst nichts. Erst als er systematisch die ganze Straße absuchte, fand er einen Mann, der am Boden lag.

Luke war nach Scotland Yard gegangen, um genau Bericht zu erstatten.

»Kennen Sie einen Mann namens Markham?« fragte ihn unten beim Eingang der Beamte.

»Ja.«

»Eine Streife in der City hat ihn eben am Themseufer erschossen aufgefunden.«

Der arme Punch war aus kurzer Entfernung niedergeknallt worden; sein Rock war an den Rändern der Einschußlöcher versengt. Das einzige, was man in seinen Taschen fand und was einen Anhaltspunkt bot, war ein kleines Notizbuch, in dem auch Lukes Name stand.

Luke fuhr eilig in die City, und zum zweitenmal in dieser Nacht sprach er mit dem Polizeiarzt.

»Er wurde von drei Schüssen getroffen, die alle tödlich waren«, berichtete ihm dieser.

Es meldete sich ein Zeuge. Ein Straßenkehrer hatte einen Mann beobachtet, der an der Stelle, wo der Mord passierte, auf und ab gegangen war. Aber er hatte sich nicht um ihn gekümmert und konnte daher auch keine weiteren Angaben machen. Er wußte nur so viel, daß der Mann häufig auf seine Armbanduhr gesehen und dazu eine kleine Taschenlampe benützt hatte. Der Straßenkehrer hatte geglaubt, daß es sich um einen Kriminalbeamten handelte, der verschiedene Geschäfte beobachtete.

Luke ging nach Hause, zog sich um und trank eine Tasse Kaffee.

Dann trat er wieder in den nebligen Morgen hinaus. Er ging zunächst in sein Büro und suchte Dr. Blanter in der Half Moon Street auf.

Die Dienstboten waren schon aufgestanden.

»Der Doktor liegt noch im Bett – ich glaube nicht, daß ich ihn jetzt stören kann«, sagte der Diener.

»Nennen Sie nur meinen Namen«, erwiderte Luke kurz angebunden.

Der Mann führte ihn in ein kleines Arbeitszimmer, und Luke brauchte nicht lange zu warten. Schon fünf Minuten später erschien der Doktor, und er war durchaus nicht schläfrig.

»Was wollen Sie von mir?« fragte er barsch.

»Wo waren Sie in der vergangenen Nacht? Sagen Sie mir, wo Sie überall gewesen sind.«

Unter gewöhnlichen Umständen hätte ein solches Ansinnen

den Arzt in Wut gebracht, aber jetzt beantwortete er die Frage willig.

»Ich war den ganzen Abend zu Hause. Am Nachmittag war ich draußen auf dem Land und kam erst spät zurück.«

»Wann sind Sie zu Bett gegangen?«

Blanter sah erst Luke an, dann blickte er zur Decke empor.

»Ungefähr um zehn, vielleicht auch ein wenig später. Wenn ich es mir recht überlege, nehme ich an, daß es nahezu halb elf war. Ich hörte, wie die Uhren in der Nähe schlugen, als ich mich eben hingelegt hatte.«

Luke sah ihn scharf an.

»Wie kam es dann, daß Ihr Diener sagte, als ich zehn Minuten vor zehn bei Ihnen anrief, Sie seien ausgegangen?«

Blanter lächelte, und Luke wußte, daß er einen Fehler gemacht hatte.

»Das glauben Sie doch selbst nicht. Mein Diener kann gar nicht so dummes Zeug gesagt haben, der hatte Ausgang. Erst heute morgen ist er wiedergekommen. Ich war ganz allein im Haus; das ist nicht ungewöhnlich.«

»Durchaus nicht – ich lebe auch ganz allein. Gelegentlich empfange ich allerdings Besucher. Gestern waren es zwei – ein Lebender und ein Toter.«

Der Doktor zog die Augenbrauen hoch.

»So?« entgegnete er mit höflichem Interesse. »Ist das wieder ein Bluff, Mr. Luke?«

»Nein, nein, Sie wissen ganz genau, daß ich nicht bluffe. Der eine lebte, der andere nicht. Alberto Garcia lag auf dem Diwan in meinem Arbeitszimmer. Er hatte eine deutsche Zeitung und deutsches Geld in den Taschen, um mir vorzutäuschen, daß er in Deutschland gewesen sei und die Telegramme an Miss Gray abgesandt habe, die Ihre Agenten geschickt haben. Kurz darauf fand einer unserer Beamten Punch Markham erschossen am Themseufer auf. Der Täter muß jemand gewesen sein, der eine Verabredung mit ihm hatte. Ich nehme an, daß es derselbe war, der in mein Haus einbrach und Mr. Garcia in mein Zimmer legte. Markham wollte mich um halb elf anrufen; das war dieselbe Zeit, in der in meinem Haus eingebrochen wurde.«

»Und zur selben Zeit legte ich mich schlafen«, erwiderte Blanter ironisch. Dann lehnte er sich über den Tisch und runzelte die Stirn. »Also, Luke, sagen Sie es doch geradeheraus: Wollen Sie mich verhaften?«

»Ich habe Sie jedenfalls im Verdacht«, entgegnete der Inspektor kühl.

»Aber warum sollte ich denn Mr. Garcia und diesen anderen Mann umbringen? Ihrer Meinung nach bin ich gestern abend ja ziemlich tätig gewesen!«

»Das Motiv ist mir noch nicht ganz klar. Wenn ich das erst gefunden habe, weiß ich auch, wer der Mörder ist. Erinnern Sie sich daran, Blanter!«

Er trat aus dem Haus und winkte dem Polizeibeamten, der auf der gegenüberliegenden Seite der Straße wartete. Dann kehrte er zu Dr. Blanter zurück.

»Was wollen Sie denn noch?«

»Ich werde jetzt Ihre Wohnung durchsuchen.«

»Haben Sie eine Vollmacht?«

Luke zeigte den Haussuchungsbefehl vor.

Das Haus war nicht größer als das, welches Luke bewohnte. Die Räume im Erdgeschoß waren mehr oder weniger gut aufgeräumt und sauber, die Zimmer im oberen Stockwerk hingegen kaum möbliert. Das Schlafzimmer des Doktors war einigermaßen in Ordnung, aber in allen anderen sah es entsetzlich unordentlich aus. Luke fragte den Diener aus, einen großen, breitschulterigen Mann, der mindestens ebenso stark und kräftig war wie der Arzt selbst. Er roch nach Alkohol und genoß allem Anschein nach allerhand Vorrechte. Luke hatte bereits von ihm gehört und wußte, daß Blanter ihn schon fünf oder sechs Jahre in seinen Diensten hatte.

Die Untersuchung verlief ergebnislos.

»Es ist wohl schon lange her, daß Sie am Mittwochabend Käse gegessen haben?« fragte Luke den Diener beiläufig.

Der Mann sah ihn unsicher an und wurde auffallend bleich.

»Ich weiß nicht, was Sie meinen«, erwiderte er schließlich verlegen.

Als sie aus dem Haus gegangen waren, grinste Luke.

»Was haben Sie eigentlich mit dem ›Käse am Mittwochabend‹ gemeint?« fragte der Polizeibeamte.

»Es ist merkwürdig, wie sich die Leute durch Kleinigkeiten verraten. Als ich den Kerl sah, wußte ich sofort, daß er früher einmal im Gefängnis gesessen hatte. Obwohl ich im Augenblick nicht ahnte, wer er ist, bin ich doch ganz sicher, daß er nicht nur ein alter Sträfling ist, sondern auch in Dartmoor gesessen hat. Noch vor ein paar Jahren, als der Speisezettel nicht so abwechslungsreich war wie heutzutage, erhielten die Gefangenen am Mittwochabend Käse, und Leute, die einmal gesessen haben, können sich sehr genau auf die Zeit besinnen.«

Luke fand keine Zeit, nach Longhall hinauszufahren. Deshalb rief er Edna Gray an und bat sie, in die Stadt zu kommen.

Später am Tag besuchte er sie in ihrem Hotel und teilte ihr die traurige Nachricht mit.

»Ich kann Ihnen die schmerzliche Pflicht ersparen, den armen Garcia zu identifizieren. Glücklicherweise habe ich ihn so gut gekannt, daß ich es tun konnte.«

Sie erschrak sehr und weinte einige Zeit.

»Ich verstehe es nicht«, sagte sie, nachdem sie sich wieder gefaßt hatte. »Dann war er also tatsächlich die ganze Zeit über in Deutschland?«

»Nein, er ist gar nicht in Deutschland gewesen.«

Luke hatte den Auftrag gegeben, nach Rustem zu suchen, aber der wurde weder in seinem Büro noch in seiner Wohnung angetroffen. Es bestand die Möglichkeit, daß er außer Landes gegangen war. Alle Polizeistationen in den Häfen erhielten Befehl, ihn anzuhalten und ihm Schwierigkeiten zu machen – unter dem Vorwand, daß sein Paß nicht in Ordnung sei.

Edna hatte Punch nur ein einziges Mal gesehen, seitdem er bei ihr wohnte.

»Gestern morgen habe ich ihn noch beobachtet«, sagte sie. »Er ritt an der Stelle vorüber, wo Goodie das Pferd erschoß.«

»Welches Pferd ist denn erschossen worden?« fragte Luke schnell.

Sie erzählte ihm von dem nächtlichen Abenteuer, und er interessierte sich lebhaft dafür. Auf seine Veranlassung zeichnete sie einen ungefähren Lageplan und markierte darauf die Stelle, wo das Pferd eingescharrt worden war.

Er fragte sie auch noch nach dem Datum, und sie klingelte nach ihrem Chauffeur. Es war derselbe Tag, an dem sie ihr Auto nach Reading geschickt hatte, um verschiedene Reparaturen vornehmen zu lassen.

Der Chauffeur kam. Es war ein ordentlicher Mann, der alles in sein Notizbuch eintrug, und so gelang es, Tag und Stunde genau festzustellen.

»Es muß an dem Tag gewesen sein«, sagte er. »Am nächsten Abend fuhren wir in die Stadt und sahen auf der Chaussee den Unglücksfall.«

Luke hatte auch davon nichts gehört und fragte nach weiteren Einzelheiten. Er unterbrach Edna nicht, bis sie alles erzählt hatte, dann ging er im Zimmer auf und ab.

»Können Sie mir in Longhall über Nacht ein Zimmer geben? Ich möchte nicht in den ›Roten Löwen‹ gehen. Wenn Sie gestatten, ziehe ich mich dann sofort zurück, ich bin todmüde. Wenn ich nur ein paar Stunden die Augen zumachen kann, habe ich mich so weit erholt, daß ich es wieder einige Zeit aushalte. Vor allem muß ich bei dem Cambridgeshire-Rennen auf der Höhe sein.«

Sie sah ihn erstaunt an.

»Sie werden doch nicht zu dem Rennen gehen, nachdem alle diese Dinge passiert sind?«

»Doch, ich werde gehen. ›Weiße Lilie‹ steht jetzt zehn zu eins, und ich möchte Mr. Goodie im Augenblick seines Triumphes sehen.«

Sie schüttelte den Kopf.

»Ich verstehe das alles nicht. Ich kann Sie nicht begleiten. Denken Sie doch an den armen Mr. Garcia. Welch ein furchtbares Unglück! Ich darf gar nicht daran denken!«

Sie erzählte ihm, daß der alte Mann keine Freunde und Verwandten gehabt habe, aber ziemlich reich gewesen sei.

Er fragte sie, wer denn das Vermögen erben würde.

»Ich glaube, daß er alles mir vermacht hat. Er sagte es mir

schon vor einigen Jahren und erwähnte es auch, als wir zusammen auf dem Dampfer waren. – Ist der arme Mr. Garcia ermordet worden?«

Luke zögerte, denn diese Möglichkeit war nicht ausgeschlossen.

»Ich glaube es nicht«, sagte er schließlich. »Die Ärzte sagen, daß er eines natürlichen Todes gestorben ist.«

Er fragte sie dann noch nach den Gewohnheiten des alten Herrn.

Sie fuhren zusammen nach Longhall hinaus, und Luke schlief während der ganzen Fahrt. Als sie ankamen, ging er in ein Fremdenzimmer und legte sich sofort zur Ruhe.

Um neun Uhr abends war er aber wieder munter und brachte eine ganze Stunde am Telefon zu. Um elf Uhr meldete sich Lane bei ihm, und beide gingen fort.

Als Luke um drei Uhr morgens zurückkam, fand er Edna Gray noch wach. Aber wenn sie erwartet hatte, er würde ihr von seinen Erlebnissen erzählen, dann wurde sie enttäuscht. Er sagte nur, daß er Erfolg gehabt habe, und ging auf keine Einzelheiten ein.

Dr. Blanter suchte Trigger im Büro auf und forderte eine große Summe von ihm.

»Aber seien Sie doch vernünftig, Doktor! Ich kann Ihnen doch nicht so einfach zweihunderttausend Pfund besorgen! Sie wissen ebensogut wie ich, daß wir unser Geld immer sofort investieren. Vor Ende November können wir unsere Anteile nicht auszahlen.«

»Und ich sage Ihnen, Sie werden mir die Summe beschaffen, Trigger, und zwar in amerikanischem Geld. Ich verlange, daß es für mich bereitliegt, wenn ich wiederkomme.«

Trigger lehnte sich in seinem Sessel zurück und begegnete dem Blick des Doktors, ohne mit der Wimper zu zucken.

»Wenn die Transaktion durchgeführt ist, macht es mir keine Schwierigkeiten; im anderen Fall müßte ich Wertpapiere mit Verlust verkaufen. Warum haben Sie denn so große Eile?«

Blanter gab keine Erklärung. Er war es gewohnt, daß Befehle, die er erteilte, unbedingt ausgeführt wurden. Zuerst wäre er beinahe wütend geworden, als er sah, daß Trigger ihm nicht sofort gehorchen wollte, aber er bewahrte die Ruhe. Die feindselige Haltung dieses Mannes war ihm schon seit einiger Zeit aufgefallen. Wenn er wollte, konnte er sich ausgezeichnet beherrschen. Er steckte sich eine Zigarre an und setzte sich in einen Sessel.

»Wir wollen uns nicht unnötig streiten. Wenn Sie es durchaus wissen müssen, will ich es Ihnen sagen. Es ist wegen Mr. Luke. Soweit es mich angeht, hat Ihre Firma das letzte Pferd bekommen. Ihnen tut das ja weiter nicht weh, denn Sie haben eine Menge Geld gemacht. Ich rate Ihnen trotzdem, Ihre Firma aufzulösen, die Büroeinrichtung zu verkaufen und sich ins Privatleben zurückzuziehen.«

»Hören Sie einmal zu, Doktor.« Mr. Trigger klopfte mit dem Finger auf die Tischplatte, um seinen Worten mehr Nachdruck zu geben. »Meine Firma hat schon lange existiert, bevor Sie etwas von ihr gehört haben, schon zu einer Zeit, als ich von Ihnen noch nichts wußte. Damals waren Sie ein kleiner Mann, der in einem Mordprozeß vor Gericht stand. Beinahe wäre es Ihnen seinerzeit schlecht gegangen. Meine Firma kann auch ohne Sie weiterbestehen. Ich habe Sie niemals danach gefragt, wie Sie zu den Pferden kommen, mit denen ich meine Geschäfte mache. Was Sie mit den Tieren anfangen oder wie Sie sie dazu bringen, als erste durchs Ziel zu gehen, interessiert mich nicht. Wenn Sie etwas Gesetzwidriges dabei begangen haben, will ich nichts davon wissen. Soweit mir bekannt ist, wird ›Weiße Lilie‹ am Mittwoch das Cambridgeshire-Rennen gewinnen, und ich habe alle meine Kunden dementsprechend benachrichtigt. Warum das Pferd gewinnt, oder warum es nicht gewinnt, geht mich nichts an. Es gibt auch noch andere Informationsquellen und andere Rennställe als den von Goodie. Wenn Sie sich gegen die Gesetze vergangen haben, so ist das Ihre Sache und nicht die meine. Mr. Luke ist ein guter Charakter, und ich habe nichts von ihm zu fürchten.«

Er stand auf, ging auf die andere Seite des Schreibtisches und sah auf Blanter nieder.

»Ein Mann namens Garcia wurde heute morgen tot aufgefunden – ich habe es in der Zeitung gelesen. Außerdem wurde ein früherer Jockei, Punch Markham, in der City erschossen.«

»Na und?«

»Ich frage Sie nur, ob das etwas mit unserem Geschäft zu tun hat?«

»Und wenn es etwas damit zu tun hätte?«

Trigger schwieg, und Blanter wiederholte die Frage.

»Dann würde ich jetzt sofort auf die Straße gehen und einen Polizisten rufen, damit er Sie verhaftet«, entgegnete Trigger langsam. »Wenn ich an Rustems Worte denke und davon überzeugt wäre, daß sie sich auf diesen Mord beziehen, dann würde ich Sie anzeigen, so wahr ich hier stehe.«

Dr. Blanter erhob sich langsam. Er sah entsetzlich aus in seiner Wut, aber Trigger ließ sich nicht so leicht einschüchtern.

»Denken Sie gar nicht daran, was Ihnen dann passiert?«

Trigger lächelte.

»Ich müßte dann vielleicht der Mordkommission erklären, warum ich Sie über den Haufen geschossen habe.«

Er hatte die Hand in der Rocktasche, und plötzlich entdeckte Blanter, daß er eine Pistole gepackt hatte, mit der er auf ihn zielte.

»Ich habe mich immer vor Ihnen in acht genommen, Blanter, und ich weiß auch in dieser Sekunde, was ich von Ihnen zu halten habe. Gehen Sie. Wenn nach dieser Transaktion Geld zur Verfügung steht, werden Sie Ihren Anteil bis auf den letzten Shilling richtig erhalten.«

Gleich darauf stand Dr. Blanter auf der Straße. Er wußte kaum, wie ihm geschah. Aber wenn er überhaupt Respekt vor jemand hatte, dann vor Mr. Trigger.

Als er in seine Wohnung in der Half Moon Street kam, fand er seinen Diener Stoover am Schreibtisch damit beschäftigt, eine seiner besten Zigarren zu rauchen. Außerdem hatte sich der Mann ein Glas Whisky-Soda eingeschenkt.

Stoover erhob sich und reichte auch dem Doktor ein Glas, bevor er sich wieder niederließ. Blanter tadelte dieses Benehmen in keiner Weise.

»Haben Sie Goodie getroffen?«

»Nein.«

Stoover verzog den häßlichen Mund.

»Der hat nicht mehr Verstand als ein Kaninchen«, sagte er verächtlich. »Er fragte mich, wozu wir den neuen Kasten brauchten – er sah, wie ich damit auf der Straße fuhr. Dem alten Teufel entgeht doch auch nichts.«

»Warum sind Sie denn auch damit auf die Straße hinausgefahren?«

»Ich wollte den Motor ausprobieren. Ich hatte das Flugzeug aufgeladen – es ist gestern geliefert worden. Und ich bin auf den Flugplatz gefahren und habe die Tragflächen montiert. – Von wo aus wollen wir denn abfliegen?«

»Von Goodies Landsitz aus. Ich wünschte nur, daß sein Haus in Sussex läge, dann hätten wir einen kürzeren Weg. Aber Goodies Wiesen liegen sehr einsam. – Wird denn das Flugzeug zwei Passagiere tragen?«

»Wie kann man einen solchen Unsinn fragen! Es gehen auch vier Leute hinein. Eine großartige Maschine!«

Die Freundschaft zwischen dem Doktor und diesem ungehobelten Diener hatte ihre besondere Veranlassung. Stoover wußte um manche dunkle Punkte in Blanters Leben und hatte mit ihm gemeinsam manche dunkle Tat begangen. Hätte Luke davon gewußt und Blanters Akten daraufhin noch einmal sorgfältig durchgelesen, so hätte er gemerkt, daß Stoover derselbe war, der damals mit Dr. Blanter zusammen vor Gericht stand. Nur mit knapper Not entging Blanter seinerzeit der Strafe; Stoover wurde zu fünf Jahren Zuchthaus verurteilt. Aber Luke hatte keine Ahnung, daß es derselbe Mann war, der damals unter dem Namen ›John Ernest‹ verurteilt worden war und jetzt ein bequemes Leben in Blanters Haus führte.

Wenn Stoover betrunken war, sagte er gelegentlich dem Doktor, daß er ihm lebenslänglich Zuchthaus verschaffen könne.

»Wie steht es denn eigentlich mit dem Cambridgeshire-Rennen? Wird es klappen?« fragte der Diener und goß sich wieder eine Portion Whisky ins Glas.

»Goodie meint, es sei alles in Ordnung, seitdem wir diesen

unverschämten Rustem an die Kette gelegt haben. Das war allerdings ein gemeingefährlicher Kerl.«

»Was wollen Sie denn mit ihm machen?«

Blanter hatte nicht die Absicht, allzuviel zu verraten.

»Das werden wir ja sehen. – Haben Sie alles für morgen vorbereitet?«

Stoover nickte.

»Ich habe einen französischen Chauffeur engagiert und auch das Transportauto gemietet. Vielleicht brauchen wir es aber gar nicht.«

»Das wird sich alles zeigen«, erwiderte Blanter kurz. »Also, ich verlasse mich auf Sie, Stoover. Sie müssen die Zeit richtig festsetzen. Sorgen Sie dafür, daß alles klappt, denn wenn die Sache schiefgeht . . .« Er zuckte mit den Schultern.

»Sie können sich auf mich verlassen. Soll ich in den Keller gehen und noch eine Flasche holen, oder wollen Sie es tun?«

»Da Sie mein Diener sind, wäre es wohl schicklich, daß Sie auch etwas täten für Ihr Geld«, entgegnete der Doktor gutmütig.

Dennoch erhob er sich selbst und ging hinunter. In den nächsten vierundzwanzig Stunden mußte er diesem Mann noch vertrauen; es lohnte sich daher, ihn in guter Stimmung zu halten.

19

Für Luke dauerte eine Fahrt niemals zu lange, er hatte immer sehr viel nachzudenken. Als er daher in Newmarket ankam, glaubte er, daß er eben erst in sein Auto gestiegen sei.

Obwohl das Wetter nicht sehr gut war, herrschte doch ein ziemlich lebhafter Verkehr auf den Straßen. Luke fuhr mit mehreren anderen Wagen zu gleicher Zeit beim Eingang zu den Tribünen vor, hielt vor einem kleinen Nebeneingang und schlüpfte unbemerkt hinein. Der Sattelplatz war schon stark belebt, obgleich die Nummern für das erste Rennen noch nicht aufgezogen waren.

In diesem Jahr interessierten sich die Leute sehr für das Cambridgeshire-Rennen. Es war ein halbes Dutzend bekannte Pferde genannt, die teilnehmen sollten, und die Wetten waren in diesem Jahr besonders hoch. Luke ging zu den Vertretern der Rennbehörde und hatte eine halbstündige Unterredung mit ihnen. Als er dann wieder auf den Rennplatz hinaustrat, hatte sich eine ungeheure Menge von Zuschauern eingefunden.

Das erste Rennen sah er nicht, aber er machte während der Zeit eine Runde bei all den Beamten, die er an den Ausgängen aufgestellt hatte. Goodie hatte er bereits gesehen, und während er zwischen den Posten umherging, fuhr Dr. Blanter in seinem großen Rolls-Royce vor, stieg aus und kam durch das Haupttor.

»Das ist der Wagen, auf den Sie aufpassen müssen«, sagte Luke zu den Beamten. »Wenn es notwendig ist, bringen Sie den Motor in Unordnung.«

Er wußte, daß er sich mit Blanter sehr in acht nehmen mußte. Der Doktor war ein genialer Mensch, der leider seine Begabung in einer falschen Richtung verwandte. Bisher war es ihm stets gelungen, seine Spuren zu verwischen, und als kluger Feldherr hatte er bestimmt für einen sicheren Rückzug gesorgt. Als er das erstemal in Verdacht geraten war, hatte er sich Luke gegenüber gerühmt: ›Ich sehe alles voraus, was Sie vorhaben; aber Sie wissen nicht, welche Schritte ich unternehmen werde. Deshalb werde ich Ihnen immer überlegen sein.‹

Bevor das Cambridgeshire-Rennen stattfand, war der Sattelplatz ungewöhnlich stark belebt, und es war unmöglich, in die Nähe der Pferde zu kommen. Als Luke wieder auf die Rennbahn kam, hörte er, daß ›Weiße Lilie‹ als starker Favorit angesehen wurde. Die Wetten standen fünf zu eins, aber man konnte bei keinem Buchmacher mehr eine Wette auf das Pferd abschließen. Verschiedentlich hörte er, wie die Buchmacher Leute aus dem Publikum abwiesen.

Bei diesem Rennen fand keine vorherige Parade der Pferde statt, aber als sie zum Start aufbrachen, sah Luke ein wunderbares Tier.

»Das ist der Gewinner – der sieht so aus, als ob er noch einen ganzen Omnibus mitschleppen und trotzdem als erster durchs Ziel gehen könnte«, sagte jemand neben ihm.

Keins der anderen Pferde konnte sich mit ›Weiße Lilie‹ vergleichen. Luke sah die aufgezogenen Zahlen und bemerkte, daß ›Weiße Lilie‹ Platz Nr. 1 hatte – den besten im ganzen Rennen.

Er stieg die Tribüne hinauf, um das Rennen zu beobachten. Beim Start gab es noch eine lange Verzögerung. Es war sehr schwer, die Pferde alle in eine Reihe zu bringen; zwei scheuten vor der Schnur, und ein drittes hatte es sich in den Kopf gesetzt, das Rennen in umgekehrter Richtung zu beginnen. Die anderen mußten warten, bis es wieder eingefangen und zurückgebracht worden war.

»Sie sind gestartet!« erscholl es dann plötzlich wie ein weithin dröhnender Kanonenschuß aus Tausenden von Kehlen.

Es war ein herrlicher Anblick, als die Pferde in einer Geraden, wie mit der Schnur ausgerichtet, am Publikum vorbeijagten. ›Weiße Lilie‹ zeigte eine großartige Form. Es war Luke und tausend anderen Sachverständigen klar, daß dieses Pferd das Rennen gewinnen würde. Tatsächlich ging es auch mit drei Längen Vorsprung durchs Ziel.

Luke eilte auf den Sattelplatz und wartete dort. Er sah, wie Goodie langsam zu dem Platz ging, der für das siegreiche Tier reserviert war. Gleich darauf erschien auch der Jockei auf ›Weiße Lilie‹ über den Köpfen der Menge und ritt das Pferd in den abgegrenzten Raum. Goodie faßte es am Zügel und führte es, während der Jockei abstieg und den Sattel abschnallte. Dann gingen sie zusammen zur Waage.

Luke folgte ihnen auf den Fersen. Blanter konnte er nicht sehen, aber er zweifelte nicht daran, daß sich der Doktor irgendwo in der Nähe aufhielt.

Der Jockei setzte sich bereits auf die Waage, als Luke einem Beamten einen Zettel reichte, den dieser durchlas.

»Protestieren Sie gegen das Pferd, Mr. Luke?«

»Ja, und zwar, weil es nicht ›Weiße Lilie‹ ist, sondern aus Argentinien importiert wurde und den Namen ›Vendina‹ führt. Es wurde durch einen deutschen Stall von Señor Garcia angekauft.«

In Goodies Gesicht regte sich kein Muskel; der Mann blieb vollkommen ruhig.

»Das ist eine ganz blödsinnige Beschuldigung«, sagte er langsam. »Die Streitfrage wird ja von der Rennbehörde entschieden werden. Ich stehe zur Verfügung.«

Er ging von der Waage fort, und Inspektor Luke hielt sich dicht hinter ihm. Es wurden keine Anstalten getroffen, Goodie anzuhalten, bis er außerhalb der Umfriedung war. Dann traten verschiedene Beamte von Scotland Yard auf ihn zu.

Lukes Wachtposten bemerkten Blanter erst, als er aus dem Rennbüro herauskam und zu den geparkten Autos ging. Die Tatsache, daß der Chauffeur nicht auf dem Führersitz von Blanters Wagen saß, machte sie unachtsam. Ein großer französischer Wagen fuhr an dem Doktor vorbei; einen Augenblick kam dieser außer Sicht, und nachher war er verschwunden. Erst als das Auto die äußeren Tore passiert hatte, merkten die Beamten, was geschehen war. Blanter hatte vorsichtigerweise zwei Autos auffahren lassen und war in das zweite gesprungen. Nun hatte er bereits einen Kilometer Vorsprung.

Luke kam gleich darauf dazu und hörte, was geschehen war. Er verlor keine Zeit damit, den Leuten Vorwürfe zu machen, sondern sprang sofort auf das Trittbrett des Polizeiwagens, der sich bereits in voller Fahrt befand, um die Verfolgung aufzunehmen. Der Franzose war inzwischen außer Sicht gekommen. Sie konnten auch der Polizei von Cambridgeshire, die die Straßenkreuzungen bewachte, kein Signal geben. Der Wagen schlug die Richtung nach London ein. Die Entfernung zwischen beiden mochte etwa achthundert Meter betragen, und sie fuhren mit ungefähr gleicher Geschwindigkeit. Die Straßenkreuzung vor dem Ort hatten sie bereits passiert und rasten auf Six Mile Bottom zu. Und nun zeigte sich die Voraussicht Dr. Blanters, der mit größter Klugheit seinen Rückzug gedeckt hatte. Ein großes Lastauto, das vorher am Rand der Straße gestanden hatte, fuhr plötzlich quer über die Straße und sperrte den Verkehr. Die Sache war so gut inszeniert, daß Luke zunächst an einen Zufall glaubte. Das Lastauto bewegte sich erst, als der Wagen des Doktors vorbeigefahren war. Einer der Beamten sprang vom Polizeiwagen auf das Trittbrett des anderen Autos und schwang sich neben den Chauffeur.

»Sie sind verhaftet! Fahren Sie sofort aus dem Weg, oder ich schlage Ihnen mit dem Gummiknüppel eins über den Schädel!«

Als die Straße wieder frei war, konnten sie Blanters Wagen nicht mehr sehen. Gleich darauf hatten sie noch ein anderes Hindernis zu überwinden: Ein großer Pferdetransportwagen versperrte ihnen den Weg, fuhr jedoch ohne Eile gemächlich zur Seite und ließ sie passieren.

Blanter hatte allem Anschein nach eine Gefahr übersehen: Die Eisenbahnschranken in Six Mile Bottom konnten geschlossen sein!

Das war auch tatsächlich der Fall, als Luke näher kam. Sie wurden erst wieder geöffnet, als das Polizeiauto schon auf hundert Meter herangekommen war. Beide Wagen jagten nun in schnellstem Tempo die Straße entlang, und die Polizeibeamten holten dauernd auf. Bei der Kreuzung der Straßen nach Royston und Newport überholten sie schließlich den französischen Wagen und fuhren in scharfem Bogen vor. Luke kannte den Chauffeur nicht; der Mann war ihm fremd. Sofort sprang er ab, eilte zu dem anderen Auto und riß die Tür auf.

»Kommen Sie heraus, Doktor!«

Aber der Wagen war leer. Auf dem Boden lag eine Eintrittskarte zum Rennen. Luke hob sie auf und sah, daß ein paar Worte auf die Rückseite geschrieben waren. Der Doktor mußte sie während der Fahrt hingekritzelt haben, und allem Anschein nach war die Nachricht für Luke bestimmt.

Ich habe das alles vorausgesehen. Es tut mir leid, daß ich Sie so enttäuschen mußte.

Luke verhaftete den Chauffeur, fuhr dann nach Six Mile Bottom zurück und stellte dort Nachforschungen an. Es gab keine andere Möglichkeit: Nur an dieser Stelle konnte Dr. Blanter entkommen sein. Wahrscheinlich hatte er den Zug erreicht, für den die Schranken geschlossen worden waren.

Zu seinem Erstaunen hörte er jedoch, daß niemand aus dem

Wagen gestiegen war und der Zug auf der Station überhaupt nicht gehalten hatte.

»Ich möchte auch einen Eid darauf leisten, daß das Auto leer war. Ich habe nämlich hineingesehen, während es vorüberfuhr«, sagte einer der Eisenbahnbeamten.

Wenn tatsächlich niemand im Wagen gesessen hatte, als dieser Six Mile Bottom erreichte, wo war es dann Dr. Blanter gelungen, zu entkommen? Luke dachte scharf nach. Es konnte nur bei einer Gelegenheit gewesen sein, und zwar, als das große Transportauto den Weg versperrte. Dr. Blanter hatte währenddessen Zeit genug gehabt, langsamer zu fahren oder gar anzuhalten. Aber wohin konnte er geflohen sein? In der Nähe war kein Haus zu sehen gewesen; es war eine völlig freie Gegend. Blanter war auch viel zu schlau, sich im Wald zu verstecken.

Als Luke zum Rennplatz zurückkam, war die Menschenmenge dort in einer furchtbaren Aufregung. Das Pferd war nicht disqualifiziert, sondern die Entscheidung der Obersten Rennbehörde auf einen späteren Zeitpunkt verschoben worden. Goodie hatte man zur Polizeistation der Stadt gebracht, ohne daß er Protest eingelegt hätte. Luke suchte Goodie in der Zelle auf, aber er konnte nichts von ihm erfahren. Goodie schwieg und schien sich überhaupt nicht für das Schicksal seines Partners zu interessieren. Er kümmerte sich auch wenig darum, was aus ihm selber werden würde. Luke nahm ihn mit nach London, nachdem ihm die Hände gefesselt worden waren, und brachte ihn zur Polizeistation in der Cannon Row.

Die Lage war durchaus noch nicht geklärt, und nach Meinung eines höheren Polizeibeamten war es nicht ausgeschlossen, daß Goodie vom Gericht freigesprochen werden würde. Die Rennbehörde hatte eine ungewöhnliche Haltung eingenommen, indem sie die Entscheidung vertagte. Allerdings handelte sie richtig, denn sie mußte warten, bis die Polizei unwiderlegliche Beweise vorbrachte. Die Verwirrung unter den Besuchern der Rennbahn war erklärlich. Niemand wußte, ob das erste oder das zweite Pferd gewonnen hatte.

»Seien Sie unbesorgt, ich werde einwandfreie Beweise bringen«, erklärte Luke seinem Vorgesetzten.

Am liebsten hätte er Goodies Haus versiegeln lassen, aber eine technische Schwierigkeit verhinderte das. Goodies Haus lag im Gebiet einer anderen Polizeistation, und schon früher hatte es Auseinandersetzungen zwischen Scotland Yard und den Provinzialbehörden gegeben, wenn sich die Londoner Polizei ungebeten einmischte. Deshalb entschloß man sich, diese Angelegenheit der örtlichen Behörde zu überlassen. Aber Luke setzte sich sofort mit der Kriminalpolizei von Berkshire in Verbindung; ihm war ein guter Gedanke gekommen. Eine Folge seiner Verständigung mit den dortigen Beamten war es, daß das Haus während der Nacht nicht einmal von der Polizei betreten wurde.

Mr. Trigger wurde nach Scotland Yard gerufen, um das Wesen der Transaktionen genau darzulegen. Wie Luke schon erwartet hatte, konnte der Mann nachweisen, daß er mit all den Schiebungen nichts zu tun hatte und nur den organisatorischen und verwaltungsmäßigen Teil des Geschäftes erledigte.

Das Haus Dr. Blanters wurde zum zweitenmal durchsucht und von der Polizei besetzt. Daß Blanter den Versuch machen würde, nach London zu kommen, erwartete Luke nicht. Er glaubte vielmehr, daß der Arzt einen Hafen erreichen wollte, um von dort aus mit dem Schiff nach dem Kontinent zu entkommen. Alle Polizeistationen in den großen Häfen wurden daher verständigt.

Luke war dankbar, daß er wenigstens so viel erreicht hatte. Goodie saß im Gefängnis, Blanter war auf der Flucht, und damit war seiner Meinung nach die Gefahr für Edna Gray beseitigt.

Rustem war nirgendwo aufgetaucht. Wahrscheinlich hatte er sich auf irgendeine Besitzung im Innern des Landes zurückgezogen. Luke nahm an, daß sie irgendwo in der Nähe von Edinburgh liegen müsse.

Pilcher antwortete auf die Fragen der Polizei, daß er nichts von dem Aufenthaltsort seines Herrn wisse. Rustem hatte seinem Angestellten an dem Tag, an dem er verschwand, nur gesagt, daß er nicht ins Büro kommen würde.

Später wurde in Rustems Wohnung festgestellt, daß Pilcher

die Wahrheit gesprochen hatte. Wenn Rustem außer Landes geflohen wäre, hätte er sicherlich die zweitausend Pfund mitgenommen, die die Polizei in den Schubladen seines Schreibtisches fand.

Man machte der Polizei einen Vorwurf daraus, daß sie nicht sofort das Haus Mr. Goodies besetzt hatte. Es lag allerdings ziemlich einsam und in großer Entfernung von Scotland Yard, und Beamte hatten für diesen Zweck nicht gleich zur Verfügung gestanden. Man konnte auch nicht annehmen, daß Blanter so kühn sein würde, sich an einen Platz zu begeben, wo er sicher Polizeibeamte treffen mußte. Alle Beschuldigungen wären jedoch überflüssig gewesen, wenn die Unterredung bekanntgeworden wäre, die Inspektor Luke mit der Polizeibehörde in Berkshire gehabt hatte. Er hatte dabei die großen Tiere erwähnt, die auf Goodies Grundstück untergebracht waren.

Es war ungefähr acht Uhr abends, als Lane ein großes Auto sah, wie es zum Transport von Rennpferden verwendet wurde. Der Wagen fuhr aus dem Tor von Goodies Grundstück und verschwand in südlicher Richtung. Das war kein ungewöhnliches Vorkommnis am Abend eines Renntages. Lane dachte sich deshalb auch nichts dabei. Er sah außerdem auch nicht, daß die beiden Scheinwerfer ausgeschaltet wurden, als der große, schwere Wagen von der Straße abbog.

Er enthielt keine Pferde, vielmehr hatte Dr. Blanter den ganzen Weg in dem kleinen, abgesonderten Raum geschlafen, der im Wagen für den Stallknecht vorgesehen war. Der Chauffeur sprang vom Sitz und öffnete die hintere Tür des Wagens.

»Wir sind am Ziel«, rief er ins Innere.

Dr. Blanter erhob sich; er streckte sich, denn er hatte zusammengekauert gelegen. Der Wagen war durch Newmarket gefahren und hatte einen Umweg über Cambridge gemacht.

Hätte Luke genauere Nachforschungen angestellt, so würde er herausgebracht haben, daß dies der Wagen war, der zwischen Six Mile Bottom und dem Rennplatz auf der Chaussee gestanden hatte, ebenso wie das andere große Lastauto, das ihm den Weg versperrte. Aber nicht im Traum hätte er sich einfallen lassen, daß ein unschuldig aussehender Transportwagen in der

Richtung auf den Rennplatz den Verfolgten aufgenommen hatte. Durch diesen einfachen Trick hatte sich Dr. Blanter der sofortigen Verhaftung entzogen. Er war nicht nach Goodies Haus gefahren, um sich hier zu verstecken, sondern weil er voraussah, daß Luke in der ersten Aufregung übereilt handeln und nicht auf Edna Gray aufpassen würde. Darin täuschte er sich auch nicht. Außerdem konnte er auf den weiten Wiesenflächen am besten mit dem Flugzeug starten, das in dem großen Transportwagen verstaut war. Kurz vor Morgengrauen wollte er zum Kontinent hinüberfliegen.

Goodies Haus war jetzt vermutlich von der Polizei besetzt worden. Aber bestimmt hatte man Rustem nicht gefunden und ihm keine Gelegenheit geben können, seine Geschichte zu erzählen. Blanter wußte, daß sein eigenes Schicksal besiegelt war, wenn es ihm nicht gelang, mit dem Flugzeug England zu verlassen. Er zweifelte nicht im mindesten daran, daß er Erfolg haben würde.

Die Polizei hatte wahrscheinlich auch schon die beiden großen Tiere entdeckt. Er lächelte bei dem Gedanken. Die Bestien würden den Polizisten von Berkshire einen hübschen Schrecken eingejagt haben! Wie mochten die Leute wohl mit ihnen fertig geworden sein?

Der große, leere Wagen auf den Wiesen würde wahrscheinlich erst gegen Morgen entdeckt werden, lange nach dem Start. Stoover hatte im Krieg bei den Fliegern gedient und sich auch später als Pilot betätigt. Er war es gewesen, der dem Doktor geraten hatte, mit dem Flugzeug das Land zu verlassen.

Die großen, ausgedehnten Wiesen waren wie geschaffen für diesen Zweck; es war von jeher Blanters Absicht gewesen, von hier aus zu starten. Trotz seiner Körperschwere konnte er sehr leise gehen. Der Pferdeknecht, der im Stall von Longhall House schlief, sah und hörte nichts von ihm, als er vorüberkam. Blanter suchte die Lage des Hauses auszukundschaften. Wie er wußte, hatte Edna Gray außer Lane zwei männliche Dienstboten. Es war auch zu seiner Kenntnis gelangt, daß es sich um frühere Polizeibeamte handelte, die Luke besonders ausgewählt hatte, um Edna zu beschützen.

Nach langem Suchen fand er endlich eine Leiter auf dem Hof und lehnte sie an die Wand, und zwar in der Nähe des offenen Fensters, das zu Ednas Schlafzimmer gehörte. Diese Zimmer hatte er selbst bewohnen wollen, wenn es ihm gelungen wäre, den Landsitz zu kaufen; es war Dr. Blanter gewesen, in dessen Auftrag Rustem Miss Gray das fabelhafte Angebot gemacht hatte.

Plötzlich hörte er ein Geräusch. Er blieb ruhig stehen und rührte sich nicht. Erst nach einigen Augenblicken drückte er sich tiefer in den Schatten der Wand.

Von seinem Standpunkt aus konnte er die Ecke des Stalls überblicken. Das Licht, das im Innern brannte, fiel durch die offene Tür, und der Schein wurde von den glatten Steinen zurückgeworfen, mit denen der Hof belegt war.

Blanter hörte, daß Edna mit dem Pferdeknecht sprach. Allem Anschein nach war sie aus der Haustür herausgekommen und über den Rasen zum Stallgebäude gegangen. Sie gab dem Mann den Auftrag, ihr Pferd am nächsten Morgen frühzeitig zu satteln.

Er schlich sich an der Mauer entlang, bis er an die Hausecke kam. Nun konnte er ihren Rücken sehen; sie trug einen langen, dicken Mantel, aber keinen Hut.

Ein Pferd im Stall wurde unruhig, und der Knecht ging hinein, um nachzusehen. Edna Gray blieb noch eine Weile stehen und schaute nach dem Stall hinüber, dann ging sie zur Haustür. Aber im letzten Augenblick änderte sie ihre Absicht und wandte sich nach links, so daß sie direkt auf Blanter zukam. Ihn sah sie nicht, wohl aber die Leiter, die sich dunkel vom Abendhimmel abhob. Er hörte, daß sie einen leisen Ruf der Verwunderung ausstieß, dann faßte er einen kurzen Entschluß und sprang auf sie zu. Sie fühlte, daß sich eine große Hand auf ihren Mund preßte und daß ein Arm sie umfaßte.

»Wenn Sie Lärm machen, erwürge ich Sie«, flüsterte er ihr ins Ohr.

Sie machte die größten Anstrengungen, sich aus seinem Griff zu befreien, aber sie konnte nicht gegen ihn ankommen und brach wenige Sekunden später ohnmächtig zusammen. Er hörte, daß eine Tür zugeschlagen wurde, und schaute sich vorsichtig um. Schwere Tritte wurden auf dem Hof laut. Blanter trug Edna bis zur nächsten Hausecke und bemerkte, daß der Stallknecht auf das Haus zu verschwand.

Schnell entschlossen hob er Edna auf, eilte am Stall vorüber und ging durch eine Seitentür. Miss Gray war noch bewußtlos, als er das große Lastauto erreichte. Stoover, der eben einen Schluck aus einer Thermosflasche genommen hatte, sprang auf.

»Haben Sie das Mädel tatsächlich geschnappt?« fragte er. »Das war allerdings Glück, Doktor. Geben Sie her, ich werde es tragen.«

»Das ist nicht nötig«, entgegnete Blanter kurz.

Sie gingen in der Dunkelheit weiter und waren fast an der Stelle angekommen, von der sie starten wollten, als Edna zu stöhnen begann. Er fühlte auch, daß sie sich in seinen Armen bewegte. Einen Augenblick setzte er sie nieder, suchte in seinen Taschen und nahm dann einen kleinen Kasten heraus.

Er war es so gewohnt, anderen Leuten Morphiumspritzen zu geben, daß er kein Licht dazu brauchte. Der scharfe Stich in ihren Unterarm brachte Edna das Bewußtsein zurück. Dann beobachteten die beiden Männer, wie sie langsam die Besinnung wieder verlor.

»Im Haus ist niemand«, sagte Stoover leise. »Ich bin hineingegangen und habe mich überall umgesehen.

»Wie haben Sie denn das gemacht?« fragte der Doktor scharf.

»Ich habe das Schloß am Gittertor geöffnet, Das war ganz leicht.«

»Haben Sie die Tür offengelassen?«

»Nein, ich habe sie wieder zugeklinkt. Warum fragen Sie?«

Er hörte, wie der Doktor schnell atmete.

»Es ist nichts – kommen Sie mit.«

Er bückte sich, hob Edna auf, trug sie eine lange Strecke und legte sie erst wieder auf den Boden, als sie bei dem schweren, eisernen Gittertor angekommen waren, das den Zugang zu den Perrywig-Höhlen versperrte. Der Doktor schloß auf, und sie gingen zusammen hinein. Dann machten sie die Tür wieder leise hinter sich zu.

»Wenn Sie an der Wand entlangtasten, finden Sie eine Vertiefung. Darin steht eine Laterne. Zünden Sie die aber erst an, wenn ich es Ihnen sage.«

Die Höhle lief etwa fünfzig Meter gerade in den Felsen hinein und wandte sich dann in großem Bogen nach rechts. An dieser Stelle befand sich ein zweites Tor, das sie ebenfalls aufschlossen.

»Sie können jetzt die Laterne anzünden.«

Die Höhle, in der sie sich befanden, war doppelt so hoch wie ein gewöhnliches Zimmer. Hier stand ein großer, schneller Wagen, der mit Segeltuch zugedeckt war. Ringsum an den Wänden waren kleine Kammern in den Felsen eingehauen. Blanter setzte Edna ab, so daß sie mit dem Rücken an der Wand lehnte. Dann trat er an eine der Öffnungen im Felsen und leuchtete dem darin liegenden Mann mit der Laterne ins Gesicht.

»Wachen Sie auf, Arthur«, sagte er.

Rustem, der zusammengekauert auf einem Bund Stroh lag, fuhr auf und sah den Doktor verschlafen an. Von allen Menschen fürchtete er Blanter am meisten.

»Hallo, Doktor!« erwiderte er und nahm sich zusammen, um seine Furcht nicht zu zeigen. »Solche Methoden, wie Sie sie gegen mich anwenden, gehören aber nicht in die moderne Zeit, sondern ins Mittelalter. Was soll denn das eigentlich heißen?«

Als er seine Beine bewegte, schlugen Ketten aneinander, und beim Schein der Laterne war ein eiserner Ring an Rustems Fußgelenk zu sehen, an dem die Kette befestigt war.

»Sie müssen doch zugeben, Doktor, daß Sie keinen Grund haben, mich zu verdächtigen –«

»Halten Sie den Mund«, erwiderte Blanter ungerührt. »Ich will Ihnen nur mitteilen, was inzwischen passiert ist. Man hat Goodie verhaftet und ist hinter mir und Ihnen her.«

Rustem sah sehr angegriffen und elend aus. Unsicher erhob er sich. Die Kette war ziemlich lang, so daß er sich frei in der Höhle bewegen konnte.

»Was hat denn die Polizei gegen uns?«

»Ich weiß nicht, worum es sich handelt, aber ich kann mir denken, um was es geht. Sie werden uns wegen Mordes anklagen. Und wir sind alle daran beteiligt. Nur Sie nicht.«

»Nein, ich nicht«, entgegnete der Gefangene und machte nervöse Bewegungen mit den Händen. »Ich habe nichts von alledem gewußt, und ich habe ja auch damals darauf bestanden –«

»Ich sagte doch schon: nur Sie nicht. Sie würden an dem Prozeß nur als Kronzeuge teilnehmen, und das spricht natürlich nicht zu Ihren Gunsten«, erklärte Blanter mit sanfter Stimme. »Ich habe Ihnen hier eine kleine Freundin gebracht, aber sie soll Ihnen nicht Gesellschaft leisten – den Gedanken können Sie sich gleich aus dem Kopf schlagen.«

Rustem sah sich um und entdeckte Edna.

»Das ist ja Miss Gray!« sagte er erschrocken.

»Nennen Sie sie ruhig Edna. Wenn Sie erst erledigt sind, werden wir uns ein wenig mit ihr amüsieren – ich meine, Stoover und ich.«

Blanter sah ihn belustigt an, dann grinste er.

Rustem war ein Feigling, aber weil er ohnehin in Todesgefahr schwebte, fühlte er plötzlich keine Furcht mehr. Ihm fiel auf, daß Miss Gray die Besinnung wiedererlangt hatte und alles hörte, was gesprochen wurde. Sie hatte den Kopf gesenkt und hielt sich ähnlich wie Goodie. Ein lächerlicher Vergleich! Rustem hätte lachen mögen, aber er fürchtete, daß seine Nerven dann versagten. Und wenn das geschah, war er verloren. Er kannte Blanter besser als irgendein anderer und wußte, daß dieser Mann ihn dann ohne Zögern ermorden würde.

Der Doktor nahm einen Schlüsselbund aus der Tasche und suchte einen Schlüssel aus.

»Wir wollen Sie ein paar Minuten von Ihren mittelalterlichen Qualen erlösen. Dafür will ich meine kleine Freundin anketten. Ich kann Ihnen ja auch verraten, daß es neue Eisen sind. Die letzten wurden von Ihrem Vorgänger hier zerbrochen.«

»Sie wollen mich erlösen? Sie meinen doch nicht etwa –«

»Doch, das meine ich. Sie sind zu gefährlich, Rustem, und außerdem können Sie sich nicht beherrschen. Es ist besser – für uns alle. – Natürlich tut es uns leid, daß wir Sie verlieren«, fügte er spöttisch hinzu. »Warten Sie einen Augenblick.«

Rustem sah, daß Blanter in seiner Westentasche herumsuchte, und unterbrach ihn.

»Doktor, vor langer Zeit haben Sie mir einmal etwas von einem Gift erzählt – Kelacin. Sie sagten damals, wenn Sie sich jemals das Leben nehmen würden, wollten Sie dieses Mittel gebrauchen.«

Blanter lächelte.

»Ihr Gedächtnis ist geradezu wunderbar!«

Er nahm eine kleine Schachtel aus der Westentasche, öffnete sie und zog eine Glasröhre heraus.

»Ich freue mich, daß Sie vernünftig sind und keinen Spektakel machen. Ich muß sagen, daß ich Ihre Wünsche vorausgesehen habe. Kelacin ist tatsächlich die Medizin, die ich Ihnen verschreibe.«

Edna beobachtete alles, was sich vor ihren Augen abspielte. Sie war so starr vor Schrecken, daß sie keinen Laut hervorbringen konnte. Sie hatte Rustem erkannt, und die lange Kette, an die er gefesselt war, erklärte ihr den Zusammenhang.

Es standen einige Möbelstücke in der Höhle, offenbar befand sich auch eine Wasserleitung in der Nähe, denn der Doktor verschwand und kam bald darauf mit einem halbgefüllten Wasserglas zurück, von dem er etwas auf den Boden schüttete.

»Wie wirkt denn das Mittel?« fragte Rustem mit erzwungener Ruhe.

Der Doktor antwortete nicht, aber ein Tropfen nach dem anderen fiel aus dem Hals der kleinen Röhre in das Wasserglas.

»Ein Tropfen verursacht vollkommene Lähmung, bei zwei oder drei Tropfen sterben Sie – je nach der Stärke Ihrer Konstitution. Ich gebe Ihnen sechs – oder vielmehr, Sie nehmen aus freien Stücken sechs.«

»Geben Sie mir sechzig«, entgegnete Rustem gefaßt. »Wenn es schon sein muß, soll es schnell vorübergehen.«

Der Doktor lächelte.

»Das ist tapfer von Ihnen«, sagte er und leerte den ganzen Inhalt des Fläschchens ins Glas.

Stoover schaute fasziniert zu. Edna konnte sehen, wie Rustem das Glas mit zitternden Händen gegen das Licht hielt.

»Wollen Sie mir nicht vorher wenigstens die Fesseln abnehmen? Ich möchte nicht in Ketten sterben.«

Blanter warf ihm einen schnellen Blick zu, nahm dann einen Schlüssel vom Bund und erfüllte den Wunsch.

»Ich danke Ihnen.«

Rustem war sehr höflich, und hätte seine Hand nicht so sehr gezittert, würde man überhaupt nicht gemerkt haben, daß er aufgeregt war.

»Bevor ich sterbe, will ich Ihnen noch ein Geheimnis anvertrauen.« Bei diesen Worten beobachtete er den Doktor scharf. »Wäre ich diesem Schicksal entkommen, so wäre ich in ein Kloster gegangen.«

Blanter zog die Augenbrauen hoch und öffnete den großen Mund.

Es war eine Grimasse, die er immer schnitt, wenn er sich über etwas amüsierte. Gewöhnlich folgte darauf ein dröhnendes Lachen. Rustem wußte das, und als Blanter den Mund öffnete, machte er eine scharfe Bewegung mit dem Handgelenk und goß ihm den Inhalt des Glases ins Gesicht. Blanter taumelte zurück, faßte mit der Hand nach der Tasche, stieß einen Schmerzensschrei aus und sank dann auf die Knie, während sich sein Gesicht unverzüglich blau färbte und er nach Luft zu ringen anfing.

Stoover sprang hinzu und packte ihn am Arm; Rustem eilte zu Edna und riß sie hoch.

»Laufen Sie!« schrie er ihr zu.

Das Tor stand auf, und er warf es zu, als sie draußen waren. Das äußere Tor war verschlossen, aber er hatte den Schlüssel vom Boden aufgenommen, den der Doktor hatte fallen lassen. Mit zitternden Händen bemühte er sich, es zu öffnen.

Endlich gelang es ihm.

Er hörte Schritte hinter sich und hatte nicht mehr den Mut, stehenzubleiben und wieder zuzuschließen. Er lief, so schnell er nur laufen konnte.

»Kennen Sie den Weg zu Ihrem Haus?« fragte Rustem atemlos.

Vor Furcht und Schwäche konnte sich Edna kaum aufrecht halten. Sie murmelte nur ein paar unverständliche Worte.

Jemand eilte hinter ihnen her – wahrscheinlich war es Stoover. Edna erschien es unmöglich, daß sie lange bei Kräften bleiben würde. Ihr Haus lag noch weit entfernt, und der Boden war so uneben, daß sie dauernd stolperte.

Rustem sah über die Schulter, und zu seinem größten Schrekken erkannte er den Doktor.

Als sie die Ecke des Drahtzauns erreicht hatten, taumelte Edna. Der Zaun gab nach, und nun sah sie, daß es eine Tür war. Rustem bemerkte die Zuflucht gleichfalls, eilte hinter ihr her und warf die Tür zu. Aber das Schloß schnappte nicht ein.

Sie eilte weiter und hörte, daß hinter ihr Leute aneinandergerieten. Plötzlich blieb sie starr vor Schrecken stehen. Sie hatte nicht einmal mehr die Kraft zu schreien; entsetzliche Furcht lähmte sie. Im Dunkel sah sie grüne, funkelnde Augen vor sich, dann hörte sie wildes Schreien, so daß ihr das Blut in den Adern gerann.

Die beiden großen schwarzen Tiere, die sie für Hunde gehalten hatte, waren Panther!

Bewußtlos brach Edna zusammen.

Aber nicht sie hatte die Aufmerksamkeit der beiden wilden Tiere erregt, sondern die zwei Männer, die am Boden miteinander rangen. Fauchend sprangen die Bestien auf die beiden los. Blanter hatte gerade noch Zeit, sich aufzurichten. Zweimal feuerte er, und der eine Panther heulte wild auf. Dann sprang der andere zu. Als er mit den Tatzen zuschlug, fielen in der Nähe zwei Schüsse, und das Raubtier sank, zu Tode getroffen, neben seinem Gefährten nieder.

20

Edna war es, als ob sie aus einem bösen Traum erwachte. Sie versuchte, sich auf der Couch, auf der sie lag, aufzurichten. Alles drehte sich um sie, und sie fühlte sich merkwürdig schwach. Jemand rieb ihre Stirn und ihren Nacken mit Eau de Cologne ein.

»Bleiben Sie ruhig liegen«, sagte Luke.

Als sie die Augen wieder öffnete, bemerkte sie, daß er auf einem Stuhl neben ihrem Lager saß. Er sah müde und übernächtigt aus. Das war auch nicht verwunderlich, denn er war im Augenblick höchster Not dazugekommen und hatte im Dunkeln den zweiten Panther durch zwei Schüsse niedergestreckt. Seine Aufregung war zu verzeihen; er hatte ja nicht gewußt, ob das Geschoß die Bestie oder ihr Opfer treffen würde. Und das Opfer konnte die Frau sein, die er über alles liebte. Es war zwei Uhr morgens, als sie wieder vollkommen zu sich kam und wissen wollte, wie sich alles zugetragen hatte.

»Aber Sie müssen auch vollkommen ruhig bleiben.«

»Das verspreche ich Ihnen.«

»Also, ich kam hierher – ich hatte eine Ahnung, daß hier nicht alles in Ordnung war. Allerdings wußte ich nicht, daß ich einen Panther erschießen müßte und daß ich Sie hier in solcher Gefahr finden würde.«

Er versuchte gleichgültig zu sprechen, aber sie hörte doch am Ton seiner Stimme, daß er schreckliche Augenblicke durchlebt haben mußte.

»Es waren Goodies Panther, die er in dem unterirdischen Käfig eingesperrt hielt. Er hatte sie früher großgezogen, und er ließ sie während der Nacht frei auf dem Grundstück umherlaufen. Tagsüber waren sie in einem unterirdischen Gewölbe eingesperrt. Deshalb habe ich die Polizei gewarnt, das Grundstück zu betreten, bis ich die beiden Tiere erledigt hätte. Bei Tage ließen sie sich nicht sehen, aber nachts schweiften sie auf dem Gelände umher. Sie waren der beste Schutz gegen Einbrecher, den sich dieser Kerl nur wünschen konnte! Aber er hatte nicht vorausgesehen, welche Folgen das haben würde. Die Pferde konnten den Geruch der Raubtiere nicht vertragen. Deshalb mußte er sie in neue Ställe überführen.

Goodie bewahrte viele Geheimnisse in seinem Haus, darunter auch eine selbstverfaßte Lebensbeschreibung, die ich mit großem Interesse gelesen habe. Er sagte zwar, daß nichts darin steht, woraus wir ihm einen Strick drehen könnten, aber das wird sich ja zeigen.«

Sie erzählte ihm dann alles, was sich in der Höhle zugetragen hatte, doch das hatte ihm Rustem schon alles mitgeteilt, bevor er ins Krankenhaus geschafft worden war.

»Ja, ich weiß, das ist auch der Ort, an dem sie den armen alten Garcia gefangenhielten. Er hat sein Pferd erkannt, als er damals mit Ihnen herkam, wollte sich aber noch genauer davon überzeugen. Er reiste deshalb hierher und logierte im ›Roten Löwen‹. Rustem hat ihn wahrscheinlich beobachten lassen, und als sie erfuhren, daß ihr Betrug herausgekommen war, berieten sie sich.

Sie entsinnen sich doch noch, daß Rustem damals so eilig auf den Rennplatz von Doncaster kam? Damals erzählte er den anderen, daß Garcia im Gasthaus wohne und sein früheres Pferd wiedererkannt habe. Er hat mir das alles eingestanden. In derselben Nacht gelang es ihnen, Garcia gefangenzusetzen und in die Höhle zu bringen. Allem Anschein nach hat er mehrmals den Versuch gemacht zu entkommen; deshalb legten sie ihn in Ketten.

Sie scheinen ihn, soweit sie konnten, gut behandelt zu haben. Sie können sich doch noch auf die Speisereste besinnen, die Sie vor dem Höhleneingang entdeckten? Garcia gelang es, sich von den Fesseln zu befreien, und er suchte einen Ausweg aus der Höhle. Wie durch ein Wunder fand er den Verbindungsgang, der zu der kleineren Höhle führt, zerbrach den hölzernen Zaun mit einem starken Felsblock und versteckte sich tagelang. Seine Flucht brachte die drei in furchtbare Aufregung, zumal er wußte, daß sie ›Vendina‹ unter falschem Namen für das Rennen gemeldet hatten. Wie es ihnen gelang, ihn wieder einzufangen, weiß ich nicht. Und dann brachten sie ihn in ein kleines Haus, das Goodie gehört.

Ich glaube nicht, daß sie ihm etwas zuleide getan haben; wahrscheinlich ist er durch die vielen Anstrengungen so schwach geworden, daß er starb. Vielleicht hat er auch die vielen Spritzen nicht vertragen, die sie ihm gaben, um ihn ruhig zu halten. Rustem sagte mir, daß sie die Absicht hatten, ihn aus England hinauszuschmuggeln.

Er war es auch, der durch seine Agenten die Telegramme an Sie senden ließ. Vor Ihnen hatten sie am meisten Angst.«

»Vor mir?« fragte sie erstaunt.

Er nickte.

»Zuerst wollten sie überhaupt verhindern, daß Sie hierherzogen, damit Sie nicht das Gelände übersehen konnten. Goodie fürchtete auch, daß Sie die Panther entdecken und sich bei der Polizei beschweren würden. Und schließlich waren Sie wichtig, weil sie die einzige Person in England waren, die genau über Garcia Bescheid wußte. Zu allem Überfluß tauchte dann noch Punch Markham auf.

Er muß das Pferd gesehen und dabei erkannt haben, daß es nicht das Tier war, das er früher an Goodie verkauft hatte. Er konnte es leicht identifizieren, denn ein Huf war kleiner als die anderen. In derselben Nacht, in der diese Entdeckung gemacht wurde, erschoß Goodie ›Weiße Lilie‹ und ließ sie begraben. Beim Cambridgeshire-Rennen wollten sie ihren letzten großen Triumph feiern. Ich habe herausbekommen, daß sie mindestens eine halbe Million Pfund dabei verdient hätten. Punch Markham stand ihnen im Weg, deshalb mußte er sterben. Es war eine Idee Dr. Blanters, den toten Garcia in meine Wohnung zu bringen. Rustem wußte nichts von der Sache, und Blanter fiel es ja leicht, in meine Wohnung einzudringen, weil er einen Schlüssel hatte. Der Nebel während jener Nacht begünstigte obendrein die Ausführung seines Planes. Während er in meiner Wohnung war, rief zufällig Punch an. Er hatte versprochen, mich um halb elf Uhr anzurufen. Dadurch erfuhr der Doktor, daß das Spiel verloren war. Punch hinderte ihn daran, ein großes Vermögen zu erwerben. Blanter verabredete sich mit ihm und bestellte ihn ans Embankment. Er wußte ja, daß abends der Nebel dort dichter ist als an irgendeiner anderen Stelle in London. Punch hatte ihn nicht von Ansehen gekannt und wurde dann an der verabredeten Stelle aus nächster Nähe erschossen.«

»Haben Sie Doktor Blanter auch schon verhaftet, oder ist er entkommen?«

»Er lebt nicht mehr. Der eine Panther hat ihn vollkommen zerfleischt.«

›Schuldig‹ war der Spruch der Geschworenen.

Goodie sah sich mit ausdruckslosem Gesicht im Saal um.

»Und finden Sie den Angeklagten Arthur Rustem schuldig oder nicht schuldig? Er ist angeklagt, sich Geld durch Betrug angeeignet zu haben.«

»Schuldig!« entgegnete der Obmann der Geschworenen.

»Und welchen Spruch fällen Sie über den dritten Angeklagten – Joe Trigger?«

»Nicht schuldig!«

Mr. Trigger wurde sofort aus der Anklagebank entlassen.

Goodie hatte eine Verurteilung zu sieben Jahren Zuchthaus erwartet, aber der Spruch lautete auf fünf Jahre. Rustem erwartete drei Jahre und war bestürzt, als er dieselbe Strafe erhielt wie Goodie.

»Wir dürfen zufrieden sein«, sagte er, als sie im Gefängnis nach Wandsworth fuhren, »daß wir nicht an den Galgen kommen wie Stoover. Sie wenigstens. Fünf Jahre . . .«

Der Wachtmeister, der den Transport begleitete, hörte lächelnd zu.

»Miss Gray hat sich also mit Luke verheiratet? Und gerade an dem Tag, an dem wir verurteilt wurden?« fragte Rustem. »Sie hätte sich wirklich ein anderes Datum aussuchen können!«

ENDE

Guter Rat von Goldmann

Ratgeber

Rolf Brunner
Gute Briefe für jede Gelegenheit
10803 / DM 5,80

Gerhard Eckert
Für ein besseres Hundeleben.
Eine Hunde-Psychologie.
10802 / DM 5,80

Karl Frank
Meine Eigentumswohnung
10807 / DM 6,80

Mein Eigenheim
10763 / DM 6,80
Handlexikon für Bauherren
10735 / DM 16,80

Frank/Ohlmer/Wend
Ich modernisiere mein Haus
10834 / DM 9,80

Rainer Hegenbart/Herbert Janetzki
Energie zu Hause.
Versorgung sichern - Kosten senken.
10846 / DM 7,80

Gerhart Honig
So mache ich mich selbständig
10835 / DM 6,80

Josef Hofstetter
So bewerbe ich mich richtig
10549 / DM 5,80

Hans Jung
Versammlung und Diskussion.
Ein Leitfaden zum erfolgreichen Reden und Verhandeln.
10841 / DM 6,80

Roland Lassig
So spart man Lohnsteuer
10866 / DM 4,80
So spart man Einkommensteuer
10867 / DM 4,80

Heinz Lemmermann
Lehrbuch der Rhetorik
10519 / DM 6,80

Wilfried von Selzam
Ich erbe
10862 / DM 5,80

Alfred Sacklowski
Die neuen SI-Einheiten.
Ein Lexikon.
10759 / DM 7,80

Mathias Scheben
Der Capital-Karriere-Fahrplan
10820 / DM 7,80

Gerhard Schönauer
Zurück zum Leben auf dem Lande
10827 / DM 5,80

Gerhard Wahrig/Walter Ludewig
Deutsche Sprachlehre von A-Z
10844 / DM 7,80

Weltatlas Goldmann
10747 / DM 7,80

Kurt Wortig
Zitate mit Pfiff und Schliff.
Band 1: Geschichte, Gesellschaft, Institutionen, Medien, Politik, Wirtschaft.
10779 / DM 5,80
Zitate mit Pfiff und Schliff.
Band 2: Kunst, Literatur, Natur, Philosophie, private Sphäre, Wissenschaft.
10801 / DM 5,80

Goldmann

Neumarkter Straße 18, 8000 München 80

Große Reihe

Das vollständige Programm / Preisänderungen vorbehalten

Romane
Unterhaltung
Tatsachenberichte

Aldridge, Alan (Hrsg.)
The Beatles Songbook.
Mit vielen farbigen Abbildungen und vollständigen Songtexten.
Im Großformat 21 x 28 cm.
(10197) DM 19,80

Aldridge, James
Der wunderbare Mongole.
Roman. (3941) DM 4,80

Barbier, Elisabeth
Verschlossenes Paradies.
Roman. (6308) DM 6,80

Die Mogador-Saga. Bd. I
Bezaubernde Julia.
Roman. (3655) DM 6,80
Die Mogador-Saga. Bd. II.
Leid und Liebe für Julia.
Roman. (3667) DM 5,80
Die Mogador-Saga. Bd. III.
Ludivine und Frédéric.
Roman. (3697) DM 6,80
Die Mogador-Saga. Band IV.
Schicksalsjahre für Ludivine.
Roman. (3708) DM 5,80
Die Mogador-Saga. Band V.
Junge Herrin Dominique.
Roman. (3724) DM 5,80
Die Mogador-Saga. Bd. VI.
Bittersüße Liebe für Dominique.
Roman. (3753) DM 5,80
Mein Vater, der Held.
Roman. (3945) DM 5,80
Weder Tag noch Stunde.
Roman. (3943) DM 6,80

Baumann, Bodo
Bitte recht amtlich.
Satiren aus Deutschland.
(3941) DM 4,80

Beaty, David
Flucht aus Kajandi.
Roman. (6302) DM 6,80
Zone des Schweigens.
Roman. (3852) DM 5,80
Gesetz der Serie.
Roman. (3448) DM 5.—
Um Haaresbreite.
Roman. (3460) DM 6,80
Testflug.
Roman. (3644) DM 5,80
Der letzte Flug.
Roman. (3764) DM 6,80
Sirenengesang.
Roman. (3712) DM 5,80

Bergfeld, Thorsten
Nachmittagssonne
Roman. (6352) DM 6,80

Bergius, C.C.
Söhne des Ikarus.
Die abenteuerlichsten Fliegergeschichten der Welt.
(3989) DM 6,80
Heißer Sand.
Roman. (3963) DM 5,80
Schakale Gottes.
Roman. (3863) DM 6,80
Der Tag des Zorns.
Roman. (3519) DM 5,80
Das weiße Krokodil.
Roman. (3502) DM 3,80
Entscheidung auf Mallorca.
Roman. (3672) DM 5,80
Dschingis Chan.
Roman. (3664) DM 7,80
Der Fälscher.
Roman. (3751) DM 6,80

Bergner, Elisabeth
Bewundert viel und viel gescholten.
Unordentliche Erinnerungen.
(3980) DM 8,80

Berthold, Will
Revolution im weißen Kittel.
Hoffnungen und Siege der modernen Medizin.
(3977) DM 7,80
Etappe Paris.
Roman. (3903) DM 5,80
Fünf vor zwölf — und kein Erbarmen.
Roman. (3702) DM 5,80
Brigade Dirlewanger.
Roman. (3518) DM 5,80
Feldpostnummer unbekannt.
Roman. (3539) DM 5,80
Prinz-Albrecht-Straße.
Roman. (3673) DM 6,80
Vom Himmel zur Hölle.
Roman nach Tatsachen.
(3842) DM 5,80
Auf dem Rücken des Tigers.
Roman. (3832) DM 5,80

Beth, Gunther
Meine Mutter tut das nicht.
Roman. (3915) DM 5,80

Bieler, Manfred
Der Kanal.
Roman. (3998) DM 9,80

Binding, Rudolf G.
Reitvorschrift für eine Geliebte.
Mit Federzeichnungen von Wilhelm M. Busch.
(3507) DM 3,80

Blaumeiser, Josef / Nittner, Tomas
Die Wüste bebt.
Absolut keine Legenden über Arabien.
(6951) DM 7,80

Blickensdörfer, Hans
Der Schacht.
Roman. (3650) DM 6,80

Blobel, Brigitte
Der Mandelbaum.
(6358) DM 5,80
Ehepaare.
Roman. (6359) DM 5,80
Das Osterbuch.
(3847) DM 5,80
Alsterblick.
Roman. (3917) DM 5,80
Jasminas Sohn.
Roman. (6357) DM 5,80

Brent, Madeleine
Cadi.
Roman. (3851) DM 6,80

Bromfield, Louis
Nacht in Bombay.
Roman. (3723) DM 7,80
Kenny.
Roman. (3392) DM 3,80
Früher Herbst.
Roman. (3661) DM 5,80

Buchheim, Lothar-Günther
Tage und Nächte steigen aus dem Strom. Eine Donaufahrt.
(6343) DM 6,80

Buck, Pearl S.
Frau im Zorn.
Roman. (3999) DM 6,80
Wer Wind sät...
Roman. (3960) DM 5,80
Die Liebenden. Erzählungen.
(3991) DM 6,80
Ruf des Lebens.
Roman. (3912) DM 5,80
Und fänden die Liebe nicht.
Roman. (3850) DM 5,80
Geheimnisse des Herzens.
Erzählungen. (3874) DM 6,80
Über allem die Liebe.
Roman. (773) DM 4,80
Die gute Erde.
Roman. (3654) DM 5,80
Das Mädchen Orchidee.
Roman. (3504) DM 6,80
Die Wandlung des jungen Ko-sen.
Roman. (3534) DM 4,80
Der Weg ins Licht.
Roman. (3944) DM 5,80

Burgess, Alan
Sieben Mann im Morgengrauen.
Das Attentat auf Heydrich.
(6329) DM 6,80

Busch, Fritz Otto
Das Geheimnis der »Bismarck«.
Kampf und Untergang des berühmten deutschen Schlachtschiffes.
(3523) DM 5,80

Buschow, Rosemarie
Der Prinz und ich.
Eine wahre Geschichte aus dem Lande der Ölscheichs.
Ein BUNTE-Buch.
(3957) DM 6,80 DE

Byhan, Inge
In 30 Sekunden Crash.
Die ungewöhnlichsten Flugzeugkatastrophen nach Berichten von Augenzeugen. Ein BUNTE-Buch.
(3952) DM 5,80

Caldwell, Erskine
In Gottes sicherer Hand.
Roman. (3910) DM 6,80

Caldwell, Taylor
Gesellschaft im Blizzard.
Roman. (3660) DM 3,80

Canning, Victor
Das brennende Auge.
Roman. (3859) DM 5,80

Colpet, Max
Es fing so harmlos an.
Roman. (3914) DM 5,80

Constantine, Eddie
Der Favorit.
Roman. (6321) DM 5,80
(6360) DM 7,80

Cordes, Alexandra
Dunkle Nacht, heller Tag.
Roman. (6307) DM 5,80
Sehnsucht ist mehr als ein Traum.
Roman. (6336) DM 5,80
Gefährliche Liebe.
Roman. (3969) DM 6,80
Das Lied von Liebe und Tod.
Roman. (3898) DM 5,80
Haus der Träume.
Roman. (3703) DM 5,80
Wilde Freunde.
Die Abenteuer des Rick Hardt.
(3524) DM 4,80
Die Buschärztin.
Roman. (3645) DM 5,80
Das Kind des anderen.
Roman. (3830) DM 5,80
Ich will mir dir allein sein.
Roman. (3908) DM 5,80
Saat der Sünde.
Roman. (3936) DM 5,80
Der Engel mit den schwarzen Flügeln.
Roman. (3868) DM 5,80

Courtney, Caroline
Olivia. Triumph der Liebe.
Roman. (6361) DM 4,80
Lucinda. Geheimnisvolle Liebe.
Roman. (3965) DM 4,80
Davinia. Königsweg der Liebe.
Roman. (3994) DM 4,80

Cussler, Clive
Eisberg.
Roman. (3513) DM 6,80
Der Todesflieger.
Roman. (3657) DM 5,80
Hebt die Titanic.
Roman. (3976) DM 7,80

Czuday, Axel
Allein in der Arktis.
(3896) DM 8,80

Deeping, Warwick
Hauptmann Sorrell und sein Sohn.
Roman. (3668) DM 7,80

Deighton, Len
Unternehmen Adler.
Tatsachenbericht.
(3979) DM 7,80

Große Reihe

Preisänderungen vorbehalten

Denk, Liselotte
Auf der Suche nach morgen.
6360 (DM 7,80)

Dietrich, Marlene
Nehmt nur mein Leben...
(6327) DM 7,80

Drewitz, Ingeborg
Gestern war Heute.
Roman. (3934) DM 9,80
Das Hochhaus.
Roman. (3825) DM 6,80

Dronsart, Claude / Nédélec, Hervé
Saint Tropez, ich liebe dich.
Reportagen und Bilder.
(6364) DM 6,80

Dumas d.Ä., Alexandre
Die drei Musketiere.
Roman. (404) DM 8,80
Der Graf von Monte Christo.
Roman. (815) DM 7,80
Das Halsband der Königin.
Roman. (3404) DM 7,80

Dumas d.J., Alexandre
Die Kameliendame.
Roman. (3389) DM 4,80

Endrikat, Fred
Das große Endrikat-Buch.
(3720) DM 5,80

Engelmann, Bernt
Eingang nur für Herrschaften.
Karrieren über die Hintertreppe.
(3699) DM 5,80

English, Harold
In letzter Minute.
Roman. (6311) DM 7,80

Erler, Rainer
Die letzten Ferien.
Roman. (6310) DM 5,80
Die Delegation.
Roman. (3701) DM 5,80
Fleisch.
Roman. (3727) DM 6,80
Das Blaue Palais.
Romane nach der gleichnamigen Fernsehserie:
Das Genie.
(3743) DM 4,80
Der Verräter.
(3757) DM 4,80
Das Medium.
(3767) DM 4,80
Unsterblichkeit.
(3858) DM 5,80
Der Gigant.
(3909) DM 5,80

Fabel, Renate
Wo die Liebe hinfällt.
Roman. (3916) DM 5,80

Fechner, Eberhard / Kempowski, Walter
Tadellöser & Wolff / Ein Kapitel für sich.
Materialien zu ZDF-Fernsehsendungen.
(3902) DM 6,80

Felinau, Josef Pelz von
Titanic.
Der berühmte Roman um die größte Schiffskatastrophe der Welt.
(3600) DM 6,80

Ferber, Edna
Saratoga.
Roman. (6328) DM 6,80
Giganten.
Roman. (3648) DM 7,80
Show Boat.
Roman. (3716) DM 6,80

Fernau, Joachim
Fernau siehe unten

Ferolli, Beatrice
Sommerinsel.
Roman. (3838) DM 6,80

Fischer, Marie Louise
Mutterliebe.
Roman. (4000) DM 5,80 (Mai 1981)
Ein ergreifender Roman der beliebten Autorin Marie Louise Fischer. Sie beschreibt das Urbild einer sich aufopfernden Frau und Mutter, der die Familie über alles geht.
Die Frauen vom Schloß.
Roman. (3970) DM 7,80
Aus Liebe schuldig.
Roman. (3990) DM 5,80
Tödliche Hände.
Roman. (3856) DM 5,80
Das Dragonerhaus.
Roman. (3869) DM 6,80
Der Schatten des anderen.
Roman. (3715) DM 5,80
Mit einer weißen Nelke.
Roman. (3508) DM 5,80
Süßes Leben, bitteres Leben.
Roman. (3642) DM 4,80
Des Herzens unstillbare Sehnsucht.
Roman. (3669) DM 4,80
Schwester Daniela.
Roman. (3829) DM 5,80
Diese heiß ersehnten Jahre.
Roman. (3826) DM 6,80
Die Rivalin.
Roman. (3706) DM 7,80

Joachim Fernau

Die Gretchenfrage.
Variationen über ein Thema von Goethe.
(6306) DM 5,80 (Juni 1981)
Joachim Fernau, eleganter Erzähler mit Esprit, der Philosoph unter den Sachbuchautoren, mit heiter-gelassenen Causerien über die Gretchenfrage: "Wie hältst du's mit der Religion?" Eine Variation in sieben Sätzen.
Fernau - von Millionen gelesen, von Millionen geliebt.

Rosen für Apoll.
Die Geschichte der Griechen
(3679) DM 5,80
Disteln für Hagen
Eine Bestandsaufnahme der deutschen Seele
(3680) DM 5,80
Deutschland, Deutschland über alles ...
Von Anfang bis Ende
(3681) DM 6,80
Die Genies der Deutschen
(3828) DM 6,80
Caesar läßt grüßen
Die Geschichte der Römer
(3831) DM 6,80
Halleluja
Die Geschichte der USA
(3849) DM 6,80
Und sie schämeten sich nicht
Ein Zweitausendjahr-Bericht
(3867) DM 5,80

François
Wenn die Russen angreifen...
Mit einem Vorwort von Paul Carell.
(6324) DM 6,80

Freeman-Solomon, Ruth
Mit dem Herzen einer Wölfin.
Roman. (2946) DM 6,80
Der Falke und die Taube.
Roman. (3756) DM 7,80

Frick, Hans
Dannys Traum.
Roman. (3527) DM 6,80

Gast, Lise
Die Sache, die man Liebe nennt.
Menschen, Pferde und ein Roman.
(6345) DM 5,80
Die Schenke zur ewigen Liebe.
Roman. (3978) DM 4,80
Bittersüß wie Schlehenduft.
Roman. (3827) DM 5,80
Junge Mutter Randi.
Roman. (3710) DM 4,80
Das Familienkind.
Roman. (3458) DM 4,80
Geliebter Sohn.
Roman. (3393) DM 3,80
Das Haus der offenen Türen.
Roman. (3368) DM 4,80
Hochzeit machen, das ist wunderschön.
Roman. (3414) DM 3,80
In Liebe Deine Randi.
Roman. (3488) DM 3,80
Das Leben findet heute statt.
Roman. (3427) DM 4,80
Männer sind Gänseblümchen.
Roman. (3387) DM 3,80
Morgen oder übermorgen.
Roman. (3442) DM 4,80
Randi und das halbe Dutzend.
Roman. (3474) DM 4,80
Die Reise nach Ascona.
Roman. (3375) DM 4,80

Geller, Uri
Auf Biegen und Brechen,
(3995) DM 5,80

Golon, Anne
Angélique und die Verschwörung.
Roman. (3883) DM 6,80

Grumbach-Palme, Joseph M.
Erben gesucht.
Wem gehört das Geld?
(3968) DM 5,80

Habeler, Peter
Keine Angst vor Bergen!
(3959) DM 8,80
Der einsame Sieg.
Mount Everest '78.
(3740) DM 8,80

Hackett, General Sir John
Der Dritte Weltkrieg.
Roman. (3865) DM 7,80

Hampel, Bruno
13 Rosen für die Erbin.
Roman. (3918) DM 5,80

Hardeck, Marianne
Die Ehe der Vera S.
Roman. (6350) DM 6,80

Hassencamp, Oliver
Klipp und klar.
Gute und böse Gedanken.
(3911) DM 4,80

Heesters, Johannes
Es kommt auf die Sekunde an.
Erinnerungen.
(3879) DM 7,80

Heinrich, Willi
Schmetterlinge weinen nicht.
Roman. (3647) DM 6,80
Steiner I.
Das geduldige Fleisch.
Roman. (3755) DM 6,80
Steiner II. Das Eiserne Kreuz.
Siehe Warden, Robert.

Heinz, W.C.
Der Chirurg.
Roman. (3526) DM 5,80

Hocken, Sheila
Emma und ich. Die erstaunlichen Erlebnisse einer jungen blinden Frau mit ihrer klugen Hündin.
(3984) DM 6,80

Hoffenberg, Jack
Die Gunst des Schicksals.
Roman. (3985) DM 9,80

Horbach, Michael
Bevor die Nacht begann.
Roman. (6305) DM 6,80
Die schuldlos sühnen.
Roman. (6349) DM 6,80

Horster, Hans-Ulrich
Verschattete Heimkehr.
Roman. (6313) DM 7,80
Verlorene Träume.
Roman. (3967) DM 6,80
Herz ohne Gnade.
Roman. (3861) DM 6,80
Der rote Rausch.
Roman. (3872) DM 6,80
Ein Student ging vorbei.
Roman. (3735) DM 6,80
Wie ein Sturmwind.
Roman. (3881) DM 7,80
Suchkind 312.
Roman. (3737) DM 6,80
Eheinstitut Aurora.
Roman. (3738) DM 6,80
Die Toteninsel.
Roman. (3754) DM 6,80
Ein Augenblick der Ewigkeit.
Roman. (3821) DM 6,80
Karussell der Liebe.
Roman. (3761) DM 6,80

Houston, James
Wie Füchse aus den Wäldern.
Roman. (6331) DM 7,80

Hugo, Victor
Der Glöckner von Notre-Dame.
Roman. (3953) DM 7,80

Huna, Ludwig
Das Mädchen von Nettuno.
Roman. Die »Borgia«-Trilogie III.
(3505) DM 4,80

Jarman, Rosemary H.
Die heimliche Krone.
Katharina von Valois auf dem englischen Thron.
Roman. (6319) DM 7,80

Jersild, P.C.
Die Insel der Kinder.
Roman. (6309) DM 7,80

Johann, A.E.
Sohn der Sterne und Ströme.
Roman. (3515)
DM 6,80

Kempowski, Walter
Tadellöser & Wolff.
Roman. (3892) DM 9,80
Aus großer Zeit.
Roman. (3933) DM 9,80

Kempowski, Walter / Fechner, Eberhard
Tadellöser & Wolff/Ein Kapitel für sich.
Materialien zu ZDF-Fernsehsendungen.
(3902) DM 6,80

Kernmayr, Hans Gustl
Unternehmen Edelweiß.
Roman. (3725) DM 3,80
Erzherzog Johanns große Liebe.
Roman. (3521) DM 4,80

Kirst, Hans Hellmut
Glück läßt sich nicht kaufen.
Roman. (3711) DM 5,80
Die Nacht der Generale.
Roman. (3538) DM 5,80
08/15 heute.
Der Roman der Bundeswehr.
(1345) DM 5,80
08/15 in der Kaserne.
Roman. Teil 1 der »08/15«-Trilogie.
(3497) DM 5,80
08/15 im Krieg.
Roman. Teil 2 der »08/15«-Trilogie.
(3498) DM 6,80
08/15 bis zum Ende.
Roman. Teil 3 der »08/15«-Trilogie.
(3499) DM 5,80
Keiner kommt davon.
Roman. (3763) DM 6,80
Generalsaffären.
Roman. (3906) DM 6,80

Knebel, Fletcher
Dollarfiesta.
Roman.
(3731) DM 6,80

Knef, Hildegard
Tournee, Tournee.
Die Schauspielerin, der Filmstar, die Autorin, der Showstar.
(10200) DM 9,80
Das Urteil.
(3520) DM 8,80
Nichts als Neugier.
Interviews zu Fragen der Parapsychologie.
(3690) DM 8,80

Kolnberger, Evelyn
Der Wunsch.
Roman. (6353) DM 6,80

Lawrence, Margery
Die Madonna der sieben Monde.
Roman. (6338) DM 7,80

Leigh, Wendy
Was macht einen Mann gut im Bett?
(3854) DM 5,80
Was macht eine Frau gut im Bett?
(3742) DM 5,80

Große Reihe

Preisänderungen vorbehalten

Lentz, Mischa
Isabel.
Die Geschichte eines Sommers.
(6351) DM 5,80

Es ist schon sieben und Grischa nicht hier...
Roman. (6337) DM 5,80

Leonhardt, Rudolf Walter
(Hrsg.)
Lieder aus dem Krieg.
(3683) DM 6,80

Llewellyn, Richard
Der Judastag.
Roman. (3870) DM 7,80

Lundholm, Anja
Zerreißprobe.
Roman. (3877) DM 5,80

MacLean, Alistair
Rendezvous mit dem Tod.
Roman. (2655) DM 6,80
Das Mörderschiff.
Roman. (2880) DM 5,80

Mally, Anita
Premiere.
Roman. (6354) DM 5,80

Markus
Geschichte, die das Leben schrieb.
Ein stern-Buch.
(6952) DM 7,80

Martin, Hansjörg
Herzschlag.
Roman. (3951) DM 6,80

Maupassant, Guy de
Bel Ami.
Roman. (3411) DM 6,80

McKenna, Richard
Das Kanonenboot vom Yangtse-Kiang.
Roman. (3532) DM 6,80

Meissner, Hans-Otto
Im Zauber des Nordlichts.
Reisen und Abenteuer am Polarkreis.
(6347) DM 8,80
Der Stern von Kalifornien.
Reisen und Abenteuer im Südwesten der USA.
(3974) DM 8,80
Alatna.
Roman. (3857) DM 6,80
Versprechen im Schnee.
Roman. (3719) DM 5,80
Im Eismeer verschollen.
Roman. (2923) DM 4.—
Wildes rauhes Land.
Reisen und Jagen im Norden Kanadas.
(3760) DM 7,80
Gemsen vor meiner Tür.
Jagdgeschichten.
(3956) DM 7,80

Merkel, Max
Geheuert — Gefeiert — Gefeuert.
Die bemerke(l)nswerten Erlebnisse eines Fußballtrainers.
(3948) DM 6,80

Metternich, Tatiana
Bericht eines ungewöhnlichen Lebens.
(3922) DM 8,80

Moore, Robin
Das chinesische Ultimatum.
Roman. (3535) DM 5,80
Big Money.
Roman. (3675) DM 5,80

Moore, Robin / Dempsey, Al
Die Rom-Verschwörung.
Agententhriller.
(3973) DM 5,80
Die roten Falken.
Roman. (3659) DM 5,80
Die London-Falle.
Agententhriller.
(3946) DM 5,80 DE

Moore, Robin / Fuca, Barbara
Ein Leben für die Hölle.
Roman. (3717) DM 4,80

Müller, André
Entblößungen.
Ausgefallene, interessante, literarische Interviews.
(3887) DM 7,80

Munshower, Suzanne
John Travolta.
Disco-Star.
(3835) DM 5,80

Nelken, Dinah
Von ganzem Herzen.
Roman. (6301) DM 6,80

Och, Armin
Zürich
Paradeplatz.
Roman.
(6312) DM 6,80

Otta, Stephan
Nur ein Seitensprung.
Roman. (3919) DM 5,80

Pahlen, Henry
Der Gefangene der Wüste.
Roman. (2545) DM 6,80
In den Klauen des Löwen.
Roman. (2581) DM 5,80
Liebe auf dem Pulverfaß.
Roman. (3402) DM 4,80
Schlüsselspiele für drei Paare.
Roman. (3367) DM 6.—
Schwarzer Nerz auf zarter Haut.
Roman. (2624) DM 5,80

Pahlen, Kurt (Hrsg.)
Mein Engel, mein Alles, mein Ich.
294 Liebesbriefe berühmter Musiker.
(6320) DM 7,80

Pepin F.
Magic 17.
Erotische Begegnungen.
(3855) DM 5,80

Konsalik

Das Haus der verlorenen Herzen.
Roman. (6315) DM 6,80
Eine glückliche Ehe.
Roman. (3935) DM 6,80
Das Geheimnis der sieben Palmen.
Roman. (3981) DM 6,80
Verliebte Abenteuer.
Heiterer Liebesroman.
(3925) DM 5,80
Auch das Paradies wirft Schatten.
Die Masken der Liebe.
Zwei Romane.
(3873) DM 5,80
Der Fluch der grünen Steine.
Roman.
(3721) DM 5,80
Schicksal aus zweiter Hand.
Roman. (3714) DM 6,80
Die tödliche Heirat.
Kriminalroman.
(3665) DM 5,80
Manöver im Herbst.
Roman. (3653) DM 6,80
Ich gestehe.
Roman.
(3536) DM 5,80
Morgen ist ein neuer Tag.
Roman.
(3517) DM 5,80
Das Schloß der blauen Vögel.
Roman. (3511) DM 6,80
Die schöne Ärztin.
Roman.
(3503) DM 6,80
Das Lied der schwarzen Berge.
Roman. (2889) DM 5,80
Ein Mensch wie du.
Roman. (2688) DM 5,80
Die schweigenden Kanäle.
Roman. (2579) DM 5,80
Stalingrad.
Bilder vom Untergang der 6. Armee.
(3698) DM 7,80

Percha, Igor von
Charlotta, Gräfin von Potsdam.
Roman. (3466) DM 6.–
Christina Maria und die Petersburger Nächte.
Roman. (3440) DM 4,80
Im Auftrag der Königin.
Roman. (3670) DM 4,80

Perrin, Elula
Nur Frauen können Frauen lieben.
Roman. (3926) DM 5,80

Marcel Pagnol
Der Dichter der Provence

Marius — Fanny — César.
Szenen aus Marseille.
(3972) DM 7,80
Marcel.
Eine Kindheit in der Provence.
(3750) DM 5,80
Marcel und Isabelle.
Die Zeit der Geheimnisse.
(3759) DM 5,80
Die Zeit der Liebe.
Kindheitserinnerungen.
(3878) DM 6,80
Die Wasser der Hügel.
Roman. (3766) DM 6,80
Die eiserne Maske.
Der Sonnenkönig und das Geheim nis des großen Unbek.
(3862) DM 6,80

Piechota, Ulrike
Traumkonzert
Roman. (6355) DM 5,80

Plievier, Theodor
Stalingrad.
Roman. (3643) DM 6,80

Poe, Edgar Allan
Der Doppelmord in der Rue Morgue (523) DM 4,80
Der Untergang des Hauses Usher.
Erzählungen. (3410) DM 4,80

Poyer, Joe
Der Milliarden-Terror.
Polit-Thriller.
(3992) DM 6,80

Preute, Michael und Gabriele
Deutschlands Kriminalfall Nr. 1
Vera Brühne — ein Justizirrtum?
(3891) DM 5,80

Preute, Michael / Guldner, Renate
Elvis Presley. The King.
Mit 28 Illustrationen sowie vollst Disco- und Filmographie.
(3597) DM 4,80

Raab, Fritz
Das Denkmal.
Roman. (6317) DM 7,80

Rampa, Lobsang
Das dritte Auge.
Ein tibetanischer Lama erzählt sein Leben.
(3744) DM 6,80

Rand, Ayn
Der ewige Quell.
Roman. (3700) DM 9,80

Rattay, Arno / Chiczewski, Andrzej
Narben.
Wege zur Versöhnung zwischen Deutschen und Polen.
(6365) DM 7,80

Rezzori, Gregor von
Die Toten auf ihre Plätze!
Ein Filmtagebuch.
(3541) DM 5,80

Rosendorfer, Herbert
Stephanie und das vorige Leben.
Roman. (3823) DM 5,80

Rothenberger, Anneliese
Melodie meines Lebens.
Ein Weltstar erzählt.
(2990) DM 4,80

Ruark, Robert
Die schwarze Haut.
Roman. (6304) DM 8,80
Nie mehr arm. Roman.
1. Teil: (6333) DM 6,80
2. Teil: (6334) DM 6,80

Schaake, Ursula
Zwölf Tage im August.
Roman. (3666) DM 4,80

Schönthan, Gaby von
So nah der Liebe.
Roman. (3890) DM 5,80

Schrobsdorff, Angelika
Die kurze Stunde zwischen Tag und Nacht.
Roman. (3964) DM 9,80
Der Geliebte.
Roman. (3525) DM 6,80
Die Herren.
Roman. (3471) DM 7,80

Schulberg, Budd
Der Entzauberte.
Roman. (3986) DM 7,80
Die Faust im Nacken.
Roman. (3762) DM 6,80

Sebastian, Peter
Schwester Carola.
Roman. (6322) DM 5,80

Stop, Dr. von Menasse!
Arztroman. (6346) DM 5,80
Als die letzte Maske fiel.
Arztroman.
(3993) DM 5,80
Der Chefarzt.
Roman. (3662) DM 4,80
Kaserne Krankenhaus.
Roman. (3822) DM 4,80

Segal, Erich
Oliver's Story.
Roman. (3709) DM 4,80

Seymour, Gerald
Der Ruf des Eisvogels.
Roman. (3930) DM 6,80

Sheldon, Sydney
Ein Fremder im Spiegel.
Roman. (6314) DM 6,80
Jenseits von Mitternacht.
Roman. (6325) DM 7,80
Blutspur.
Roman. (6342) DM 6,80

Sing mit Fischer.
Die schönsten Lieder der Fischer-Chöre.
(3942) DM 6,80

Sinn, Dieter
Rom zu meinen Füßen.
Cesare Borgia. Ein Roman der Macht.
(6340) DM 7,80

Slaughter, Frank G.
Intensivstation.
Roman. (3506) DM 6,80

Sommer, Siegfried
Meine 99 Bräute.
Roman. (3871) DM 5,80

Steffens, Günter
Die Annäherung an das Glück.
Roman. (3988) DM 9,80

Steinbeck, John
Die wunderlichen Schelme von Tortilla Flat.
Roman. (3923) DM 5,80
Wonniger Donnerstag.
Roman. (3931) DM 6,80

Stevens, Robert Tyler
Sommer in Livadia.
Roman. (6339)

Stromberger, Robert
(Hrsg.)
Tod eines Schülers.
Wer ist schuld am Selbstmord von Claus Wagner?
(3950) DM 7,80

Tessin, Brigitte von
Der Bastard.
Roman. (3932) DM 9,80

Stone, Irving
Die Träume leben.
Die Karriere des Heizers D.
Roman. (6326) DM 6,80

Tetsche
Neues aus Kalau.
Ein stern-Buch.
(6953) DM 9,80

Tolstoi, Leo N.
Krieg und Frieden.
Roman. (430) DM 9,80

Troll, Thaddäus
Herrliche Aussichten.
Satirische Feststellungen.
(3734) DM 3,80

Troy, Una
Der Brückenheilige.
Roman. (3676) DM 5,80
Sommer der Versuchung.
Roman. (3380) DM 5,80

Trudeau, Margaret
Ich pfeif' auf die Vernunft.
Erinnerungen.
(3864) DM 7,80

Große Reihe

Preisänderungen vorbehalten

Vialar, Paul
Madame de Viborne.
Roman. (3704) DM 9,80

Wagner, F.J.
Das Ding.
Roman. (3921) DM 6,80

Walker, Margaret
Die Sklavin.
Roman. (3568) DM 6,80

Wallace, Lewis
Ben Hur.
Roman. (645) DM 5,80

Warden, Robert
Steiner II. Das Eiserne Kreuz.
Roman nach Motiven von
Willi Heinrich.
(3884) DM 6,80

Wiseman, Thomas
Der Tag vor Sonnenaufgang.
Roman. (6330) DM 7,80

Woodiwiss, Kathleen E.
Wohin der Sturm uns trägt.
Roman. (6341) DM 7,80
Shana.
Roman. (3939) DM 8,80

Zola, Emile
Nana.
Roman. (3996) DM 8,80

Zwerenz, Gerhard
Der chinesische Hund.
Roman. (6323) DM 5,80
Salut für einen alten Poeten.
(3937) DM 5,80
Die 25. Stunde der Liebe.
Roman. (3971) DM 5,80
Schöne Geschichten.
Erotische Streifzüge.
(3987) DM 5,80
Die Quadriga des Mischa Wolf.
Roman. (3652) DM 6,80
Die schrecklichen Folgen der Legende, ein Liebhaber gewesen zu sein.
Erotische Geschichten.
(3674) DM 4,80
Die Ehe der Maria Braun.
Roman nach dem gleichnamigen Film von Rainer Werner Fassbinder.
(3841) DM 5,80
Wozu das ganze Theater?
Roman. (3824) DM 6,80
Eine Liebe in Schweden.
Roman. (3907) DM 5,80
Ungezogene Geschichten.
(3928) DM 5,80

Heitere Romane und Humor

Böttcher, Maximilian
Krach im Hinterhaus.
Roman. (6348) DM 6,80

Gallico, Paul
Kleine Mouche — Pepino — Die Schneeganz. Erzählungen.
(902) DM 3,80

Geißler, Horst Wolfram
Die Glasharmonika.
Roman. (2717) DM 4,80
Der unheilige Florian.
Roman. (1712) DM 4,80
Das Lied vom Wind.
Roman. (3641) DM 5,80

Gilbreth, Frank B. / Gilbreth Carey, Ernestine
Im Dutzend billiger.
Roman. (3929) DM 4,80

Heimeran, Ernst (Hrsg.)
Unfreiwilliger Humor.
(3381) DM 4,80

Holm, Sven (Hrsg.)
Bettfreuden.
Dänische Liebesgeschichten.
Erste Folge. (3531) DM 4,80
Zweite Folge. (3649) DM 4,80
Dritte Folge. (3975) DM 4,80

Lembke, Robert
Die besten, die größten,
die schlimmsten.
Rekorde reihenweise.
(3836) DM 5,80
Robert Lembkes Witzauslese.
(3355) DM 3,80
Zynisches Wörterbuch.
Mit 20 Zeichnungen von
Franziska Bilek.
(3437) DM 3,80

Lohmeier, Georg
Geschichten für den Komödienstadel.
(3456) DM 4.—
Neue Geschichten
für den
Komödienstadel.
(3470) DM 4.—

Nicklisch, Hans
Familienalbum.
(6335) DM 5,80

Rösler, Jo Hanns
An meine Mutter...
(3467) DM 3,80
Kitty und Johannes.
Erzählungen.
(3537) DM 4,80
Lachen Sie mit Jo Hanns Rösler.
(3484) DM 3,80
Wohin sind all die Jahre...
(3398) DM 4,80
Wohin sind all die Tage...
(3407) DM 4,80
Wohin sind all die Stunden...
(3421) DM 4,80

Scott, Mary
Übernachtung — Frühstück ausgeschlossen.
Roman. (6316) DM 4,80
Fremde Gäste.
Roman. (3866) DM 4,80 DE
Das Jahr auf dem Lande.
Roman. (3882) DM 4,80 DE
Ja, Liebling.
Roman. (2740) DM 4,80
Geliebtes Landleben.
Roman. (3705) DM 4,80
Das waren schöne Zeiten.
Mary Scott erzählt aus ihrem Leben.
Es ist ja so einfach.
Roman. (1904) DM 4,80
Es tut sich was im Paradies.
Roman. (730) DM 5,80
Flitterwochen.
Roman. (3482) DM 5,80
Fröhliche Ferien am Meer.
Roman. (3361) DM 4,80
Frühstück um Sechs.
Roman. (1310) DM 5,80
Hilfe, ich bin berühmt!
Roman. (3455) DM 4,80
Kopf hoch, Freddie!
Roman. (3390) DM 4,80
Macht nichts, Darling.
Roman. (2589) DM 4,80
Mittagessen Nebensache.
Roman. (1636) DM 4,80
Onkel ist der Beste.
Roman. (3373) DM 4,80
Tee und Toast.
Roman. (1718) DM 4,80
Truthahn um Zwölf.
Roman. (2452) DM 4,80
Und abends etwas Liebe.
Roman. (2377) DM 4,80
Verlieb dich nie in einen Tierarzt.
Roman. (3516) DM 4,80
Wann heiraten wir, Freddie?
Roman. (2421) DM 5,80
Zum Weißen Elefanten.
Roman. (2381) DM 5,80
Oh, diese Verwandtschaft.
Roman. (3663) DM 4,80
Zärtliche Wildnis.
Roman. (3677) DM 4,80
Das Teehaus im Grünen.
Roman. (3758) DM 5,80
Na endlich, Liebling.
Roman. (3913) DM 5,80

Scott, Mary / West, Joyce
Das Geheimnis der Mangroven-Bucht.
Roman. (3354) DM 4,80
Lauter reizende Menschen.
Roman. (1465) DM 4,80
Das Rätsel der Hibiskus-Brosche.
Roman. (3492) DM 4,80
Tod auf der Koppel.
Roman. (3419) DM 4,80
Der Tote im Kofferraum.
Roman. (3369) DM 4,80

Seeliger, Ewald Gerhard
Peter Voß, der Millionendieb.
Roman. (1826) DM 4,80

Smith, Richard
Schlank durch Sex.
Mit Kalorienangaben.
(3741) DM 4,80 DE

Spoerl, Alexander
Matthäi am letzten.
Roman. (2968) DM 3,80
Unter der Schulbank geschrieben.
(2957) DM 3,80

Spoerl, Heinrich
Die Hochzeitsreise.
Roman. (2754) DM 3,80

Tibber, Robert
Auch sonntags Sprechstunde.
Roman. (3328) DM 3,80
Heirate keinen Arzt.
Roman. (1912) DM 3,80
Ob das wohl gut geht...
Roman. (2908) DM 3,80
Kleiner Kummer, großer Kummer.
Roman. (1950) DM 3,80
Die lieben Patienten.
Roman. (1996) DM 3,80

Troy, Una
Die Pforte zum Himmelreich.
Roman. (2643) DM 4,80
Maggie und ihr Doktor.
Roman. (2354) DM 4,80
Meine drei Ehemänner.
Roman. (2390) DM 5,80

Wodehouse, P.G.
Fünf vor zwölf, Jeeves!
Roman. (3962) DM 5,80
Stets zu Diensten.
Roman. (3860) DM 4,80
Das Mädchen in Blau.
Roman. (3718) DM 4,80
Die Feuerprobe und andere Geschichten.
(2339) DM 4,80
Herr auf Schloß Blandings.
Geschichten. (3418) DM 3,80
Keine Ferien für Jeeves.
Roman. (3658) DM 3,80
Ohne Butler geht es nicht.
Roman. (3500) DM 3,80
Terry lebt verschwenderisch.
Roman. (3349) DM 4.—
Was tun, Jeeves?
Roman. (3947) DM 4,80
Der Junggesellen-Club.
Roman. (3924) DM 4,80

Wolfe, Winifried
Gefrühstückt wird zu Hause.
Roman. (1594) DM 4,80

Märchen und Sagen

Andersen, Hans Christian
Gesammelte Märchen.
(510) DM 5.—

Grimm, Brüder
Märchen der Brüder Grimm.
Nach der Ausgabe von 1857.
(412) DM 9,80

Mark, Herbert
Die schönsten Heldensagen der Welt.
(3748) DM 9,80

Schwab, Gustav
Die schönsten Sagen des klassischen Altertums.
(500) DM 5,80

Edgar Wallace

Alle Wallace-Krimis auf einen Blick

Die Abenteuerin.
(164) DM 4,80
A.S. der Unsichtbare.
(126) DM 4,80
Die Bande des Schreckens.
(11) DM 4,80
Der Banknotenfälscher.
(67) DM 4,80
Bei den drei Eichen.
(100) DM 4,80
Die blaue Hand.
(6) DM 4,80
Der Brigant.
(111) DM 4,80
Der Derbysieger.
(242) DM 4,80
Der Diamantenfluß.
(16) DM 4,80
Der Dieb in der Nacht.
(1060) DM 3,80
Der Doppelgänger.
(95) DM 4,80
Die drei Gerechten.
(1170) DM 4,—
Die drei von Cordova.
(160) DM 4,80
Der Engel des Schreckens.
(136) DM 3,80
Feuer im Schloß.
(1063) DM 3,80
Der Frosch mit der Maske.
(1) DM 5,80
Gangster in London.
(178) DM 5,80
Das Gasthaus an der Themse.
(88) DM 3,80
Die gebogene Kerze.
(169) DM 3,80
Geheimagent Nr. sechs.
(236) DM 4,80
Das Geheimnis der gelben Narzissen.
(37) DM 4,80
Das Geheimnis der Stecknadel.
(173) DM 4,80
Das geheimnisvolle Haus.
(113) DM 4,80
Die gelbe Schlange.
(33) DM 4,80
Ein gerissener Kerl.
(28) DM 4,80
Das Gesetz der Vier.
(230) DM 4,80
Das Gesicht im Dunkel.
(139) DM 4,80
Im Banne des Unheimlichen
(117) DM 5,80
In den Tod geschickt.
(252) DM 3,80
Das indische Tuch.
(189) DM 4,80
John Flack.
(51) DM 4,80
Der Joker.
(159) DM 4,80
Das Juwel aus Paris.
(2128) DM 3,80
Kerry kauft London.
(215) DM 4,80
Der leuchtende Schlüssel.
(91) DM 4,80
Lotterie des Todes.
(1098) DM 3,80
Louba, der Spieler.
(163) DM 4,80
Der Mann, der alles wußte.
(86) DM 4,80
Der Mann, der seinen Namen änderte.
(1194) DM 3,80
Der Mann im Hintergrund.
(1155) DM 4,—
Der Mann aus Marokko.
(124) DM 4,80
Die Melodie des Todes.
(207) DM 3,80
Die Millionengeschichte.
(194) DM 3,80
Mr. Reeder weiß Bescheid.
(1114) DM 3,80
Nach Norden, Strolch!
(221) DM 4,80
Neues vom Hexer.
(103) DM 4,80
Penelope von der »Polyantha«.
(211) DM 3,80
Der goldene Hades.
(226) DM 3,80
Die Gräfin von Ascot.
(1071) DM 3,80
Großfuß.
(65) DM 4,80
Der grüne Bogenschütze.
(150) DM 4,80
Der grüne Brand.
(1020) DM 4,80
Gucumatz.
(248) DM 4,80
Hands up!
(13) DM 4,80
Der Hexer.
(30) DM 4,80
Der Preller.
(116) DM 4,80
Der Rächer.
(60) DM 4,80
Der Redner.
(183) DM 4,80
Richter Maxells Verbrechen.
(41) DM 3,80
Der rote Kreis.
(35) DM 4,80
Der Safe mit dem Rätselschloß.
(47) DM 4,80
Die Schuld des Anderen.
(1055) DM 3,80
Der schwarze Abt.
(69) DM 4,80
Der sechste Sinn des Mr. Reeder.
(77) DM 4,80
Die seltsame Gräfin.
(49) DM 4,80
Der sentimentale Mr. Simpson.
(1214) DM 4,80
Das silberne Dreieck.
(154) DM 4,80
Das Steckenpferd des alten Derrick.
(97) DM 4,80
Der Teufel von Tidal Basin.
(80) DM 3,80
Töchter der Nacht.
(1106) DM 4,80
Die toten Augen von London.
(161) DM 3,80
Die Tür mit den 7 Schlössern.
(21) DM 4,80
Turfschwindel.
(155) DM 4,—
Überfallkommando.
(75) DM 4,80
Der Unheimliche.
(55) DM 4,80
Die unheimlichen Briefe.
(1139) DM 4,80
Der unheimliche Mönch.
(203) DM 4,80
Das Verrätertor.
(45) DM 4,80
Der viereckige Smaragd.
(195) DM 4,80
Die vier Gerechten.
(39) DM 4,80
Zimmer 13.
(44) DM 4,80
Der Zinker.
(200) DM 3,80

Die weltberühmten Afrika-Romane von Edgar Wallace:

Sanders vom Strom.
(6435) DM 5,80
Bosambo.
(6436) DM 5,80
Bones in Afrika.
(6437) DM 5,80
Leutnant Bones.
(6438) DM 5,80
Sanders.
(6439) DM 5,80
Bones vom Strom.
(6440) DM 5,80
Sanders der Königsmacher.
(6441) DM 5,80
Hüter des Friedens.
(6442) DM 5,80

Im Großformat
21 x 28 cm:
Florian Pauer
Die Edgar Wallace Filme
Herausgegeben von
Joe Hembus.
Mit über 250 Filmfotos.
DM 19,80

Das vollständige Programm

Goldmann Krimis... ...mörderisch gut

● = *Originalausgabe / Preisänderungen vorbehalten*

Sammlung dtsch. Kriminalautoren

Fortride, L.A.
Der Chrysanthemenmörder.
(4694) DM 3,80

Plötze, Hasso
Formel für Mord.
● (5609) DM 4,80
Lupara.
● (5607) DM 4,80
Die Tätowierung.
● (4877) DM 4,80
Gift und Gewalt.
● (4886) DM 4,80
Weidmannsheil, Herr Kommissar.
● (5604) DM 4,80
Eine Geisel zuviel.
● (5601) DM 4,80
Fluchtweg.
● (4833) DM 4,80
Die kalte Hand.
● (4845) DM 3,80

Rudorf, Günter
Mord per Rohrpost.
● (5603) DM 4,80

Wery, Ernestine
Die Hunde bellten die ganze Nacht.
(5608) DM 6,80
Sie hieß Cindy.
● (5606) DM 4,80
Auf dünnem Eis.
● (4830) DM 5,80
Als gestohlen gemeldet.
● (5602) DM 4,80
Die Warnung.
● (4857) DM 4,80

Lit. Krimi

Blake, Nicholas
Der Morgen nach dem Tod.
(5217) DM 5,80

Canning, Victor
Das Sündenmal.
(4779) DM 4,80
Querverbindungen.
(5207) DM 5,80

Crispin, Edmund
Morde — Zug um Zug.
(5214) DM 4,80
Der Mond bricht durch die Wolken.
(5205) DM 6,80

A Detection Club Anthology
Dreizehn Geschworene.
(5209) DM 6,80

Dibdin, Michael
Der letzte Sherlock-Holmes-Roman.
(5203) DM 4,80

Doody, Margaret
Sherlock Aristoteles.
(5215) DM 6,80

Ellin, Stanley
Jack the Ripper und van Gogh.
(5212) DM 5,80
Kônig im 9. Haus.
(4811) DM 5,80

Freeling, Nicolas
Castangs Stadt.
(5221) DM 5,80
Die Formel.
(5213) DM 6,80
Inspektor Van der Valks Witwe.
(4897) DM 5,80
Der schwarze Rolls-Royce.
(5206) DM 5,80

Gores, Joe
Dashiell Hammetts letzter Fall.
(4801) DM 4,80
Der Killer in dir.
(4838) DM 4,80

Hare, Cyril
Erschlagen bei den Eiben.
(4774) DM 3,80
Er hätte später sterben sollen.
(4782) DM 3,80

Hill, Reginald
Noch ein Tod in Venedig.
(5219) DM 4,80
Das Rio-Papier
u.a. Kriminalgeschichten.
(5216) DM 5,80
Der Calliope-Club.
(4836) DM 5,80

Hughes, Dorothy B.
Wo kein Zeuge lauscht.
(5210) DM 4,80

Maling, Arthur
Zuletzt gesehen...
(5201) DM 6,80

Neely, Richard
Der Attentäter.
(4556) DM 4,—
Lauter Lügen.
(4816) DM 4,80
Schwarzer Vogel über der Brandung.
(4748) DM 4,80
Flucht in die Hölle.
(4866) DM 4,80
Die Nacht der schwarzen Träume.
(4778) DM 4,80
Das letzte Sayonara.
(5208) DM 6,80

Ruhm, Herbert (Hrsg.)
Die besten Stories aus dem weltberühmten »Black Mask Magazine«
(4818) DM 6,80

Simon, Roger L.
Die Peking-Ente.
(5202) DM 4,80

Swarthout, Glendon
Das Wahrheitsspiel.
(5218) DM 6,80

Symons, Julian
Der Fall Adelaide Bartlett.
(5220) DM 6,80
Am Ende war alles umsonst.
(4773) DM 4,80
Roulett der Träume.
(4792) DM 4,80
Damals tödlich.
(4855) DM 5,80

Taibo II., Francisco J.
Die Zeit der Mörder.
(5222) DM 4,80

Tynan, Kathleen
Agatha.
(5204) DM 5,80

Weverka, Robert
Mord an der Themse.
(5211) DM 4,80

Action-Krimi

Charles, Robert
Sechs Stunden nach dem Mord.
(4760) DM 3,80

Copper, Basil
Mord ersten Grades.
(5408) DM 4,80
Geld spielt (k)eine Rolle.
(5410) DM 4,80

Crowe, John
Ein Weg von Mord zu Mord.
(4766) DM 4,80

Crumley, James
Der letzte echte Kuß.
(5414) DM 5,80

Downing, Warwick
...Zahn um Zahn.
(4747) DM 3,80

Faust, Ron
Der Skilift-Killer.
(4832) DM 3,80

Fish, Robert L.
Die Insel der Schlangen.
(5426) DM 4,80
Ein Kopf für den Minister.
(5415) DM 4,80

Gores, Joe
Überfällig.
(5419) DM 5,80
Zur Kasse, Mörder!
(5418) DM 4,80

Hallahan, William H.
Ein Fall für Diplomaten.
(4823) DM 5,80

Hamill, Pete
Ich klau' dir eine Bank.
(5413) DM 4,80
Jeder kann ein Mörder sein.
(5417) DM 4,80

Harrington, William
Scorpio 5.
(4739) DM 4,80

Hubert, Tord
Wenn der Damm bricht.
(4828) DM 4,80

Irvine, R.R.
Der Katzenmörder.
(4745) DM 3,80
Bomben auf Kanal 3.
(4850) DM 4,80

Israel, Peter
Der Trip nach Amsterdam.
(4876) DM 3,80

Jobson, Hamilton
Ein bißchen sterben.
(4888) DM 3,80
Kontrakt mit dem Killer.
(4755) DM 3,80
Richtet mich morgen.
(4808) DM 3,80

Jones, Elwyn
Chefinspektor Barlow in Australien.
(4862) DM 3,80

Kyle, Duncan
Todesfalle Camp 100.
(5402) DM 5,80

Lacy, Ed
Mord auf Kanal 12.
(5422) DM 4,80
Verdammter Bulle.
(5416) DM 4,80
Zahlbar in Mord.
(5406) DM 4,80
Geheimauftrag Harlem.
(5404) DM 5,80

Lecomber, Brian
Schmuggelfracht nach Puerto Rico.
(4861) DM 5,80

MacDonald, John D.
Die mexikanische Heirat.
(5420) DM 4,80

MacKenzie, Donald
Nicht nur Schnappschüsse.
(5425) DM 5,80

Martin, Ian Kennedy
Regan und das Geschäft des Jahrhunderts.
(4834) DM 3,80

Marshall, William
Bombengrüße aus Hongkong.
(4738) DM 3,80
Dünne Luft.
(4722) DM 4,80
Das Skelett auf dem Floß.
(5403) DM 4,80

Pronzini, Bill / Malzberg, Barry
Jagt die Bestie!
(5423) DM 5,80

Rifkin, Shepard
Die Schneeschlange.
(4863) DM 3,80

Ross, Sam
Der gelbe Jaguar.
(5411) DM 4,80

Simon, Roger L.
Das Geschäft mit der Macht.
(4874) DM 3,80
Hecht unter Haien.
(4880) DM 3,80

Stein, Aaron Marc
Der Kälte-Faktor.
(4841) DM 3,80
Unterwegs in den Tod.
(4835) DM 4,80
Auftrag mit heißen Kurven.
(5412) DM 4,80

Straker, J.F.
Mord unter Brüdern.
(4870) DM 4,80

Topor, Tom
Verblichener Ruhm.
(5424) DM 5,80

Wainwright, John
Joey.
(4810) DM 3,80
Requiem für einen Verlierer.
(4733) DM 3,80
Gutschein für Mord.
(4848) DM 4,80
Nachts stirbt man schneller.
(5407) DM 4,80

Waugh, Hillary
Fünf Jahre später.
(4875) DM 3,80

Way, Peter
Der tödliche Irrtum.
(5421) DM 4,80

Weverka, Robert
Mord an der Themse.
(5409) DM 4,80

Wilcox, Collin
Der tödliche Biß.
(5401) DM 4,80
Das dritte Opfer.
(4689) DM 4,80
Der Profi-Killer.
(5405) DM 4,80

Wilcox, Collin / Pronzini, Bill
Montag mittag San Francisco.
(4884) DM 5,80

Wren, M.K.
Gewiß ist nur der Tod.
(4839) DM 4,80

Rote Krimi

Bagby, George
Ein Goldfisch unter Haien.
(4768) DM 3,80
Die schöne Geisel.
(4853) DM 3,80
Toter mit Empfehlungs schreiben.
(4864) DM 3,80

Beare, George
Die teuerste Rose.
(4843) DM 3,80

Blake, Nicholas
Das Biest.
(4889) DM 4,80

Brett, Simon
Generalprobe für Mord.
(4826) DM 3,80

Bunn, Thomas
Leiche im Keller.
(4846) DM 5,80

Carmichael, Harry
Liebe, Mord und falsche Zeugen.
(4847) DM 4,80
Der Tod zählt bis drei.
(4785) DM 3,80

Christie, Agatha
Alibi.
(12) DM 4,80
Dreizehn bei Tisch.
(66) DM 4,80
Das Geheimnis von Sittaford.
(73) DM 4,80
Das Haus an der Düne.
(98) DM 4,80
Mord auf dem Golfplatz.
(9) DM 4,80
Nikotin.
(64) DM 4,80
Der rote Kimono.
(62) DM 4,80
Ein Schritt ins Leere.
(70) DM 4,80
Tod in den Wolken.
(4) DM 4,80

Dolson, Hildegarde
Schönheitsschlaf mit Dauerwirkung.
(4825) DM 4,80

Durbridge, Francis
Der Andere.
(3142) DM 3,80
Die Brille.
(2287) DM 4,80
Charlie war mein Freund.
(3027) DM 4,—
Es ist soweit.
(3206) DM 4,80
Das Halstuch.
(3175) DM 4,—
Im Schatten von Soho.
(3218) DM 4,—
Keiner kennt Curzon.
(4225) DM 4,—
Das Kennwort.
(2266) DM 4,—
Kommt Zeit, kommt Mord.
(3140) DM 4,—
Ein Mann namens Harry Brent.
(4035) DM 3,80
Melissa.
(3073) DM 4,—
Mr. Rossiter empfiehlt sich.
(3182) DM 4,80
Paul Temple — Banküberfall in Harkdale.
(4052) DM 3,80
Paul Temple — Der Fall Kelby.
(4039) DM 3,—
Paul Temple jagt Rex.
(3198) DM 4,80
Paul Temple und die Schlagzeilenmänner.
(3190) DM 4,80
Der Schlüssel.
(3166) DM 4,80
Die Schuhe.
(2277) DM 4,80
Der Siegelring.
(3087) DM 4,—
Tim Frazer
(3064) DM 3,80
Tim Frazer und der Fall Salinger.
(3132) DM 4,80
Wie ein Blitz.
(4205) DM 3,—
Tim Frazer weiß Bescheid.
(4871) DM 4,80
Die Kette.
(4788) DM 4,80
Zu jung zum Sterben.
(4157) DM 3,—

Fleming, Joan
Das Haus am Ende der Straße.
(4814) DM 3,80

Fletcher, Lucille
Taxi nach Stamford.
(4723) DM 3,80

Francis, Dick
Der Trick, den keiner kannte.
(4804) DM 4,80
Die letzte Hürde.
(4780) DM 4,80

Gardner, Erle Stanley (A.A. Fair)
Alles oder nichts.
(4117) DM 4,80
Der dunkle Punkt.
(3039) DM 4,80
Goldaktien.
(4789) DM 4,80
Die goldgelbe Tür.
(3050) DM 4,—

Heiße Tage auf Hawaii.
(3106) DM 4,80
Im Mittelpunkt Yvonne.
(4749) DM 4,80
Kleine Fische zählen nicht.
(4802) DM 4,80
Lockvögel.
(3114) DM 4,80
Per Saldo Mord.
(3121) DM 4,—
Ein schwarzer Vogel.
(2267) DM 4,—
Der schweigende Mund.
(2259) DM 5,80
Ein pikanter Köder.
(3129) DM 3,80
Sein erster Fall.
(2291) DM 4,—
Treffpunkt Las Vegas.
(3023) DM 4,80
Wo Licht im Wege steht.
(3048) DM 4,—
Der zweite Buddha.
(3083) DM 4,80
Das volle Risiko.
(4852) DM 4,80
Die Pfotenspur.
(4309) DM 4,—

Gilbert, Michael
Geliebt, gefeiert und getötet.
(4911) DM 5,80
Das leere Haus.
(4868) DM 4,80

Goodis, David
Schüsse auf den Pianisten.
(4894) DM 4,80

Gordons, The
Letzter Brief an Cathy.
(4898) DM 5,80
Beeile dich zu leben.
(4765) DM 4,80
FBI-Aktien.
(2260) DM 4,80
FBI-Aktion »Schwarzer Kater«.
(4661) DM 3,—
FBI-Auftrag.
(3053) DM 3,—
Feuerprobe.
(4670) DM 4,—
Geheimauftrag für Kater D.C.
(3072) DM 3,—
Der letzte Zug.
(3074) DM 4,80

Gunn, Victor
Das achte Messer.
(201) DM 4,80
Auf eigene Faust.
(162) DM 4,—
Die Erpresser.
(148) DM 4,80
Das Geheimnis der Borgia-Skulptur.
(205) DM 4,—
Die geheimnisvolle Blondine.
(1232) DM 4,-
Gelächter in der Nacht.
(175) DM 4,—
Gute Erholung, Inspektor Cromwell.
(1137) DM 4,—
Im Nebel verschwunden.
(140) DM 4,80
In blinder Panik.
(1104) DM 4,—
Inspektor Cromwell ärgert sich.
(2036) DM 4,—
Inspektor Cromwells großer Tag.
(143) DM 4,—
Inspektor Cromwells Trick.
(294) DM 4,—
Die Lady mit der Peitsche.
(261) DM 4,80
Lord Bassingtons Geheimnis.
(3028) DM 3,—
Der Mann im Regenmantel.
(2093) DM 4,—
Der rächende Zufall.
(186) DM 4,—
Das rote Haar.
(1289) DM 4,—
Roter Fingerhut.
(267) DM 4,—
Schrei vor der Tür.
(2155) DM 4,—
Schritte des Todes.
(3049) DM 4,80
Die seltsame Idee der Mrs. Scott.
(1122) DM 4,—
Spuren im Schnee.
(147) DM 4,—
Der Tod hat eine Chance.
(166) DM 4,—
Tod im Moor.
(1083) DM 3,80
Die Treppe zum Nichts.
(193) DM 4,—
Der vertauschte Koffer.
(216) DM 4,80
Der vornehme Mörder.
(3062) DM 4,—
Was wußte Molly Liskern?
(1205) DM 4 —
Das Wirtshaus von Dartmoor.
(4772) DM 4,80
Wo waren Sie heute nacht?
(1012) DM 4,—
Die Rosenblätter.
(284) DM 4,80
Zwischenfall auf dem Trafalgar Square.
(254) DM 4,—

Healey, Ben
Letzte Fähre nach Venedig.
(4914) DM 4,80

Hensley, Joe L.
Giftiger Sommer.
(4869) DM 3,80

Hill, Peter
Mord im kleinen Kreis.
(4824) DM 3,80

Howard, Hartley
Der große Fischzug.
(4887) DM 4,80
Jenseits der Tür.
(4649) DM 4,80
Einmal fängt jeder an.
(4777) DM 3,80
One-Way Ticket.
(4813) DM 3,80
Der Abschiedsbrief.
(4890) DM 4,80
Der Teufel sorgt für die Seinen.
(4759) DM 4,80
Keine kleine Nachtmusik.
(4783) DM 3,80
Fünf Stunden Todesangst.
(4867) DM 3,80
Fahrkarte ins Jenseits.
(4730) DM 4,80
Nackt, mit heiler Haut.
(4715) DM 4,80

Hughes, Dorothy B.
Der Tod tanzt auf den Straßen.
(4900) DM 4,80

Knox, Bill
Frachtbetrug.
(4909) DM 4,80
Zwischenfall auf Island.
(4899) DM 4,80
Tödliche Fracht.
(4906) DM 4,80
Whisky macht das Kraut nicht fett.
(4873) DM 4,80
Gestrandet vor der Bucht.
(4842) DM 3,80

Law, Janice
Zwillings-Trip.
(4817) DM 3,80

Lewis, Roy
Morgen wird abgerechnet.
(4856) DM 3,80
Nichts als Füchse.
(4761) DM 3,80

Lockridge, F.R.
Lautlos wie ein Pfeil.
(4051) DM 3,80
Schluß der Vorstellung.
(4750) DM 4,80
Sieben Leben hat die Katze.
(4820) DM 4,80

Lutz, John
Augen auf beim Kauf.
(4803) DM 3,80

MacKenzie, Donald
Der Fall Kerouac.
(4901) DM 4,80
Notizbuch der Angst.
(4883) DM 3,80
Die tödliche Lektion.
(4822) DM 3,80

Maling, Arthur
Eine Aktie auf den Tod.
(4807) DM 4,80
Manipulationen.
(4854) DM 4,80

Marsh, Ngaio
Der Tod im Frack.
(4908) DM 6,80
Mylord mordet nicht.
(4910) DM 6,80
Fällt er in den Graben, fällt er in den Sumpf.
(4912) DM 5,80
Ouvertüre zum Tod.
(4902) DM 5,80
Tod im Pub.
(4904) DM 5,80

Martin, Robert
Gute Nacht und süße Träume.
(4764) DM 4,80

Nielsen, Helen
Ein folgenschwerer Freispruch.
(4885) DM 4,80

Ormerod, Roger
Blick auf den Tod.
(4819) DM 3,80

Postgate, Raymond
Das Urteil der Zwölf.
(4896) DM 4,80

Roberts, Willo Davis
Tatmotiv: Angst.
(4776) DM 3,80

Roffman, Ian
Trauerkranz mit Liebesgruß.
(4881) DM 4,80

Sayers, Dorothy
Es geschah im Bellona-Klub.
(3067) DM 4,80
Geheimnisvolles Gift.
(3068) DM 4,80
Mord braucht Reklame.
(3066) DM 4,80

Siller, Hilda van
Der Bermuda-Mord.
(4734) DM 3,80
Das Ferngespräch.
(4758) DM 4,80
Ein fairer Prozeß.
(4635) DM 3,80
Ein Familienkonflikt.
(4767) DM 3,80
Der Hilfeschrei.
(4702) DM 3,80
Küß mich und stirb.
(4743) DM 3,80
Die Mörderin.
(4720) DM 3,80
Pauls Apartment.
(4725) DM 3,80
Die schöne Lügnerin.
(4621) DM 3,80
Niemand kennt Mallory.
(4751) DM 3,80

Smith, Charles Merrill
Reverend Randollph und der Racheengel.
(4860) DM 4,80
Die Gnade GmbH.
(4905) DM 5,80

Stout, Rex
Die Champagnerparty.
(4062) DM 4,—
Gambit.
(4038) DM 4,—
Gast im dritten Stock.
(2284) DM 4,—
Das Geheimnis der Bergkatze.
(3052) DM 4,—
Gift à la carte.
(4349) DM DM 4,—
Die goldenen Spinnen.
(3031) DM 4,—
Morde jetzt — zahle später.
(3124) DM 4,—
Orchideen für sechzehn Mädchen.
(3002) DM 4,—
P.H. antwortet nicht.
(3024) DM 4,—
Das Plagiat.
(3108) DM 4,80
Der rote Bulle.
(2269) DM 4,—
Der Schein trügt.
(3300) DM 4,—
Vor Mitternacht.
(4048) DM 4,—
Per Adresse Mörder X.
(4389) DM 4,80
Zu viele Klienten.
(3290) DM 4,—
Zu viele Köche.
(2262) DM 4,—
Das zweite Geständnis.
(4056) DM 4,—
Wenn Licht ins Dunkle fällt.
(4358) DM 4,—

Truman, Margaret
Mord im Weißen Haus.
(4907) DM 5,80

Upfield, Arthur W.
Bony stellt eine Falle.
(1168) DM 4,—
Bony übernimmt den Fall.
(2031) DM 4,80
Bony und der Bumerang.
(2215) DM 4,—
Bony und die Maus.
(1011) DM 4,80
Bony und die schwarze Jungfrau.
(1074) DM 4,—
Bony und die Todesotter.
(2088) DM 4,—
Bony und die weiße Wilde.
(1135) DM 4,—
Bony wird verhaftet.
(1281) DM 4,80
Fremde sind unerwünscht.
(1230) DM 4,—
Gefahr für Bony.
(2289) DM 4,—
Die Giftvilla.
(180) DM 4,80
Ein glücklicher Zufall.
(1044) DM 4,80
Die Junggesellen von Broken Hill.
(241) DM 4,80
Der Kopf im Netz.
(167) DM 4,80
Die Leute von nebenan.
(198) DM 4,80
Mr. Jellys Geheimnis.
(2141) DM 4,—
Der neue Schuh.
(219) DM 4,80
Der schwarze Brunnen.
(224) DM 4,—
Der streitbare Prophet.
(232) DM 4,80
Todeszauber.
(2111) DM 4,—
Viermal bei Neumond.
(4756) DM 4,80
Wer war der zweite Mann?
(1208) DM 4,—
Die Witwen von Broome.
(142) DM 4,80
Bony kauft eine Frau.
(4781) DM 3,80

Wainwright, John
Gehirnwäsche.
(4903) DM 4,80

Wallace, Penelope
Toter Erbe — guter Erbe.
● (4893) DM 3,80
Das Geheimnis des schlafwandelnden Affen.
● (4849) DM 3,80

Weinert-Wilton, Louis
Die chinesische Nelke.
(53) DM 5,80
Der Drudenfuß.
(233) DM 4,80
Die Königin der Nacht.
(281) DM 4,80
Der Panther.
(5) DM 4,80
Der schwarze Meilenstein.
(4741) DM 4,80
Der Teppich des Grauens.
(106) DM 4,80
Die weiße Spinne.
(2) DM 4,80

Woods, Sara
Kommt nun zum Spruch.
(4913) DM 4,80
Der Mörder tritt ab.
(4878) DM 4,80
Verrat mit Mord garniert.
(4882) DM 4,80
Ein Dieb oder zwei.
(4784) DM 4,80

Goldmann Taschenbücher

Aktuell · Informativ Vielseitig · Unterhaltend

Fordern Sie unser neues Gesamtverzeichnis an!

Große Reihe

Klassiker
mit Erläuterungen

Großschrift

Gesetze

Ratgeber

Magnum
Citadel-Filmbücher

Sachbuch
Stern-Bücher

Grenzwissenschaften

Austriaca

Science Fiction

Fantasy

Krimi

Roman der Leidenschaft

Goldmann-Schott

Erotikon
mit Illustrationen

Bitte senden Sie mir das neue Gesamtverzeichnis

Name ____________

Straße ____________

Ort ____________

Goldmann Verlag
Neumarkter Straße 18
8000 München 80